光文社 古典新訳 文庫

黒馬物語

アンナ・シューウェル

三辺律子訳

光文社

Title: BLACK BEAUTY
1877
Author : Anna Sewell

黒馬物語◎目次

第一部

第二部

第三部

第四部

黒馬物語

ある馬の自伝

アンナ・シューウェル

執筆活動にとどまらず、
生涯、ほかの人の幸福のために尽くした母へ敬意を込めて、
このささやかな本を捧げる

挿画／ジョン・ビア

第一部

第1章　子ども時代のいえ

記憶にある最初の場所は、広々とした心地よい牧草地だ。すんだ水をたたえた池があり、木々が張りだすように枝をのばして木陰を作っている。池が深くなっている側には、イグサやスイレンが生え、生垣のむこうに耕された畑を見渡すことができた。牧場の反対側には、木戸があってその先にご主人さまの家が見え、道路が走っている。牧場のいちばん高いところにモミの木立があって、ふもとには切り立った土手があり、その下を小川が流れていた。

仔馬のころは、母さんのミルクを飲んで育った。まだ草は食べられなかったからだ。昼間は母さんのかたわらを走り、夜になると、母さんのすぐそばで眠った。暑い日は、池のほとりの木陰に入り、寒くなれば、木立のそばの居心地のいい暖かい小屋ですごした。

ぼくが草を食べられるようになると、母さんは昼間は仕事に出かけ、夜に帰ってくるようになった。

その牧草地には、ぼくのほかに六頭の仔馬がいた。みんな、ぼくより年上で、成馬とほとんど変わらない大きさの者もいた。ぼくはいつもみんなといっしょに駆けまわって、楽しい毎日をすごした。襲歩で力のつづくかぎり野原をぐるぐる駆けまわったり、少し乱暴な遊びをしたりすることもあった。襲歩するのと同じ調子で、しょっちゅう嚙んだり蹴ったりしあっていたのだ。

ある日、みんなとさんざん蹴とばしあいをしたあと、母さんがヒヒンと鳴いて、ぼくを呼んだ。

「これから言うことを、よく聞いてちょうだい。ここにいる仔馬はとてもいい子たちだけど、荷馬車を引くことになるの。だから、もちろん、行儀というものを教わっていない。でも、あなたはいい生まれの、いい育ちの馬よ。あなたのお父さんは、このあたりではとても名の通った馬で、おじいさんはニューマーケットのレースで二回も優勝したのだから。おばあさんは、あんなやさしい方はいないというくらいの馬だった。あなただって、お母さんが蹴ったり嚙んだりしているのは、見たことがないでしょう？　あなたには、やさしくていい子に育ってほしいの。悪いことを覚えたりしないでね。誠意をもって仕事をなさい。速歩のときは脚を高くあげて、遊んでいるときも嚙んだり蹴ったりはするんじゃありませんよ」

母さんの言いつけを、ぼくは生涯、忘れなかった。母さんはかしこい馬で、ご主人さまにとても大切にされていた。母さんの名前はダッチェスだったけれど、[1]ご主人さまはよく「おりこうさん」と呼んでいた。

ご主人さまは、親切ないい方だった。ぼくたちにいい餌といい住まいを与え、やさしい言葉をかけてくれた。そう、自分の子どもにしゃべりかけるように。ぼくたちはみんな、ご主人さまが大好きだったし、母さんはご主人さまを心から敬愛していて、木戸のところにご主人さまの姿が見えると、うれしそうにいなないて、速歩で駆けていった。すると、ご主人さまは母さんをなでたりポンポンとたたいたりして、「よしよし、おりこうさん、おまえのかわいいクロは元気か？」と声をかけた。ぼくはそのころ、くすんだ黒い毛をしていたので、クロと呼ばれていた。それから、ぼくにパンのきれはしをくれる。パンはとてもおいしかった。母さんにはニンジンを持ってきてくれることもあった。馬たちはみんな、ご主人さまのところへ集ってきたけれど、ご主人さまは母さんとぼくのことをいちばんかわいがっていたと思う。市の日に二輪馬車を引いてご主人さまを町までつれていくのも、いつも母さんの役目だった。

ディックという手伝いの子がいたが、たまにぼくたちのいる牧草地まで入ってきて、生垣のブラックベリーをとって食べていた。食べたいだけ食べると、「お楽しみ」など言って、仔馬に石や棒を投げつけて走らせようとする。走って逃げればいいから、ふだんは、そんなに気にはならなかったけれど、たまに石があたると、けがをするこ
ともあった。

ある日、またディックがこの遊びをやりはじめた。ディックは知らなかったけれど、
ご主人さまがとなりの牧草地にいて、一部始終を見ていた。ご主人さまはすぐさま生垣を飛び越え、ディックの腕をつかむと、横っ面をガツンとはりとばしたものだから、
ディックは驚いたのと痛いのとでわめきちらした。ぼくたちはご主人さまの姿に気づいて、ようすを見に近づいていった。

「悪ガキめ！　まったく！　仔馬を追い散らすなんて。どうせ一度や二度じゃないんだろう。いいか、これを最後にしてもらうぞ。ほら、今日の駄賃をやるから、帰れ。
二度とうちの牧場では働かせないからな」

1　公爵夫人という意味。

「よしよし、おりこうさん、おまえのかわいいクロは元気か？」

実際、ぼくたちは二度とディックを見なかった。馬の世話をするダニエルじいさんは、ご主人さまと同じようにやさしかったから、ぼくたちは何不自由ない毎日を送っていた。

第2章　狩り

二歳になるまえ、忘れられない出来事があった。春になったばかりのころだ。夜のあいだにうっすらと霜がおり、森や牧場にはまだわずかに霧が漂っていた。ほかの仔馬たちと丘のふもと近くで餌を食べていると、遠くのほうから犬の鳴き声らしきものが聞こえてきた。いちばん年上の仔馬が頭をもたげ、耳をそばだてた。「猟犬だ！」そう言うと、たちまち駈歩で走りだし、ぼくたちもあとを追いかけた。丘の上からだと、生垣のむこう側に広がる畑をいくつか越えたあたりまで見渡せる。母さんとのほかにご主人さまがいつも乗っている老馬もそばに

いたけれど、二頭ともどういうことかわかっているようだった。
「野ウサギを見つけたのよ。こっちのほうへきたら、狩りが見られるわよ」母さんが言った。
するとすぐに犬たちがものすごい勢いで、となりのまだ育ちきっていない小麦の畑を突っ切ってきた。こんな犬たちの声は聞いたことがない。吠え声でもうなり声でもなく、クンクンという哀れっぽい声ともちがう。「アウ！　アウ！　ウ！　ウ！　アウ！　アウ！　ウ！　ウ！」と声をかぎりに鳴きつづけている。そのうしろから、馬に乗った人間たちがつづき、何人かは緑の上着を着ている。馬たちは全速力で駆けている。いっしょに見ている老馬はブルンと鼻を鳴らし、ついていきたくてたまらなそうだ。ぼくや仔馬たちもいっしょに駆けていきたい気持ちでいっぱいだったが、人間たちはあっという間にふもとの畑のほうへいってしまった。どうやらそこで止まったらしい。犬たちは声をあげるのをやめ、地面に鼻をくっつけてあちこちうろうろしはじめた。

「においを失ったんだ。野ウサギはまんまと逃げられそうだな」老馬が言った。

「野ウサギってどの？」ぼくはきいた。

「ふん、知らんね。おおかた、うちの森にいる野ウサギが飛び出してきたんだろう。犬や人間たちにとっちゃ、どの野ウサギだって変わらないのさ」すると、ほどなく犬たちはまた「アウ！　アウ！　ウ！　ウ！」とやりはじめ、きた道を全速力で引き返し、ぼくたちのいる牧草地へまっすぐむかってきた。高い土手があって、小川のほうへ生垣がせり出しているあたりだ。

「ほら、野ウサギが出てくるわよ」母さんが言ったまさにそのとき、恐怖で半狂乱になった野ウサギが目の前を通り抜け、森めがけて走っていった。すぐあとに犬たちがつづき、土手をのぼって、小川を飛び越え、畑を突っ切っていく。そのあとを人間たちが追う。六人から八人くらいの人間が馬を駆って小川を飛び越え、犬たちのすぐうしろに迫った。野ウサギは柵まできたが、隙間がせまくて抜けられず、さっとむきを変えると、道のほうへ走りだした。が、遅かった。犬たちが荒々しいさけび声をあ

犬たちはぼくたちのいる牧草地へまっすぐむかってきた。

げて、野ウサギにおそいかかった。キィと一声、かん高い鳴き声がひびき、それが野ウサギの最期だった。ハンターの一人がやってきて、犬たちが獲物を引き裂くまえにムチで追い散らす。そして、血を流している野ウサギの脚をつかんで持ちあげると、人間たちはみな満足げな顔をした。

ぼくはといえば、すっかり驚いてしまって、最初、ほかのことは目に入っていなかった。それから小川のほとりを見やると、悲しい光景が飛びこんできた。二頭の立派な馬が

六人から八人くらいの人間が馬を駆(か)って小川を飛(と)び越(こ)えた。

倒れ、一頭は小川の中でもがき、もう一頭は草むらで苦しげな声をあげている。馬に乗っていた人間のうちの一人は、泥だらけになって小川から這いあがってきたが、もう一人は横たわったままピクリとも動かなかった。

「首の骨が折れたのね」母さんが言った。

「あんなことをするからだ」一頭の仔馬が言った。

ぼくもそう思ったけれど、母さんはちがった。

「いいえ、そんなふうに言うもんじゃありませんよ。とはいえ、わたしもずいぶん長いあいだ生きてきて、いろいろなものを目にしたり耳にしたりしたけれど、いまだにどうして人間たちがこのスポーツを好きなのかわからないわ。しょっちゅうけが人が出るし、いい馬をだめにしてしまうことだって、めずらしくないのよ。畑だって荒らすことになるし。野ウサギやキツネやシカを捕まえるなら、はるかに簡単な方法があるのに。まあ、わたしたち馬には、わかりっこないわね」

母さんがそう言っているあいだ、ぼくたちはじっと立って見ていた。馬に乗っていた人間たちは若者のほうへ集まっていたが、ご主人さまは一部始終を見ていたらしく、いちばんにそちらへいって、若者を抱えあげた。若者の頭がガクッとのけぞり、両腕が力なく垂れた。みんな、深刻な顔をしている。今では、物音ひとつしなかった。犬たちすら、なにか問題が起こったことがわかっているらしく、静まり返っている。人間たちは、若者をご主人さまの家へ運んでいった。あとから、若者はジョージ・ゴードンといって、大地主の一人息子で、立派で背も高く、一家の自慢だったと聞いた。

あちこちへ使いが送られた。医者、蹄鉄工、そしてもちろん息子のことを知らせるためにゴードンのだんなさまの屋敷へと馬が走り、やがて獣医のボンド先生がやってきた。先生は草むらで苦しげにうめいている黒い馬を見ると、体に触れてけがのようすをたしかめてから、首を横にふった。脚が一本折れていたのだ。すると、一人の男がご主人さまの家まで走っていって、銃を持ってもどってきた。やがて、バンと大きな音がひびき、ぞっとするような悲鳴があがったかと思うと、沈黙が訪れた。黒い馬は動かなくなった。

母さんはひどく心を痛めたようすだった。あの黒い馬のことはずいぶん前から知っ

黒い馬は動かなくなった。

ていたの、と母さんは言った。〈ロブロイ〉という名前で、気立てがよく、嚙んだり体を揺らしたりといった悪癖もまったくない馬だったという。このあと、母さんは二度と事故のあった場所には近づかなかった。

それから数日後、教会の鐘がガランガランと鳴りひびき、木戸のむこうを、見たことのない黒塗りの長い馬車が走っていくのが見えた。黒い布におおわれ、引いている馬たちもみな黒色だ。そのうしろから、一台、また一台とやってくる馬車もすべて黒塗りだった。そのあいだも、鐘は鳴りつづけている。ゴードン家の息子を教会の墓地に葬るために運んでいるのだった。ジョージ・ゴードンは二度と馬に乗ることはない。ロブロイの亡骸がどうなったかは、知る由もない。それもこれもすべては、一匹のちっぽけな野ウサギのためだった。

第3章　調教

ぼくは立派（りっぱ）な馬に成長しつつあった。毛並（けな）みは美しくやわらかで、つややかな黒色をしている。脚（あし）が一本だけ白く、額（ひたい）には星のような白斑（はくはん）があった。とても美しい馬だとみんなが言い、ご主人さまはぼくが四歳（さい）になるまで、売らないと決めていた。人間の若者（わかもの）は大人のように働くべきじゃない、仔馬（こうま）も同じで、働くのはすっかり成馬になってからでいいと、ご主人さまは言っていた。

ぼくが四歳（さい）になると、ゴードンのだんなさまがやってきて、ぼくの目や口を調べ、脚（あし）を上から下までなぞるように触（さわ）った。それから、ぼくはゴードンのだんなさまの前で、歩いたり、速歩（トロット）をしたり、襲歩（ギャロップ）

をしてみせなきゃならなかった。ゴードンのだんなさまはぼくを気に入ったらしく、「ちゃんと調教したら、立派な馬になるだろう」と言った。すると、ご主人さまは、ぼくが怯えたりけがをしたりしないよう、わたしが自分で調教しますと言った。そして、さっそく次の日から、調教がはじまった。

調教というのがなにか知らないひともいるだろうから、説明すると、鞍と頭絡[1]をつけ、人間（男の人や女の人や子ども）を背中に乗せる訓練のことを言う。馬は、乗り手がのぞむとおりに歩いたり走ったりし、反抗してはならない。それ以外にも、首あてやしりがい[2]、しり帯をつけ、つけているあいだもじっと立っていることを学ぶ必要がある。それが終わると、次は二輪馬車や四輪馬車をつなぐ訓練だ。これで、歩いたり速歩をしたりすれば必ず馬車を引っぱることになる。しかも、御者ののぞみどおりに、速く走ったり、ゆっくり歩いたりしなきゃならない。なにかを見て驚いて飛び出したり、ほかの馬に話しかけたり、噛んだり、蹴ったり、自分勝手なことをしてはならない。常に自分の主人の意思に従わなきゃいけない。どんなに疲れていてもお腹が空いていても、だ。でも、なにがいちばん嫌かというと、馬具をつけたら最後、うれしくて跳(と)びはねたり、くたびれて横になったりはもうできないということだった。

これで、調教っていうのがどんなにたいへんなことか、わかってもらえたと思う。

もちろん端綱(はづな)やおもがい[3]はだいぶ前からつけていたし、牧草地や、垣根(かきね)に挟(はさ)まれた道を端綱(はづな)に引かれて静かに歩くのにも慣(な)れていた。でも、今度はハミと手綱(たづな)もつけなければならない。ご主人さまはいつものようにカラスムギをぼくに与(あた)え、さんざんなだめすかすようにしてハミを口の中に入れ、手綱(たづな)をつけた。これが最低だった！　ハミを口に入れたことがないと、この嫌(いや)さはわからないと思う。冷たくて固くて、人間の指くらい太い鉄の棒(ぼう)が口の中に押(お)しこまれるんだから。棒(ぼう)は上の歯と下の歯のあいだに、舌(した)を上から押(お)さえつける形でくわえさせられ、両端(りょうたん)が口のわきからはみ出るかっこうになる。そして、革(かわ)ひもを頭の上とのどの下、それから鼻のまわりに取りつけ、ハミをその位置に固定するのだ。だから、どうやったって、その気持ち悪い鉄の

1　馬を操(あやつ)るために頭につける革具(かわぐ)。
2　馬の尾(お)の下を通して鞍(くら)に結ぶ革具(かわぐ)。
3　馬の頭に両耳を出してかける革(かわ)ひも。

棒を口から出すことはできない。本当に嫌だった！　最低だったんだ！　少なくともぼくにはそう思えた。でも、母さんが、出かけるときにいつもつけているのは知っていたし、おとなになった馬はみんなつけてる。だから、おいしいカラスムギをもらい、ご主人さまになでられて、やさしい言葉をかけてもらいながらそろそろと口の中に入れられてようやく、ハミと手綱をつけることができた。

次は鞍だった。こちらはハミほど嫌ではなかった。ご主人さまは、ダニエルじいさんがぼくの頭を押さえているあいだに、鞍をそっと背中にのせた。それから、腹の下で腹帯をしっかりと留めたけれど、そのあいだもずっとなでたり話しかけたりしてくれた。それから、また少しカラスムギをくれ、手綱を引っぱってちょっとだけぼくを歩かせた。これを毎日やったおかげで、ぼくはカラスムギと鞍を心待ちにするようになった。そしてついにある朝、ご主人さまはぼくの背中にまたがり、牧場のやわらかい草の上を歩かせた。正直、おかしな気持ちだったけれど、ご主人さまを乗せるのは、どこか誇らしくもあった。こんなふうにご主人さまは毎日少しずつぼくに乗り、ぼくはそれに慣れていった。

その次に嫌だったのは、蹄鉄をつける作業だった。これも最初は、とてもつらく感じた。ご主人さまはいっしょに鍛冶工場へきて、ぼくが痛い思いをしたり怖がったりしないように見ていてくれた。鍛冶屋の男はぼくの足を一本ずつ手に取って、蹄を少し削り取った。痛くはなかったので、ぜんぶ終わるまで、ぼくは三本の脚でじっと立っていた。それから、鍛冶屋はぼくの足の形をした蹄鉄を取って、蹄にぴたりと当て、釘を蹄まで届くよう打ちつけたので、蹄鉄はしっかりと固定された。重たくて脚が滑らかに動かない気がしたけれど、そのうちこれにも慣れた。

ここまでできるようになると、馬車の引き具をつける訓練に入った。まだつけなければならない馬具があるのだ。まず、首に固くて重い頸環をはめ、目隠しと呼ばれる大きなカップ状のものを目の外側部分につける。名前のとおりの目隠しで、これをつけると、両側の視野は遮られ、正面しか見えなくなる。また、小さな鞍には、固くて着け心地の悪い革ひもがついていて、尻尾のすぐ下を通して鞍がずれないようにする。この革具をしりがいといった。ぼくはこのしりがいが大嫌いだった。ぼくの長い尻尾を折るようにして革ひもに通さなきゃならないのだけど、ハミをはめるのと同

ご主人さまはいっしょに鍛冶工場へきてくれた。

じくらい不快なのだ。蹴飛ばしたい気持ちでいっぱいになったけれど、こんないご主人さまを蹴ることなんてできない。じきに、それにも慣れて、ぼくは母さんみたいに仕事ができるようになった。

あと、ぼくの調教でもうひとつ、忘れてはならないことがある。これは大きな効果があったと思う。ご主人さまはぼくを近所の農家に二週間あずけたのだ。その家の牧草地の片側に、鉄道の線路が通っていた。羊や牛たちがいて、ぼくはその中に放りこまれた。

はじめて列車が通ったときのことは、忘れられない。ぼくは牧草地と線路の境にある柵のそばで、静かに草を食んでいた。すると、遠くのほうから奇妙な音が聞こえてきた。そう思った次の瞬間、なにやら黒くて長いものが連なって、ものすごい速さで、もうもうと煙を吐きながら飛ぶように横を通りすぎ、こちらが息をつく間もなく、走り去っていった。ぼくは回れ右をして、全速力で牧草地の反対側まで走っていくと、怖いのと驚いたのとでブルブルと鼻を鳴らした。それから数日で、何本もの列車が通りすぎた。最初のよりもゆっくり走るものもあって、そうした列車は近

怖いのと驚いたのとでブルブルと鼻を鳴らした。

くの駅で止まって、キィキィとおそろしくかん高い音をひびかせたり、低いうめき声のような音を立てたりした。ぼくはそれが怖くてたまらなかったけれど、牛たちは少しも動じず草を食べつづけ、真っ黒いおそろしい列車が煙を吐きながらキィキィと音を立てて通りすぎても、顔もあげなかった。

最初の数日間は、落ち着いて草を食べることなどできやしなかった。けれども、このおそろしい物体が牧草地に入ってきたり、ぼくに危害を加えたりすることはないとわかると、だんだんと気に留めなくなり、すぐに牛や羊たちと同じように、列車が通っても、気に留めなくなった。

あとになって、蒸気機関車を見たり音を聞いたりして、ひどく怖がって動けなくなる馬をたくさん見たけれど、ぼくはご主人さまのおかげで、鉄道の駅にいても、自分の厩にいるみたいに落ち着いていることができた。

仔馬を調教したいなら、これはお勧めだ。

ご主人さまはしょっちゅうぼくを母さんと二頭立てで走らせた。母さんの仕事ぶりはいつも安定していたから、ぼくも知らない馬に教わるより、ずっとよく学ぶことができた。行儀よくふるまえば、その分、よくしてもらえると、母さんは言った。いつだってご主人さまを喜ばせるよう精一杯頑張ることが、賢いやり方だというのが、母さんの考えだった。「でもね、人間もいろいろなの。わたしたちのご主人さまみたいに思いやりがあってやさしい人間もいて、そうした人間になら、わたしたち馬も誇りを持って仕えることができる。でも、残酷な悪い人間もいる。馬や犬を飼う資格のないような者も。それに、愚かな人間も、それはたくさんいるわ。なにも知らないくせにうぬぼればかり強くて、軽はずみで、じっくり考えてみようともしない人間。こうした人間はたくさんの馬をだめにしてしまう。良識ってものがないばっかりにね。そのつもりはないとしたって、結局のところ、だめにしてしまうのだから、同じこと。あなたがいい人間の手に渡ることを願ってる。でも、どんな人間が自分を買うか、馬にはわからない。どんな人物が自分に乗ることになるのかも、わからない。すべては運次第なの。だとしても、精一杯やりなさい。どこへいってもね。そして、自分の名に恥じないようにするんですよ」

第4章　バートウィック屋敷

そのころ、ぼくは厩で暮らし、毎日、毛がミヤマガラスの翼みたいにつやつやになるまでブラッシングしてもらっていた。五月のはじめに、ゴードンのだんなさまがぼくをお屋敷に連れてくるようにと、使用人を寄こした。ご主人さまは「じゃあな、クロ。いい子にするんだぞ。いつも精一杯やるようにな」と言った。ぼくは「さようなら」と言うことはできないから、ご主人さまの手の中に鼻づらを押しあてた。ご主人さまは、ぼくをやさしくなでてくれた。こうしてぼくは、生まれ育った住まいを出た。そのあとゴードンのだんなさまのところでは数年をすごしたから、お屋敷のことを少し話したいと思う。

ゴードンのだんなさまのお屋敷は、バートウィック村の外れにあった。大きな鉄の門をくぐると、ひとつ目の番小屋があり、樹齢を重ねた大木の平坦な並木道を速歩で進んでいくと、二つ目の番小屋と門が現われる。その先に、お屋敷といくつもの庭園があった。さらにそのむこうには、小さな放牧場と古い果樹園、それから厩舎が数

棟ある。何十頭もの馬や馬車を収容できる設備があったけれど、ぼくがいた厩舎のことだけ説明すればじゅうぶんだろう。その厩舎は広々として、仕切りのある馬房が四つあり、大きな窓が中庭にむかって開いていたから、いつも新鮮な空気が入ってきて、気持ちがよかった。

一番手前の馬房は四角くて大きく、木戸があって閉じることができた。ほかの三つはよくある馬房で、居心地はいいけれど、手前のほど広くはない。手前の馬房は、低

い位置に干し草を置く棚と穀物を入れる飼い葉おけがついていて、放し飼い用仕切りと呼ばれている。そこにいる馬は、つながれずに自由なまま、好きなように動くことができる。これはすばらしかった。

この立派な放し飼い用仕切りに、馬丁はぼくを入れてくれた。清潔で気持ちがよく、風通しもいい。こんなに立派な馬房は初めてだったし、両側の仕切りもそんなに高くなかったので、上側についている鉄の柵のあいだから外のようすを見ることができた。馬丁はぼくにとてもおいしいカラスムギをくれると、ぽんぽんとたたいて、やさしく話しかけてから、出ていった。

餌を食べ終わると、まわりを見回した。となりの馬房には、太った灰色のポニーがいた。ふさふさのたてがみとしっぽに、美しい頭、そして格好のいい鼻をしている。

ぼくは仕切りの上についている鉄の柵のほうまで頭を持ちあげて、話しかけた。

「はじめまして。なんていう名前なの？」

ポニーは端綱が届くぶんだけ首を回し、頭をもたげた。「名前は、メリーレッグスというんだ。わたしは見目がいいからね。お嬢さんたちを乗せているんだよ。たまに、奥方を小さな馬車に乗せて外出することもあるんだ。とても大切にしてもらっているよ。下働きのジェイムズにもね。きみは、そこの馬房に住むのかい？」

「うん」

「なら、きみが気立てのいい馬であることを祈るよ。となりに噛みつくような馬がいるのはごめんだからね」

すると、その先の仕切り越しに馬の頭がのぞいた。耳をペタンと寝かせ、目には不機嫌そうな色が浮かんでいる。背の高い栗毛の雌馬で、長くて格好のいい首をしていた。雌馬は仕切り越しにぼくを見ると、言った。「じゃあ、あなたがあたしをその馬房から追いだした馬なのね。あなたみたいな仔馬が、レディを家から追い出すなんて、おかしいわよね」

「すみません、でも、ぼくは追いだしたりしていないです。ぼくを連れてきた人間がここに入れただけで、ぼくがなにかしたわけじゃないもの。それに、ぼくのことを仔馬って言ったけど、ぼくはもう四歳で、成馬です。これまで馬同士で言いあいなんてしたことないし、仲良く暮らしたいと思っています」

「へえ、じゃあ、見てのお楽しみね。もちろん、あたしだってあなたみたいな若造と言いあいなんてしたくないわ」雌馬は言った。ぼくはそれ以上なにも言わなかった。

午後になって、雌馬が出ていくと、メリーレッグスがぜんぶ話してくれた。

「こういうことなんだよ。ジンジャーは嚙みつく悪い癖があるんだ。だから、ジンジャーって呼ばれているんだよ。放し飼い馬房にいたころも、ジンジャーは何度も嚙みついてね、ある日、手伝いの男の子のジェイムズの腕に嚙みついたんだ。ひどく血が出てさ。フローラお嬢さまとジェッシーお嬢さまはわたしのことが大好きなのに、厩舎にくるのを怖がるようになってしまった。前はよく、リンゴとかニンジンとかパンとか、おいしいものを持ってきてくれたのに。ジンジャーが放し飼い馬房に入ってからは、こようとしないんだよ。だから、さみしくてしかたないんだ。きみが嚙んだりしなきゃ、またもどってきてくれるんじゃないかと思ってさ」

ぼくは嚙むとしたら、草と干し草と麦だけだし、ジンジャーがどうしてそんなことを面白がるのか、ぜんぜんわからない、と言った。

「たぶん、面白がってるわけじゃないと思うよ。ただの悪癖ってやつだよ。ジンジャーは、だれにも親切にしてもらったことはないんだから、嚙むくらいかまわないでしょ、って言ってる。もちろん、嚙むのはよくないけど、もし言ってることが本当なら、ここにくるまで、ひどい仕打ちを受けてたんじゃないかな。馬丁のジョンは、ジンジャーを喜ばせるためならなんでもするし、ジェイムズだってできることはすべてやってる。ここのだんなさまは、馬がまちがった態度をとらないかぎり、ぜったいに鞭を使わない。だから、ここにいれば、ジンジャーも気立てがよくなると思うよ」

そして、メリーレッグスは賢そうな顔でつづけた。「わたしは十二歳だからね、いろんなことを知っているんだ。だから、わかるんだけど、国じゅうを見まわしても、馬にとってここは最高の場所だよ。ジョンはだれよりもいい馬丁だ。もう十四年間、ここで働いている。それに、ジェイムズみたいに親切な男の子はいないよ。だから、ジンジャーがあの放し飼い馬房にいられなくなったのは、ぜんぶ自分のせいなのさ」

第5章　第一歩

馬丁の名前はジョン・マンリーといった。奥さんと小さな子どもが一人いて、厩舎のすぐそばにある御者用の宿舎に住んでいた。

次の朝、ジョンはぼくを中庭へ連れ出し、たっぷりとブラシをかけて手入れをしてくれた。毛がやわらかくつややかになったところで、馬房へもどろうとしたとき、ちょうどゴードンのだんなさまがぼくを見にきた。だんなさまは満足そうに言った。「ジョン、今朝はこの新しい馬に乗ってみるつもりだったんだが、用事ができてしまってね。朝食のあと、おまえがちょっと連れ出してやってくれ。共有地ぞいにハイウッドへいって、水車場で引き返し、川沿いをもどってくるといい。そうすれば、この馬の歩様[1]がわかるだろうからな」

「はい、だんなさま」ジョンは答えた。そして、朝食のあと、やってきて、ぼくに頭絡をつけた。ジョンはとても几帳面に、ぼくの頭に合わせて革ひもの長さを調整し、着け心地がよくなるようにしてくれた。それから、鞍を持ってきたけれど、ぼくの背中には幅がせまいと一目で気づき、また別のを持ってきた。そちらはぴったりだった。それから、ぼくに乗ると、最初はゆっくりと歩かせ、それから速歩、そして、駈歩とだんだんスピードをあげ、共有地までくると、ごく軽く鞭をあてたので、ぼくたちはすばらしい襲歩を楽しんだ。

「ドウ！　ドウ！　いい子だ」ジョンは手綱を引いた。「猟犬のあとを追いかけたいんだろうな」

もどってお屋敷を歩いていると、だんなさまと奥方がやってくるのに出会った。二人が足を止めると、ジョンはぼくの背から飛び降りた。

「さて、ジョン、この子はどうだね？」

「第一級ですね。シカのような駿足とやる気を持っています。一方で、ごく軽く手綱に触れるだけで、指示を理解するんです。共有地の外れで、よくいる、籠やら敷物やらをそこいらじゅうにぶらさげた行商人の荷馬車に出くわしたんですがね。ご存じのとおり、馬はたいてい、ああいった荷馬車とすれちがうときは騒ぐもんです。ですが、この馬はちらっとそちらを見ただけで、落ち着き払ったようすでそのまま機嫌よく進んでいきました。ハイウッドの近くでは、ウサギ狩りをやっていたんですが、近くで銃声がしても、一瞬、動きを止めて、そちらを見ただけで、一歩たりとも左右に逸れたりしませんでしたよ。わたしはただ手綱をしっかり握って、急がせたりせずに待ってりゃよかったんです。わたしが思うに、仔馬のころ、怖い思いをしたりひどい扱いを受けたりしなかったんでしょうな」

「それはいい。わたしも明日、さっそく乗ってみよう」だんなさまは言った。

次の日、ぼくはだんなさまのもとへ連れていかれた。母さんのアドバイスや前のやさしいご主人さまの言っていたことを思い出し、ぼくは今のご主人であるだんなさま

1　馬の歩き方のこと。後肢の踏みこみや前肢の出方など、全体的な感じをいう。

籠(かご)やら敷物(しきもの)やらをぶらさげた行商人の荷馬車

がやってほしいと思っていることをやるように努めた。だんなさまはとてもいい乗り手で、馬のことをよく考えてくれていた。だんなさまがもどると、奥方が玄関で出迎えた。

「どうでした？　今度の馬はお気に召しまして？」

「ジョンの言っていたとおりの馬だよ。これよりいい乗馬は望めないだろう。なんていう名前にしようか」

「黒檀という意味のエボニーはどうですか？　黒檀みたいに真っ黒ですもの」

「いや、エボニーという感じではないな」

「ブラックバードはいかがですか？　おじさまのむかしの馬がそう呼ばれていたでしょう？」

「それもちがうな。この馬は、おじのブラックバードよりも見目がいい」

「ええ、本当に美しい馬ですわ。やさしそうな気立てのいい顔立ちに、賢そうな目をしていて。では、ブラックビューティはいかがでしょう？」

「ブラックビューティか。ほう、それだ。実にいい名前だよ。おまえがその名前がいいと言うなら、そうしよう」こうして、ぼくの名前は決まった。

ジョンは厩舎に入ると、ジェイムズにむかって、だんなさまと奥方がとてもいいイギリスの名前を選ばれたよ、と言った。「賢明なご判断だよ、いい名前だ。マレンゴとかペガサスとかアブダラみたいな外国の名前じゃなくてね」[2]二人は笑った。「むかしのことを蒸し返すことにならないなら、ロブロイってつけたかったな。こんなそっくりな馬は見たことがない」ジェイムズは言った。

「そりゃそうだ。二頭とも、農夫のグレイさんのところのダッチェスが母馬なんだから」

初耳だった。じゃあ、ウサギ狩りで死んだロブロイはぼくの兄さんだったのか！母さんが心を痛めたようすだったのも、ふしぎはない。馬にとっては、普段血のつながりはあまり重要な意味は持たない。少なくとも、売られたあとは、お互いのことなどわからなくなる。

ジョンはぼくのことを自慢に思ってくれているようだった。ぼくのたてがみとしっぽはいつも、貴婦人の髪のようにすべすべだったし、しょっちゅう話しかけてくれた。

もちろん、話の内容がぜんぶわかるわけじゃないけれど、だんだんとどんなことを言っているのか、わかるようになったし、なにをしてほしいのかも察するようになった。ぼくはジョンが大好きになった。ジョンは本当にやさしくて親切で、馬の気持ちがわかるみたいだった。ぼくの体をきれいにするときも、どこが敏感でどこがくすぐったいのかをちゃんと知っていたし、頭にブラシをかけるときも、目の上なんてまるで自分の目みたいに注意深く扱ってくれたので、こちらもイライラしたり嫌な思いをしたりすることは決してなかった。

厩舎の下働きのジェイムズ・ハワードも、ジェイムズなりに親切で生き生きした少年だった。ぼくは恵まれていたと思う。中庭で手伝いをしている男の人がもう一人いたけれど、ジンジャーとぼくにはあまり関係がなかった。

それから数日後、ぼくはジンジャーと馬車を引くことになった。あのジンジャーとうまくやれるだろうか。でも、ぼくが連れてこられたのを見ても、ジンジャーは耳を

---

2 マレンゴはナポレオンの愛馬の名としても有名。

寝かせただけで、嫌な態度はとらなかった。誠実な仕事ぶりで、自分のすべきことをきっちり果たすので、二頭立て馬車を引くのに組むなら、これ以上は望めない相手だ。上り坂にきても、速度を落としたりせず、頸環にぐっと体重をかけるようにして、まっすぐ引っぱっていく。ぼくたちは仕事に対してひるまないところも似ていて、ジョンはぼくたちを前へ進ませようとするより、むしろ勢いを抑えるほうが多いくらいだった。鞭を使う必要はまったくない。それに、ジンジャーとぼくの歩様はほぼ同じだったから、速歩のとき、楽に足並みをそろえることができて、快適だった。だんなさまも、ぼくたちの足並みがそろうようすを気に入り、ジョンもうれしそうだった。そんなふうに、二、三回いっしょに出かけるうちに、ジンジャーとは仲良くなって打ち解けたので、ぼくはすっかりくつろげるようになった。

メリーレッグスとは、すぐに親友になった。メリーレッグスは明るく勇気があって気立てもよく、みんなに好かれていた。特に、ジェッシーお嬢さまとフローラお嬢さまはしょっちゅうメリーレッグスに乗って果樹園を走り回り、飼っている仔犬のフリスキーも加わって、楽しそうにいろいろな遊びをしていた。

だんなさまのところには、ぼくたちのほかにも二頭、馬がいて、別の厩舎で飼われていた。葦毛のコブ型の馬のジャスティス[3]は、人間を乗せるのと荷馬車を引くのと両方に使われていた。青鹿毛の猟馬サー・オリヴァーは、今では引退していたけれど、だんなさまの大のお気に入りで、だんなさまを乗せてお屋敷内を走ることもあった。ほかにも、軽い荷物を運んだり、お嬢さまたちがだんなさまと遠出をするときに、どちらかお一人を乗せることもある。とてもおだやかな性質で、メリーレッグスと同様、子どもを乗せても心配がなかったからだ。ジャスティスは力が強く、がっしりしていて、温和な馬だった。放牧場で会えば、ちょっとおしゃべりすることもあったけれど、もちろん、誰よりも同じ厩舎にいるジンジャーと、ぼくはとても深い絆で結ばれるようになった。

3　脚が短く頑丈な馬。

第6章　自由

新しい住まいで、ぼくはとても幸せだった。だから、ひとつだけ、足りないものがあったと言っても、じゃあ、不満だったんだとは思わないでほしい。まわりはみんないい人間ばかりで、明るくて風通しのいい厩舎(きゅうしゃ)があり、最高級の餌(えさ)をもらえたんだから。なら、それ以上、なにを望むのかって？　それは、自由！　生まれてから三年半のあいだ、ぼくは好きなだけ自由にすごしてきた。でもこれからは、毎週、毎月、いや、おそらく毎年、昼も夜も厩舎(きゅうしゃ)ですごし、出番を待ってなきゃならない。そうやって、ようやく出かけられたとしても、二十年も働いてきた老馬みたいに、おとなしく静かにしていなければならないのだ。そう、

自由！

あちこちを革ひもで縛られ、口の中にはハミを、目には目隠しをつけて。文句を言っているわけじゃない。そういうものだっていうのはわかってる。ただ、力と元気に満ちあふれた若い馬には、少しでいいから好きにできる自由がないと、つらいんだ。それまでは、広々とした野原や平原で、頭を振りあげ、尻尾を高くあげて、全速力で襲歩で走っては、鼻息も荒く仲間たちのもとへ引きかえしたりしていたのだから。ふだんより運動量が少なかったときなど、ぼくは内からこみあげる活力ではちきれそうになって、ジョンが運動に連れ出してくれると、もうおとなしくなんてしていられなかった。本当だったらしていたことを片っぱしからやる。跳んだり、躍りまわったり、後ろ脚で跳ねたり。特に最初のころなんか、ずいぶんジョンを振りまわしてしまったにちがいない。でも、ジョンはいつもじっとがまんしてくれた。

「ほら、ほら、落ち着け。ちょっと待てって。もうすぐたっぷりと、思うままにやらせてやるから。そしたら、脚のムズムズなんてすぐに吹き飛ぶぞ」ジョンはそう言って、村の外に出るとすぐに、速歩で走らせてくれた。そうやって数マイル走って、ぼくがすっきりした状態にもどると、ジョンは「イライラ」が消えたろ、と言うのだった。元気のいい馬は、十分運動させないと、驚きやすいとか暴れるなどと言われてしまう。でも、それはちょっと遊んでいるだけなのだ。にもかかわらず、馬丁によっては、そうした馬に罰をあたえる。ぼくたちのジョンは、そんなことはしなかった。単に元気があり余っているだけだと、わかっていたのだ。それに、ジョンは声の調子とか手綱の触れ方で、ぼくにわかってほしいことを伝えることができた。ジョンが本気で、なにかこうと決めたときは、声の調子でちゃんとわかったし、それはほかのどんな手段よりも効き目があった。ぼくはジョンが大好きだったからだ。

ぼくたちにも数時間なら自由な時間があったことは、言っとかなきゃならない。たいていは、夏の天気のいい日曜日だった。日曜はだれかが馬車で出かけることはない。お屋敷から教会は遠くなかったからだ。

放牧場やむかしの果樹園で自由に走りまわらせてもらうのが、ぼくたちにとってなによりの楽しみだった。ひんやりとやわらかい草を踏み、甘い空気を吸って、好きなようにする自由を味わうのは、本当に気持ちがいい。襲歩で走っても、ねころがっても、ごろんとあおむけになったって、甘い草をかじったっていい。それに、おしゃべりにはもってこいだ。ぼくたちは大きな栗の木の木陰によく集まったものだった。

大きな栗の木の木陰によく集まったものだった。

第7章　ジンジャー

ある日、木陰（こかげ）でジンジャーとぼくの二頭だけになったことがあった。ぼくたちは、いろいろな話をした。ジンジャーは、ぼくがどんなふうに育って、どんな調教を受けたのかをききたがったので、ぼくは話して聞かせた。

「なるほどね。あたしもそうやって育っていたら、あなたみたいに気立てのいい馬になれたかもしれないわ。でも、もうそんなふうになるのは無理だと思う」

「どうして？」ぼくはたずねた。

「なにもかもが、あたしの場合とはぜんぜんちがうんだもの。馬にだって人間にだって、そんなにやさしくしてもらったことは一度もないし、あたしのほうも喜ばせたいと思ったことはない。そもそも、乳離れするとすぐに母さんから引き離されたの。そして、ほかの仔馬たちといっしょにされた。仔馬たちはあたしのことなんて、気にかけてくれなかった。あたしも、だれのことも好きじゃなかった。それに、あなたのご主人みたいに、面倒を見てくれたり、話しかけてくれたり、おいしい餌を持ってきてくれたりする人間もいなかった。あたしたちの世話をしている男は、ただの一度もやさしい言葉なんてかけてくれなかったわ。別にひどい扱いを受けたとか、そういうんじゃないけど、馬のことなんてこれっぽっちも気にかけちゃいなかったのよ。たっぷり食べさせて、冬に屋根のあるところへ入れてやれば、それでじゅうぶんってね。あたしたちのいた放牧場には小道があってね、そこを通る大きな男の子たちがしょっちゅう石を投げてきて、あたしたちを走らせて遊んでいた。あたしにはあたったことはないけど、一頭の立派な仔馬がやられてね、顔にひどい傷ができてしまった。あれは、一生消えないんじゃないかと思う。あの子らのことは嫌いだったし、もちろんだけど、みんなそのせいで気が荒くなったと思う。人間の男の子は敵だと思うようになった。広々とした牧草地で、襲歩で走ったり、追いかけっこしたりするのは、最高に楽しかった。そのあとは、木陰でゆっくりと休んだっけ。でも、調教の時期がきてね、あれは本当につらかった。男たちがあたしのことを捕まえにきて、最終的には野原の端っこに追い詰められた。一人があたしの耳のあいだの前髪をつかまえて、別の男が鼻をつかんだの。ひどくきつく握られたものだから、ろくに息もできなかった。そうしたら、また別の男が、がっしりした手であたしの下あごをつかんで、無理やり口をこじあけて、端綱のついた棒を押しこんだの。それから、一人があたしを引きずるように端綱を引っぱって、もう一人がうしろから鞭で追い立てたのよ。それが、はじめて経験した人間のやさしさだったってわけ。つまり、すべてが力ずく。なにをさせたいと思っているのか、知る間すら与えられなかった。あたしはちゃんとした生まれで、元気はあり余ってた。確かにかなり荒っぽかったから、正直、人間たちにはかなり面倒をかけてやった。でも、くる日もくる日も馬房に閉じこめられて、まったく自由を与えられないのは、とてもつらかった。あたしはイライラして、すっかりやつれてしまって。逃げたくてしょうがなかった。あなたみたいに、親切なご主人さまがいて、いろいろなだめすかしてもらったって、調教はつらいのに、あたしにはそうした救いになるものはなにもなかったんだから。

一人だけ、むかしのご主人でライダーさんっていう人がいてね、あの方なら、そんな状態からあたしを救い出せたと思う。どうにかしてくれたと思うのよ。だけど、ライダーさんは商売のたいへんなところはぜんぶ息子ともう一人のベテランの男に引き継がせて、自分はたまにようすを見にくるだけだった。ライダーさんの息子は背が高くて力の強い、強引な男でね。まわりにはサムソンって呼ばれていて、日ごろからおれを振り落とせる馬はないって、豪語してたの。あいつの中には、父親とちがってやさしさなんてひとかけらもなくて、あるのは、無慈悲な心と無慈悲な声と無慈悲な目と手だけ。あたしは最初から、あいつが望んでいるのは、あたしの持っている気概とか根性をたたきつぶして、ただのおとなしい、なんでも言うことをきく従順な肉の塊にすることだってわかった。そう、ただの馬肉よ！　あいつの頭にはそれしかなかったのよ」ジンジャーは、その息子のことを考えるだけで腹が立つというように脚を踏み鳴らした。そして、話をつづけた。

「あたしが思いどおりにならないと、あいつは腹を立てて、長い手綱をつけて調教場をへとへとになるまで走らせた。かなりの酒飲みだったみたいで、あいつが飲めば飲むほど、あたしの状況も悪くなった。ある日、あいつはあらゆるやり方であたしのことをこき使って、ようやく馬房で横になったときには、あたしはくたびれ果てて、みじめな気持ちと怒りでいっぱいだった。次の日、あいつは朝早くやってきて、また長いあいだ、あたしを走らせた。なのに、一時間も休まないうちに、今度は鞍と頭絡とこれまでとはちがうハミを持ってきた。どうしてあんなことになったのか、はっきりはわからない。あいつは調教場であたしに乗ったんだけど、あたしがなにか気に食わないことをしたんでしょうね、手綱を思い切りひっぱったの。新しいハミはひどく痛くて、あたしは後ろ脚で立ちあがった。そうしたら、あいつはますます怒り狂って、あたしのことを鞭でたたきはじめたの。自分の中であいつに対する闘志が燃えあがるのを感じた。あたしは蹴ったり跳びあがったり後ろ脚で立ちあがったり、これまでやったこともないようなことをした。正真正銘の闘いよ。あいつは長いあいだ鞍にしがみついて、鞭でたたいたり拍車をかけたりしてあたしを傷めつけようとしたけど、こっちだってもう完全に頭に血がのぼっていて、あいつを振り落とすことさえできれば、なにをされたってかまわないと思った。悪戦苦闘の末、ついにあいつをうしろへ放り出した。あいつが芝の上に落ちるドサッっていう音がしたわ。それから、振りかえりもせずに、襲歩で調教場の反対側まで走っていった。そこで、ようやく振りむくと、虐待男がのろのろと立ち上がって、厩舎に入っていくのが見えた。あたしはオークの木の下に立って見ていたんだけど、だれも捕まえにはこなかった。じりじりと時間がすぎて、太陽が熱く照りつけた。ハエが寄ってきて、わき腹の、拍車が食いこんで血が出ているところにたかる。早朝からなにも食べていなかったから、お腹が空いていたけど、調教場には、ガチョウの腹すら満たせないような草しか生えてない。横になって休もうにも、鞍ががっちりとつけられていて、ゆっくりなんてできやしないし、一滴の飲み水もなかった。そのまま午後になり、やがて太陽が沈みはじめた。ほかの仔馬たちが厩舎に入っていくのが見えた。たっぷり餌をもらえるんだろうって思ったっけ。

ついに太陽が沈んだとき、ご主人のライダーさんがザルを持って出てきた。ご主人

悪戦苦闘の末、ついにあいつをうしろへ放り出した。

は品のいい白髪の老紳士で、千人の中でもご主人の声なら聞き分けられる。高くもなければ低くもなく、朗々とひびく澄んだ声で、やさしいの。命令をするときは、きっぱりと落ち着いているから、馬でも人間でもちゃんと、従わなきゃならないってわかる。ご主人はこちらにむかってそっと近づいてくると、ザルの中のカラスムギを揺らしながら、楽しげにやさしく『おいで、嬢ちゃん、ほら、おいで』って言った。あたしはじっと立って、ご主人がそばまでくるのを待った。ご主人がカラスムギを差し出すと、あたしは食べはじめた。怖くはなかった。ご主人の声を聞いて、怖いっていう気持ちはすっかり消えていたの。ご主人は横に立って、あたしが食べているあいだ、やさしくなでたりさすったりしてくれた。そして、わき腹に血がこびりついているのを見ると、怒りがこみあげたらしく、『かわいそうに！ ひどい目にあったな、本当にひどい』って言って、そっと手綱を握ると、あたしを厩舎まで引いていった。入り口のすぐ横に、サムソンが立っていた。あたしは耳をぺたりと寝かせ、嚙みつこうとした。『下がれ。この馬には近づくな。今日、おまえはこのかわいい娘にひどいことをしたな』ご主人が言うと、あいつは低い声で、あたしのことを性悪のけだも

「おいで、嬢(じょう)ちゃん、ほら、おいで」

スポンジで脇腹をそっとぬぐってくれた。

のだとかなんとか言った。『いいか、よく聞け。すぐにかっとなるやつに気立てのいい馬など、育てられん。サムソン、おまえはまだ自分の仕事がちゃんとわかってない』そして、あたしを馬房まで引いていくと、自分の手で鞍と頭絡を外して、あたしをつないだ。それから、温かい水とスポンジを持ってくるように命じて、上着を脱ぎ、飼育係にバケツを持たせて、ご主人自らスポンジであたしの脇腹をそっとぬぐってくれた。傷がどれだけ痛むかわかっていたんだと思う。『ドウドウ、いい子だ、じっとしてろ、じっとな』ご主人の声のおかげであたしは落ち着き、からだをきれいにしてもらって、気持ちがよくなった。口の両脇の皮膚が裂けていたので、干し草は食べられなかった。茎が刺さるから。ご主人はしげしげとあたしの口を見ると、首を振り、馬丁にふすま[1]を持ってこさせ、その中に粗びき粉を少し加えた。そのおいしかったこと！　それにやわらかくて、口の傷も癒される気がした。あたしが食べているあいだ、ご主人はずっと横に立って、なでてくれた。それから、馬丁に言った。

『この娘のようにカンの強い馬は、ちゃんとしたやり方で調教してやらなきゃ、なにひとつできるようにはならないんだ』

それからあと、ご主人はしょっちゅうあたしに会いにきてくれた。そして、口のけがが治ると、ジョブと呼ばれている別の調教師が訓練をひきついだ。ジョブはおだやかで思いやりがあったから、今度はあっという間になにを求められているかわかるようになったのよ」

1　ふすま（小麦を精製した時に出る粉末）を主材料としてお湯でやわらかくしたもの。運動後の水分補給や食欲が落ちている時に与える。

第8章　ジンジャーの話のつづき

次に放牧場でいっしょになったとき、ジンジャーは最初にいった場所のことを話してくれた。

「調教がすむと、馬の仲買人に買われて、別の栗毛の馬と組まされた。そこで何週間かいっしょに馬車を引いたあと、上流階級の紳士に売られて、ロンドンへ送られたの。仲買人に止め手綱[1]をつけられてね、あたしはあれが大嫌いだった。なのに、その紳士のところへいったら、止め手綱をさらにきつくされたのよ。御者やご主人はそっちのほうが粋だと思ってたんでしょうね。あたしたちはしょっちゅう公園とかそうした社交人が集まるような場所を走らされた。止め手綱をつけたことがないあなたには、どういうものだかわからないだろうけど、とにかくひどいとだけ言っておくわ。

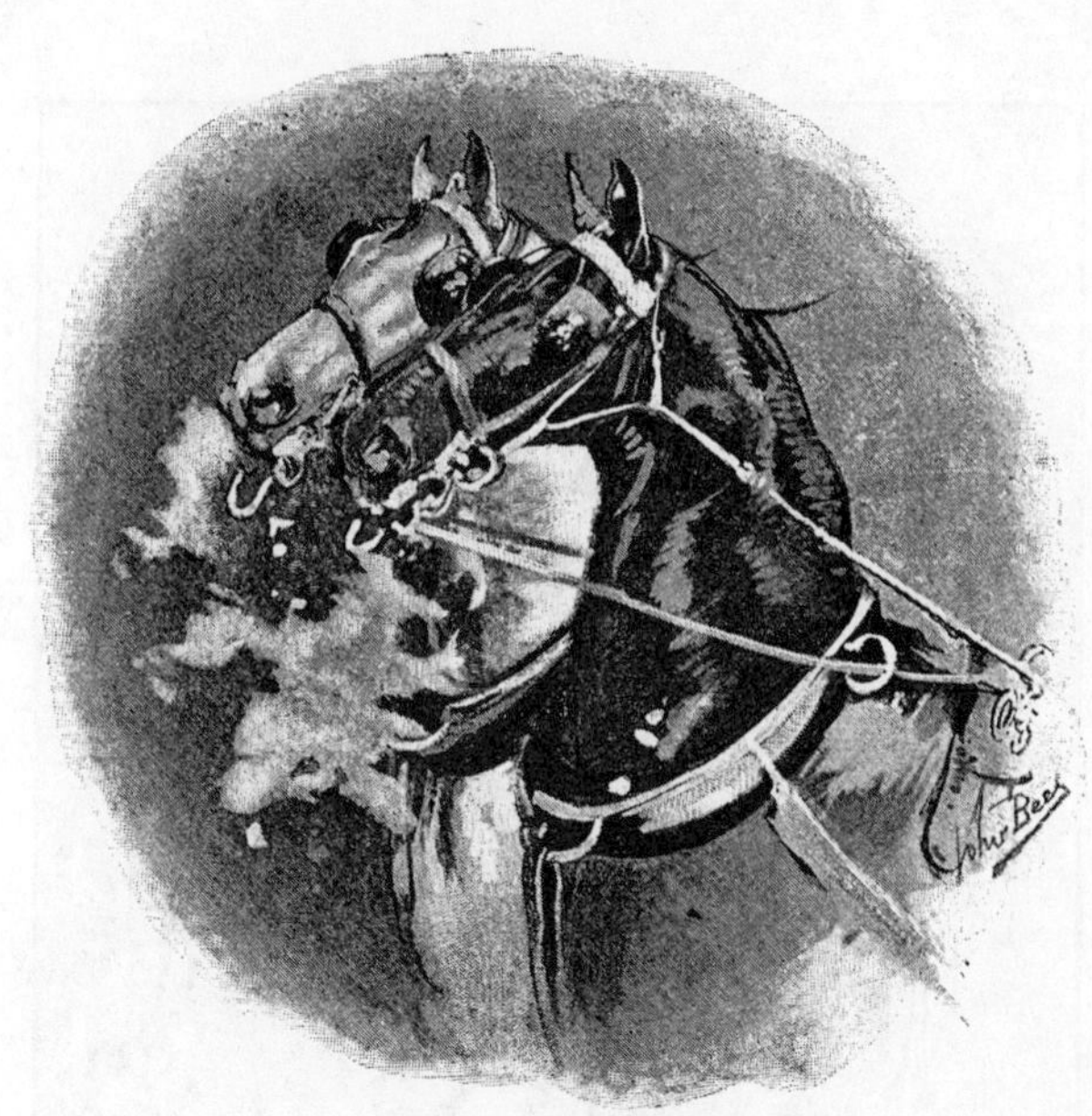

止め手綱(たづな)

あたしだって頭を振(ふ)りあげたり、ほかの馬にも負けないくらい高くかかげているのは嫌(きら)いじゃないのよ。だけど、頭を高くあげたら、そのままの位置で何時間も、これっぽっちも動かせないとしたらどう? 動かすとしたら、さらに高くあげるしかなくて、首が痛(いた)くて、しまいには耐(た)えきれないほどになる。しかも、ハミは一本じゃなくて二本

しょっちゅう公園とかそうした社交人が集まるような場所を走らされた。

も嚙まされるの。あたしのはすごくとがっていてね、舌とあごが傷だらけになって、いらだってハミや手綱を嚙むと、血で赤くなった泡が唇から飛び散った。奥方が立派なパーティとかなにかの会にいっているあいだ、じっと立って待っていなきゃならないのが、いちばんつらかった。ちょっとでもイライラしたり、足踏みをしたりすると、たちまち鞭が飛んでくる。だれだって、おかしくなるわ」

「そのときのご主人は、気遣ってくれなかったの？」

「ちっともね。あのご主人はただただ、流行の粋な『馬車一式』がほしかっただけなのよ。あの人たちの言葉を借りればね。ご主人は馬のことなんてなにもわかっちゃいなかった。御者にぜんぶ任せっきりでね。それで、その御者が、あたしのことを気立てが荒いって報告したのよ！　止め手綱をつけるようきちんと調教されていませんが、すぐに慣らしてみせます、ってね。だけど、実際は、そんなことができる器じゃなかった。あたしがかっかしてみじめな気持ちで厩舎にいるときも、やさしい言葉を

1　馬の頭を高い位置に保つための手綱。

かけて落ち着かせてくれたことなんてない。意地の悪い言葉を投げつけられるか、ぶたれるかだった。あいつにもう少し情けっていうものがあれば、こっちだって耐えようとしたと思う。あたしは働きたかったし、一生懸命働く気だった。だけど、ただあの人たちの道楽のためだけに苦しい思いをさせられるってことに、腹が立ったの。いったいなんの権利があって、あんなひどいことをするわけ？　口の中だけじゃなくて、首も痛くて痛くて、そのせいで気管の調子も悪くなって。あそこにずっといたら、まともに息ができなくなっていたと思う。そのころにはイライラが増していくばかりで、もう自分でもどうしようもなかった。だれかがやってきて馬具をつけようとすると、片っ端から噛んだり蹴ったりするようになった。そのせいで、馬丁にたたかれたわ。そんな日がつづいて、ある日、また無理やりあたしを馬車につないで、例の止め手綱で頭を高くあげさせようとしたから、あたしは力のかぎり暴れて、蹴って蹴って蹴りまくった。馬具をいくつも壊して、ついに逃げ出したの。それで、そこはお払い箱になった。

そのあと、あたしはタッターソールの市に送られた。もちろん、悪癖がないという

あたしはタッターソールの市に送られた。

保証はつけられないから、そのことについては伏せられていた。見た目が立派で歩き方がいいから、すぐに買い手がついたの。こうしてまた別の仲買人に買われた。今度の仲買人はいろんな方法やハミを試して、あたしがなにに我慢できないかをすぐに理解した。それで、ようやく止め手綱を使わずに馬車を引かせてもらえるようになったの。こうしてあたしは、申し分のないおとなしい馬として田舎の紳士に買われた。とてもいいご主人でね、あたしもうまくやっていたのだけど、あるとき、馬丁が辞めて、新しい男が馬丁としてやってきたの。この男がサムソンに負けず劣らず短気で冷酷なやつでね、いつもイライラした荒っぽい声で話して、あたしがすぐにやつの思いどおりに動かないと、ほうきでも熊手でもとにかくそのとき持っていたもので膝の上を殴りつけた。やることなすこと乱暴で、あたしはたちまちこの男を憎むようになった。自分のことを怖がらせようとしていたみたいだけど、あたしはそんな気の弱い馬じゃなかったからね。ある日、いつにもましてひどい仕打ちをされたときに、嚙みついてやったのよ。もちろん相手は怒りくるって、あたしの頭を乗馬用の鞭でさんざん打ったわ。それからあと、その馬丁は二度とあたしの馬房の中に入ってこようとしなかった。あたしの踵が待ち受けてるってことが、よくわかったんでしょうね。ご主人の前では、あたしはちゃんとおとなしくしていたけど、もちろん馬丁がご主人に言いつけたから、あたしはまた売られることになった。

まえと同じ仲買人があたしのことを聞きつけて、あたしがうまくやれるところを知っていると言ってくれた。『惜しいことだよ。あんないい馬が機会に恵まれないせいでだめになっていくのはね』って。こうして、あたしはここにきたのよ。あなたがくるちょっとまえにね。でも、ここにきたときは、人間はあたしの天敵で、自分のことを守らなければならないって思いこんでいた。もちろん、ここはこれまでのところとはぜんぜんちがう。でも、いつまでつづくかなんて、わかりゃしないでしょ？ あたしも、あなたのように考えられればいいとは思う。だけど、できないの。いろいろな目に遭ったからね」

「うん。でも、ジョンやジェイムズのことは噛んだり蹴ったりはしないでほしいな」

「そんなことするつもりはないわ。あの二人があたしによくしてくれるあいだはね。ジェイムズのことは一度、ひどく噛んだんだけど、そのときもジョンは『やさしく接してやれ』って。てっきり罰を受けると思ってたけど、ジェイムズは包帯をした腕でやってきて、ふすまのおかゆをくれたの。そして、やさしくなでてくれた。それからは一度も彼のことを嚙んでいないし、これからも嚙んだりしないつもり」

ぼくはジンジャーのことを気の毒に思ったけれど、あのころのぼくはまだよくわかっていなかった。ジンジャーが少し大げさに言っているんじゃないかとすら思っていたのだ。でも、何週間かたつうちに、ジンジャーはすっかりおとなしく朗らかになって、まえはだれでも近づいてくる人間を警戒したような目でにらみつけていたのに、それもなくなった。そうしたら、ある日、ジェイムズが言った。「あの雌馬はおれのことが好きになったみたいだよ。今朝も、おれがおでこをごしごしこすってやると、うれしそうにいなないていたもん」

「そうだよ、そのとおりだ、ジェイムズ。これが、このバートウィック屋敷の丸薬ってやつだ。今に、ジンジャーもブラックビューティと同じくらいいい馬になるよ。ジンジャーに必要だったのは、やさしさっていう薬だったのさ。かわいそうに」ジョンは言った。だんなさまもジンジャーの変化に気づいたようだった。だんなさまは馬車を降りると、よく厩舎にきてぼくたちに話しかけるのだけど、その日もやってきて、ジンジャーの美しい首をやさしくなでた。「よしよし、うちのべっぴんさん、最近の調子はどうだね？　うちへきたころよりも、ずいぶんと幸せなんじゃないかな」

ジンジャーが鼻をあげ、信じ切ったようにだんなさまに頭を預けると、だんなさまはやさしく鼻づらをこすってやった。

「ここで、ジンジャーを治してやれそうだな、ジョン」だんなさまは言った。

「はい、だんなさま。ジンジャーは見違えるようによくなりました。まえとは別の馬のようです。これが、『バートウィックの丸薬』ですね」ジョンはそう言って、笑った。

これはジョンお得意のちょっとしたジョークだった。ジョンはよく、『バートウィックの丸薬』を規則的に与えれば、どんな性悪な馬もたいていはよくなると言っていた。その丸薬というのは、忍耐とやさしさ、それから断固とした態度とそっとなでることでできていて、それらを一ポンドずつ混ぜ合わせたものに、常識をコップ一杯分加えて馬に毎日やればいい。それがジョンの決まり文句だった。

第9章　メリーレッグス

牧師のブルームフィールドさんのうちには、子どもがたくさんいて、よくジェッシーお嬢さまとフローラお嬢さまのところへ遊びにきていた。ジェッシーお嬢さまと同い年の女の子がいて、その上に男の子が二人、あとは年下の子どもたちだ。彼らがやってくると、メリーレッグスは大忙しだった。というのも、子どもたちはなにより、メリーレッグスに乗るのが好きで、代わりばんこに背中にまたがっては、果樹園や放牧場を乗り回したからだ。そんなことを何時間でもつづけた。

ある日、メリーレッグスは午後じゅう外に出ていたあと、ジェイム

メリーレッグス

ズに引かれてもどってきた。ジェイムズはメリーレッグスを端綱でつなぎながら言った。

「おい、このいたずら者め。ちゃんと行儀よくしないと、面倒なことになるぞ」

「いったいなにがあったの？」ぼくはメリーレッグスにきいた。

「ふん！」メリーレッグスは小さな頭を振りあげた。「あそこの子どもたちにちょっとした教訓を与えてやったのさ。限度ってことを知らないんだ。それに、こっちにだって限度があるってこともね。だから、ちょいとうしろへ放り出してやった。あの子たちにわからせるには、それしかないからね」

「え！　子どもたちを落馬させたの？　あなたがそんなことをするとは思わなかったよ！　ジェッシーお嬢さまを？　それともフローラお嬢さま？」

メリーレッグスは憤慨したようすで言った。

「もちろんちがうよ。厩舎でもらった最高級のカラスムギと引き換えだって、そんなことはしないさ。いいか、わたしは、だんなさまと同じくらい、お嬢さま方のことは大切にしてる。それに、小さな子どもたちに関して言えば、あの子たちに乗馬を教えているのは、このわたしなんだよ。わたしの背中に乗っているときに怖がっているようすだったり、ちょっとぐらぐらしているなと思えば、年寄り猫が小鳥を狙うときみたいに静かになめらかに歩いてやってる。それで、大丈夫そうだとわかったら、速度をあげるんだよ。慣らしてやるためにね。だから、きみに説教をされる筋合いはないよ。わたしは、あのちびっ子たちの最高の友だちで、最高の乗馬の先生なんだから。いいかい、小さい子たちのことじゃないよ。上の二人の男の子のことだ。あの男の子たちはな」そう言って、メリーレッグスはたてがみをふった。「ぜんぜんちがうんだよ。あの子たちこそ調教してやるべきだよ。わたしたちの仔馬のころみたいにね。大切なことをちゃんと教えてやるべきなんだ。ほかの子どもたちは二時間近くもわたしに乗っていたんだ。そうしたら、男の子たちは今度は自分の番だと考えた。それはそのとおりだし、わたしも愛想よくしてやっていた。男の子たちは代わりばんこにわたしに乗って、襲歩で走り回った。野原をいったりきたりして、果樹園じゅうを駆けまわったんだ、たっぷり一時間もね。男の子たちは太いハシバミの枝を切ってきて、鞭にしていてね、それでたたくんだよ、ちょっと強すぎるくらいにね。それでも、まあ仕方ないとがまんしてやってたんだ。だけど、しまいには、いくらなんでもやりすぎだと思ってね、わからせてやろうと思って、二、三度わざと止まってみせた。だけど、男の子ってもんは、馬とかポニーのことを蒸気機関車か脱穀機かなんかだと思ってるんだよ。いくらだって、好きな速さで走りつづけられると思ってるのさ。ポニーだって疲れるし、いろいろな感情だって持ってるだなんて、思いもしないんだ。だから、一人の子がぜんぜんわからないまま、わたしのことを鞭でたたきつづけたものだから、後ろ脚で立ちあがって、落っことしてやったのさ。それだけだよ。そうしたら、その子はまたわたしにまたがったから、同じことをしてやった。そうしたら今度は、もう一人の男の子が乗って、鞭でたたこうとしたものだから、すぐさま草むらに落としてやった。そういうことだよ、あの子たちがわかるまで、くりかえしてやっただけさ。別に悪い子たちじゃないんだ。馬やポニーにひどい仕打ちをしたいとか、そういうんじゃない。あの子たちのことは大好きだよ。だけど、教えてやらなきゃならないこともあるんだ。あの子たちはわたしをジェイムズのところへ連れていって、なにがあったか言いつけたんだけど、ジェイムズはあの木の棒を見て、ひどく腹をたてたみたいだったな。そんな棒は牛追いやろくでもない連中しか使わない、若い紳士が持つようなものじゃないって、話して聞かせていたからね」

「あたしだったら、ひと蹴りお見舞いしてやってたわ。そうすれば、その子たちもこりるでしょうから」ジンジャーが言った。

「そうだろうね。だけど、わたしはそんなバカじゃないからね（いや、失礼）。そんなことをしたら、だんなさまはお怒りになるだろうし、ジェイムズに恥をかかせることになる。それに、あの子たちは、わたしに乗っているときは、わたしが面倒を見てやらなきゃいけないんだ。わたしに預けられてるということだからね。だって、ついこのあいだも、だんなさまがブルームフィールド夫人に言っているのを聞いたんだ。『マダム、子どもたちのことは心配いりません。うちのメリーレッグスは、奥さまやわたしと同じようにちゃんと子どもたちの面倒を見てくれますから。どんなにお金を積まれても、あのポニーを売ることはありません。メリーレッグスは本当に気立てがよくて、信頼できる馬なのです』って。なのに、このわたしが、五年間もここで親切にしてもらったことを忘れるような恩知らずだと思うかい？　そんなふうにわたしのことを信頼してくれているのに、物をわかっていない男の子二人にちょっとくらい嫌なことをされたからって、荒っぽい真似をするなんて。まさか！　きみは、いい場所で親切にされたことがなかったから、知らないんだろうけど。気の毒だと思ってるよ。だけど、いい場所がいい馬を作るんだ。わたしは決して飼い主を怒らせるようなことはしない。ここの人たちのことが大好きだからね、心の底からそう思ってる」メリーレッグスはそう言うと、鼻から「フウ、フウ」と低く息を漏らした。朝、ジェイムズの足音が近づいてくると、メリーレッグスはいつもそうやって鼻を鳴らした。

「それにさ」メリーレッグスはさらにつづけた。「もし蹴飛ばすようになったら、どこへやられると思う？ たちまち売られるよ、推薦状もなしでね。そんなことになったら、肉屋の小僧に奴隷のようにこき使われるはめになるか、どこかの海辺で死ぬまで働かされるかだよ。だれにも大事にされず、ただただどのくらい速く走れるかってことだけの毎日さ。じゃなきゃ、日曜のバカ騒ぎにいく大の男を三人も四人も乗せた馬車を鞭打たれながら引くことになるかもしれない。ここにくるまえに住んでいたところで、そういう馬車をよく見ていたよ。ああ、嫌だ」メリーレッグスは首を振った。「あんなふうにだけは、なりたくないよ」

第10章　果樹園での話

ジンジャーとぼくは、元々は馬車を引くための背の高い種ではない。競走馬の血を引いている。脚から肩甲骨のあいだの隆起までが十五半ハンド[1]だから、馬車を引くのにも乗るのにも適している。だんなさまはよく、馬でも人間でもひとつのことしかできない者は嫌いだと言っていた。それに、ロンドンの公園で馬を見せびらかす趣味などなかったから、より元気にあふれて役に立つ馬を好んだ。ぼくたちのほうはどうだったかと言えば、鞍をつけて遠乗りに出かけるのが、なによりの楽しみだった。だんなさまはジンジャーに、奥方はぼくに乗って、お嬢さま方はサー・オリヴァーと

1　馬の体高に使う単位。十五半ハンドは約百五十七センチ。

だんなさまはジンジャーに、奥方(おくがた)はぼくに乗った。

メリーレッグスに乗る。みんなでいっしょに速歩(トロット)や駈歩(キャンター)で走るのは楽しくて、気持ちが高ぶる。ぼくはだれよりも得をしていた。というのも、ぼくはいつも奥(おく)方(がた)を乗せていたからだ。奥方(おくがた)は軽いし、声はやさしくて、手綱(たづな)もそっと触(ふ)れるように動かすだけなので、ほとんどなにも感じないくらいだった。

ああ！　手綱(たづな)を軽くさばくようにするだけで、どれだけ馬が楽か、人間たちがわかっていたら！　手綱(たづな)をぞんざいに動かしたり引っぱったりしないでくれれば、馬の口は傷(きず)つかずにすむし、イライラしたりもしない。だけど、実際(じっさい)は、人間たちはしょっちゅうこれをやるのだ。ぼくたちの口はとても敏感だから、乱暴な仕打ちや無知な扱いのせいで傷ついたり固くなっていなければ、御者や乗り手がほんのわずかに手を動かすだけで、すぐになにを求められているかを感じることができる。ぼくの口は一度も傷ついたことはなかったから、奥方はジンジャーよりぼくに乗るのを好んだのだと思う。ジンジャーだって、歩様は同じくらいよかったから、ぼくのことをいつも羨ましがって、調教とロンドン時代のハミのせいで口が損なわれたせいだと嘆いた。そうすると、サー・オリヴァーがこう言う。「まあまあ！　そう嘆くな。おまえさんはだれよりも名誉な仕事をしてるじゃないか。雌馬でも、われわれのだんなさまのような背の高い人間の体重を乗せて、そんなふうに元気よくきびきびと歩けるんだ。レディを乗せられないからって、うなだれることはない。われわれ馬は、くるものを拒まず、親切に扱われているかぎり、進んで受け入れて、満足するようにしなきゃならん」

ぼくはまえから、サー・オリヴァーの尻尾はどうしてあんなに短いんだろうと思っていた。十六、七センチくらいしかなくて、ひとふさの毛がぼそぼそと垂れさがっているだけだ。休みの日に果樹園ですごしていたとき思い切って、どんな事故で尻尾をなくしたのか、きいてみた。「事故だと！」サー・オリヴァーは険しい表情になって鼻を鳴らした。「事故などではない。むごたらしくも恥ずべき、冷酷無惨な行いのせいだ！　子どものときに、こうした残酷な仕打ちをする場所に連れていかれたのだ。そこで、縄をかけられ、動けないようにしっかり縛られた。そして、やつらがやってきて、わしの美しい長い尻尾を切り落としたのだ。肉と骨まで達するほどにな。そして、どこかへ持っていった」

「なんてひどい！」ぼくはさけんだ。

「ああ、ひどいとも。本当にひどい仕打ちだった。だが、問題は痛みだけじゃない。もちろん、痛みはひどくて、ずいぶん長いあいだつづいたがな。それに、美しい飾りを奪われるのも屈辱だった。それだって、つらかったさ。だが、問題はこういうことだ。どうやってわき腹や後ろ脚からハエを追い払えばいいのだ？　おまえさん方は尻尾があるから、無意識のうちにアブどもを追い払っているだろう。だから、アブどもがとまって体をチクチク刺しても、追い払うすべがないつらさは、想像がつかんだ

ろうよ。言っておくが、これは終生つづく悪しき仕打ちであり、終生つづく喪失なのだ。ありがたいことに、今じゃ、こういうことはやらなくなったがな」

「じゃあ、いったいなんのためにやっ

ていたの?」ジンジャーがきいた。

「流行だよ!」老馬は、カッと脚で地面を蹴った。「流行っていたからやったのだ。どういう意味か、わかるか? 当時は、ちゃんとした育ちの若馬はみな、こんなふうに恥ずべき形にしっぽを切り詰められていたんだ。あたかも、われわれを創りたもうた神が、われわれにはなにが必要で、どんな姿が望ましいか、わかってらっしゃらないとでもいうように!」

「あたしたちの頭をあのハミを使って高くあげさせるのも、その流行とやらだったんでしょうね。ロンドンでは、あの忌まわしいハミのせいで、どれだけ苦しめられたことか」ジンジャーも言った。

「そのとおりだ。わしの考えでは、流行という代物ほど邪悪なものは、世界にもそうそうない。今だと、例えば、犬たちの扱いを見てみろ。尻尾を切り落として、元気よく見せるとか、かわいらしい耳を刈り込んでとんがらせ、りこうそうに見せるとか、まったくけっこうなことだ。むかし、茶色のテリア犬の友だちがいたんだ。スカイという名前でな。わしのことをとても好いてくれて、必ず厩舎のわしの馬房で眠っていた。飼い葉おけの下に寝床を作って、それ以上は望めないほどのかわいらしい仔犬を五匹産んだのだよ。溺れ死にさせられることはなかった。高価な犬種だったからな。スカイのうれしそうだったこと！　仔犬たちの目が開いて、そこらへんを這いまわっているようすは、本当にかわいらしかったよ。ところが、ある日、人間がやってきて、仔犬たちを一匹残らず連れていってしまったんだ。わしが踏みつけるんじゃないかと、心配したのかと思った。だが、そうじゃなかった。その日の夜に、かわいそうなスカイは仔犬たちを連れもどしてきた、一匹ずつくわえてな。だが、もう幸せそうな仔犬たちの姿はどこにもなかった。血を流して、哀れな鳴き声をあげていたんだ。全員、尻尾をちょん切られ、かわいらしい小さな耳のやわらかい部分も、すっかり切り落とされていた。母犬は懸命になめてやっていたよ。どんなに心配していたことか！　かわいそうに！　あのことは一生、忘れない。そのうち傷は治って、痛みのことも忘れたが、耳のきれいなやわらかい部分は永遠に失われてしまった。本来はもちろん、耳の繊細な部分が傷ついたり、ほこりが入ったりするのを防ぐためのものだったのに。りこうに見せたいっていうなら、人間は自分たちの子どもの耳を切って、とがらせればいいんだ。鼻の先っぽを切り落として、元気よくみせりゃいいじゃないか。痛みの感じ方は、だれだって同じなんだ。いったいなんの権利があって、神の創造物に苦痛を与え、わざわざ醜い姿に変えるのだ？」

サー・オリヴァーは、ふだんはとてもやさしい馬だけれど、激しやすいところもあった。サー・オリヴァーの話はどれも、まったく聞いたことがなかったし、あまりにもおそろしかったので、心の中にふつふつとこれまで感じたことのないような人間に対する苦々しい思いが湧きあがった。もちろん、ジンジャーはすっかりいきり立って、頭を振りあげて目を怒らし、鼻の穴を膨らませて、人間なんてものは粗暴な大バカ者なのだと息巻いた。

「大バカ者なんて言ってるのはだれだい？」メリーレッグスがリンゴの老木のほうからやってきた。低い枝に体をこすりつけていたのだ。「だれだよ？　大バカなんて、悪い言葉だろ」

「悪い言葉は、悪い者に対して使うためにあるのよ」ジンジャーはそう言って、サー・オリヴァーの話を語って聞かせた。

「ぜんぶ本当の話だよ」メリーレッグスは悲しそうに言った。「わたしもそういった犬たちは何度も何度も見てきたよ。最初に暮らしていた場所でね。だけど、ここでは、そんな話をするのはやめよう。だんなさまのことはよく知ってるじゃないか。それに、ジョンとジェイムズはいつだってわたしたちによくしてくれる。そういった場所で人間を悪く言うのは、正しいこととは言えないし、恩知らずなんじゃないかな。それに、ここ以外にだって、いいご主人やいい馬丁がいることは知ってるだろ。もちろん、うちのだんなさまと馬丁が一番だけどね」

メリーレッグスは気のいい馬だし、彼の言ったことが本当だということはみんなよくわかっていたから、だんだんと落ち着いてきた。特にサー・オリヴァーはだんなさまのことを心から好いていたのだ。だから、話題を変えようと思ってぼくは言った。

「だれか、目隠しの役割を教えてくれませんか？」

「むりだね！　なぜなら、役割なんてないからだ」サー・オリヴァーがぶっきらぼうに答えた。

すると、葦毛の小馬のジャスティスが、いつものおだやかな調子で言った。「目隠しは、馬が驚いて跳びあがったりあとずさりしたりするのを防ぐためのものってことになってる。馬が怯えて、事故を引き起こさないように」

「なら、どうして乗馬にはつけないんですか？　婦人用の馬につけないのはおかしいですよね？」ぼくはきいた。

「理由なんてないよ。それが流行りってだけじゃないかな。人間たちは、馬は自分が引いている荷車や馬車の車輪が追いかけてくるのを見たら、怯えて逃げ出すっていうんだ。だけど、それをいうなら、人間を乗せているときだって、人通りが多けりゃ、そこいらじゅうに車輪が見えるけどね。確かに、たまにあんまり近くまでくると、不愉快ではあるけど、逃げたりはしないのに。ぼくたちはもう慣れてるし、それがなにかもわかってる。だから、目隠しをしたことがなければ、目隠しなんていらないんだ。まわりのものが見えていれば、それがなんだかもわかるし、ちょっとくらいわからないものが見えたって、そこまで怯えたりしない。もちろん、中には神経質な馬もいて、若いころにけがをしたり怯えたりした経験があるなら、目隠しをしたほうがいいかもしれないけど、ぼく自身は神経質じゃないから、わからないや」

「わしは、夜に目隠しをするのは危険だと考えている」サー・オリヴァーが言った。

「われわれ馬は、人間よりもずっと夜目がきく。それに、馬がちゃんと目を使えていたら、起こらなかったと思われる事故はたくさんある。思い出したんだが、何年かまえ、暗い夜に二頭の馬が葬儀用の馬車を引いてもどる際、農夫のスパローさんの家のまえを通ったんだ。道路に近いところに池があってな、車輪が端に寄りすぎて、馬車が池の中に落ちてしまった。馬たちは二頭とも溺れ、御者ももう少しで命を落とすところだった。もちろんこの事故のあと、頑丈な白い手すりがつけられて、よく見えるようになったが、そもそもあの馬たちが目隠しのせいで前しか見えない状態じゃなきゃ、道路の端には寄らないように走っていたはずだ。そうしたら、事故など起こらなかっただろう。われわれのだんなさまの馬車もひっくり返ったことがある。おまえさんがたがここにくるまえの話だよ。左側のランプが消えてなきゃ、ジョンは道路工事人たちが残していった穴に気づいたはずだと、みなは言っておった。確かにそうだろう。だが、そもそもじいさん馬のコリンが目隠しをつけてなきゃ、ランプがついてようが消えてようが、穴は見えたはずだよ。コリンは年季の入った知恵のある老馬だったから、危険なところへつっこんでいくような真似はしなかったはずなのだ。でも実際には、コリンはひどいけがを負ったし、馬車は壊れちまって、ジョンが助かったのは奇跡みたいなものだったよ」

ジンジャーが唇をゆがめた。「そういう人間たちは、そんなに賢いっていうなら、仔馬はみんな、顔の両脇じゃなくて、おでこの真ん中に目がくっついて生まれろって命じればいいじゃないの。人間っていうのは、自分たちは自然をもっとよくできるって思ってる。神さまがお創りになったものを作り直せるって思ってるんだから」

またみんながむしゃくしゃしてきたところで、メリーレッグスが小さな頭をあげ、よく物のわかった表情を浮かべて言った。「ひとつ秘密を教えるよ。ジョンは目隠しのことをよく思ってないと思う。まえに、だんなさまとその話をしているのを聞いたんだ。だんなさまが『馬たちが目隠しに慣れているなら、場合によっては、つけるのをやめるのは危険なんじゃないか』とおっしゃってさ。そしたら、ジョンは仔馬を調教するときに目隠しを使わないようにすればいいと思う、外国ではそうしているところもあるらしい、って答えてた。だから、くよくよするのはやめて、果樹園のむこ

ロシアン・トロッターは人の声で調教される。

う端まで走ろうよ。風でリンゴが落ちてるんじゃないかな。ナメクジに食われるんなら、わたしたちで食べよう」

反対する者はいなかったので、長い立ち話は終わりにして、ぼくたちは草むらのあちこちに落ちていたリンゴを食べた。むしゃむしゃと甘いリンゴをほおばるうちに、また気持ちが晴れやかになったのだった。

第11章　ざっくばらんな立ち話

バートウィックで長く暮らすにつれ、ここにいられることがますます誇らしく、幸せだと感じるようになった。だんなさまと奥方は、二人を知っている人たちみなに尊敬され、愛されていた。二人とも、だれにでも親切で、人間だけじゃなくて、馬やロバや犬や猫、家畜や鳥たちにもやさしく接し、虐げられたりひどい扱いを受けたりした動物みなの味方になった。お屋敷の使用人たちもそういうだんなさまたちに倣った。村の子どもたちも、動物に残酷な仕打ちをしたことがお屋敷に知られると、すぐに罰を受けることになった。

だんなさまと農夫のグレイさんはいっしょになって、もう二十年以上も止め手綱を廃止しようという運動をしていたから、このあたりで止め手綱を見かけることはほとんどなかった。それに、奥方は、馬が頭を高く引っぱりあげられて重たい荷物を引いているのを見かけると、馬車を降りて、それがどれだけ残酷で愚かなことかをやさしい声で御者に説いて聞かせるのだった。奥方に逆らえる男の人は、いないだろう。人間のレディがみんな奥方みたいだったらいいのに、とぼくは思った。だんなさまもかなり厳しく言うことがあった。まえに一度、だんなさまを乗せてうちへむかっていたとき、力の強そうな男が小型の二輪馬車を御してやってきたことがあった。引いているのは、美しい葦毛のポニーで、ほっそりした脚と、純血種らしい敏感そうな顔かたちをしていた。お屋敷の門のまえまでくると、ポニーはそちらへむきを変えた。すると、男はひと言も声をかけることなく、いきなりポニーの頭を力ずくで元へもどしたのだ。急に手綱を引かれたせいで、ポニーはしりもちをつきそうになったが、それでもなんとか体勢を立て直し、進もうとすると、今度は、男はどうかなったみたいに鞭をふるいはじめた。ポニーは勢いよくまえへ出ようとしたけれど、男はがっしりとした手で、美しいポニーの口が裂けそうなほど強く手綱を引っぱり、なおも鞭をふりおろしつづけた。とても見ていられない。あんなふうにされて、感じやすい口がどれだけ痛むか、わかるからだ。すると、だんなさまはぼくに声をかけてむきを変え、すぐさま男のほうへいった。

「おい、ソーヤー、そのポニーは血と肉でできているんじゃないのか？」だんなさまは険しい声で言った。

「肉と血と癇癪でさあ。こいつは、自分の好きに振る舞ってばかりで、そいつがおれとは性に合わねえんです」ソーヤーは完全に頭に血がのぼっているふうだった。ソーヤーは建築業者で、お屋敷にもよく仕事できていた。

「では、おまえは、そんな扱いをすれば、ポニーがおまえの好きなように振る舞うと思っているのか？」だんなさまは厳しい口調でたずねた。

「こいつには、あんなところで曲がる筋合いはなかったんですよ。まっすぐいきゃあいいんだ！」ソーヤーは乱暴に言い放った。

「おまえはしょっちゅうそのポニーに乗って、わたしの屋敷にきているだろう。むしろそうしたことをよく覚えていて、賢いという証じゃないか。今日は、おまえが屋

「おい、ソーヤー、そのポニーは血と肉でできているんじゃないのか？」

敷に用はないことなど、ポニーにわかるわけないだろう？　だが、それはたいしたことではない。いいか、そのような人道に反する残酷な扱いは、見るに堪えない。それに、そんなふうに自制心を失えば、ポニーを傷つけるだけではない。それと同じくらい、あるいはそれ以上に、おまえ自身の人格も損なうことになるのだ。よく覚えておけ。われわれはみな、自分の行いによって裁きを受けることになる。人間に対する行いだろうが、動物に対する行いだろうが、同じだ」

　だんなさまはゆっくりとぼくの歩を進め、お屋敷のほうへもどった。声の調子から、だんなさまが深く悲しんでいることが、ひしひしと感じられた。だんなさまは同じ紳士階級の人たちにも、自分より身分の低い人たちにも、同じように話した。このあいだ、出かけたときに友人のラングレイ大佐と会ったときも、そうだった。大佐は、幼馬調教車[1]の一種に乗り、立派な二頭の葦毛に引かせていた。しばらく話したあと、大佐が言った。

「わたしの新しい馬たちはどうです？　あなたは、このあたりでもすぐれた馬の目利きでいらっしゃいますからね。ぜひともご意見を伺いたいものです」

だんなさまはぼくを少しうしろへ下がらせ、二頭の馬をながめた。

「めったに見られないほどの立派な馬たちですね。見た目どおり、気立てもよい馬なら、これ以上のペアは望めないでしょう。しかし、あいかわらず持論は曲げてらっしゃらないようだ。馬を苦しめ、彼らの力をそぐというのに」

「なんのことです？　ああ、止め手綱のことですか？　なるほど！　あなたのお得意な話題だとは知ってますがね、実際のところ、わたしは自分の馬たちが頭を高くあげているのが好きなんです」

「わたしもそれは同じですよ。みな、そうでしょう。しかし、無理やりあげられているのは、見たくありません。馬のすばらしさが失われてしまいますよ。ラングレイ大佐、大佐は軍人でいらっしゃる。とうぜん、あなたの連隊がパレードで立派に見えればご満足でしょう。それこそ、頭を高くあげたりとかね。しかし、兵士たちが背板に頭を括りつけられていたとしたら、どうです？　ご自分の訓練の賜物だとは思えない

1　幼馬を調教するための特殊な大型四輪馬車。

でしょう？　まあ、それでもパレードならば、たいした害はないでしょう。兵士たちは苦しい思いをするでしょうし、疲れてしまうでしょうが。しかし、実際に銃剣で敵に突撃していくときだとしたら、どうです？　兵士たちが自分の筋肉すべてを思いきり使って、全力で前進したいと思っているときだとしたら？　そんなふうにして、勝利が見こめるとは思えませんね。馬だって同じです。これでは、馬たちをいらだたせ、苦しめるだけだ。彼らの力がそがれてしまう。そのせいで、馬たちは馬車を引くのに全体重をかけることができない。関節や筋肉に余計な負担がかかってしまうんです。とうぜん、くたびれるのも早くなります。信じてください、馬たちも、人間と同様に頭を自由に動かせるように創られているんです。われわれが流行を追ってばかりいないで、もう少し常識というものに照らして行動すれば、いろいろなことがもっと簡単になりますよ。それに、大佐もご存じでしょうが、万が一馬がつまずいた場合、頭と首をそらされたかっこうで固定されていたら、体勢を立て直すのが難しくなります。さてと」だんなさまは笑いながら言った。「わたしの持論を走らせすぎてしまったようだ。どうです、大佐、あなたもひとつ、わたしの論に乗ってくださいませんか？　あなたがお手本を示してくだされば、影響も大きいでしょうからね」

「おっしゃることは理論的には正しいでしょうな」大佐は言った。「それに、兵士たちのたとえは一本取られましたよ。ですが――そうですね、考えておきましょう」そう言って、二人は別れた。

第12章　嵐の日

秋も深まったある日、だんなさまは仕事で遠くまで出かけることになり、ぼくが二輪馬車[1]を引き、ジョンがお供をすることになった。ぼくはこの二輪馬車で出かけるのが好きだった。軽いし、車輪が高くて軽快に進むからだ。大雨が降ったあとで、今は風がかなり強く、道路にも枯れ葉が雨のように降りそそいでいた。楽しい気持ちで進んでいくと、やがて料金所が現われ、低い木の橋が見えた。川岸は高かったので、橋はアーチ型ではなく、まっすぐにかけられていたから、川の水量が多いと、真ん中あたりは木造部のすぐ下まで水がくる。でも、両側に頑丈な手すりがついていたので、気にする者はいなかった。

料金所の男は、川の水がぐんぐん上がってきているので、夜にはどうなるか心配だと言った。牧草地の多くが水の下に沈み、道路の低いあたりには水が溜まって、ぼくの脛の半分あたりまできていた。でも、地面の状態は悪くなかったし、だんなさまがゆっくりと進んでくれたので、問題はなかった。

町につくと、もちろんおいしい餌はもらったけれど、だんなさまの仕事はだいぶ長引き、帰途についたのは、午後もだいぶ遅くなってからだった。そのころには、風はますます強くなって、だんなさまがジョンに、こんな嵐の日に出かけたことはないよと言っているのが聞こえた。ぼくもそう思いながら、森のはずれをずっと走っていったけれど、太い枝が小枝みたいに大きく揺れて、ざわざわという音が恐ろしかった。

「この森を早く出られるといいのだが」だんなさまが言った。

「おっしゃるとおりです。あの枝が落ちてきたら、えらいことになります」

その言葉がジョンの口から出るか出ないかのうちに、ギィーときしむような音がし

1　背中合わせの二座席があり、むかしは座席の下に猟犬を乗せた。

て、次の瞬間、メリメリメリと枝葉が引き裂かれる音とともに、オークの木がまわりの木々をなぎ倒しながら倒れてきた。根こそぎになったオークは、ぼくたちの目の前にドーンと倒れ、道路をとおせんぼした。驚かなかったとは言わない。もちろん驚いたし、硬直して動けなくなり、たぶんぶるぶる震えてもいたと思う。でも、もちろん回れ右をしたり、逃げだしたりはしなかった。そんなことをするようには、育てられていないからだ。ジョンは馬車から飛び降りて、ぼくの頭のすぐ横にきてくれた。

「危ないところだった。さて、どうしたものかな?」だんなさまは言った。

「そうですね、あの木を乗り越えるのはむりですし、回りこむこともできません。四つ辻までもどるよりほかに、手はないでしょう。さっきの木の橋までもどるのに、たっぷり十キロはありますがね。遅くなるでしょうが、馬は元気ですから」

そこで、ぼくたちは引きかえし、四つ辻のほうから回っていった。橋についたころには、ほとんど日が暮れていた。橋の真ん中が水に浸かっているのが、かろうじて見える。でも、これまでもたまに橋が浸水していることはあったので、だんなさまは止

「危(あぶ)ないところだった。さて、どうしたものかな？」

まらずに、そのままのスピードで進んでいった。でも、橋に脚(あし)をかけたとたん、ぼくはなにかがおかしいことに気づいた。これ以上進むのはやめ、ぼくはぴたりと脚(あし)を止めた。「ほら、いけ、ビューティ」だんなさまが言い、鞭(むち)でそっとぼくの体をたたいた。でも、ぼくはピクリともしなかった。すると、今度は、少しきつく鞭(むち)をふりおろした。ぼくはビクンとしたが、それでも前へ進もうとしなかった。

「なにかようすがおかしいですよ、だんなさま」ジョンは馬車から飛(と)び降(お)りると、ぼくの頭のところまできて、眺(なが)めまわした。「ほら、ビューティ、どうした？」

もちろんジョンに説明することはできないけれど、橋が危険なことは確信していた。

まさにそのとき、反対岸の料金所の男が家から飛び出してくると、どうかなったみたいにたいまつを振り回した。

「おーい、おーい！　そこの方！　止まって！」男はさけんだ。

「どうしたんです？」だんなさまは大声でたずねた。

「橋が壊れたんです。真ん中の部分が流されました。渡れば、川の中です」

「危ないところだった！」だんなさまは言った。「よくやったぞ、ビューティ！」

ジョンもそう言って、手綱を手に取ると、そっとぼくを引いて、川沿いの右手の道のほうへむかった。太陽はいつの間にか沈み、風もオークの木を根こそぎ引き裂いたときのもうれつな勢いからはだいぶ和らいだようだ。あたりはみるみる暗くなり、静けさが増していく。ぼくは静かに速歩で走り、やわらかくなった地面を車輪はほとんど音もたてずに進んでいった。ずいぶん長いあいだ、だんなさまもジョンも黙っていたけれど、やがてだんなさまが真剣な口調でなにか言いはじめた。二人の話はよくわからなかったけれど、ぼくがあのままだんなさまの言うとおりに橋を渡っていたら、

「橋が壊れたんです。真ん中の部分が流されました。」

橋が落ちて、馬も馬車もだんなさまもジョンもみんな川にまっさかさまだったろうと考えていることはわかった。あの激しい流れや、あたりが暗く、近くに助けてくれそうな人間がいなかったことを考えれば、全員が溺れ死んでいたことはほぼまちがいない。だんなさまは、神は人間に理性をお与えになり、それによって人間は自身の力でさまざまなことを突き止めることができるが、動物たちには知恵を与えられたのだ、というようなことを言っていた。知恵は理性に基づくことなく、理性とはちがう方法ですばやく、完璧な判断を下すことができるから、それによって、人間たちは命を助けられてきたのだ。ジョンは、これまで犬や馬が見せたおどろくような行動の話をし、人間は本来そうすべき半分も動物たちを大切にしていない、動物たちを友として扱うべきなのだ、と言った。確かに、ジョンはちゃんと動物たちを友として扱ってくれている、とぼくは思った。

ようやくお屋敷の門までくると、庭師がぼくたちのことを待っていた。暗くなってからもぼくたちが帰ってこないので、奥方が事故でも起こったのではないかとひどく心配していたという。奥方はジェイムズを葦毛のジャスティスに乗せ、だんなさまのことをききに木の橋までいかせていた。

玄関と二階の窓には、明かりがついていた。ぼくたちが近づいていくと、奥方が駆けだしてきた。「ああ、あなた、ご無事でしたのね？ どんなに心配したことか！ いろいろ悪いことばかり考えてしまって。事故に遭ったわけではないんですね？」

「ああ、大丈夫だよ。だが、もし人間より賢いブラックビューティがいなければ、今ごろあの木の橋で川に流されていただろう」だんなさまたちは家の中へ入っていったので、その先は聞けなかった。ジョンはぼくを厩舎まで連れていってくれた。その夜、ジョンのくれた夕食のおいしかったこと！ ふだんのカラスムギに、上等なふすまのおかゆと潰した豆がついていた。それに、干し草のベッドはふかふかだった！ ありがたかった。なにしろぼくはすっかりくたびれていたから。

第13章　悪魔の特性

　ある日、だんなさまの用事でジョンと出かけた帰り道のことだ。長いまっすぐの道をのんびりと走っていると、少し先で、少年がポニーに木戸を飛び越えさせようとしているのが見えた。ポニーがジャンプしようとしないので、少年はピシリと鞭をあてた。でも、ポニーは片側へよけてしまう。少年はふたたび鞭でたたいたけれど、やはりポニーはわきへよけてしまった。すると、少年はおりて、ポニーを鞭で打ちすえ、頭を殴りつけた。そして、またポニーにまたがると、恥ずかしげもなく蹴りに蹴って、木戸を飛び越えさせようとしたが、今度もまたポニーは言うことをきかなかった。そのころには、ぼくたちは近くまできていたが、ちょうどそのときポニーが頭をぐっと下げ、かかとを蹴りあげて、少年をまえのほうへ放り出した。少年は幅のある生垣に突っこみ、ポニーのほうは手綱をぶら下げたまま、全速力でうちのほうへ走っていった。ジョンは大きな声をあげて笑った。「とうぜんの報いだ」

「うわーん」少年はサンザシの木の中でもがきながら泣き声をあげた。「ねえ、助けてよ」

「まったく。そこはおまえさんにぴったりの場所だよ。少しひっかき傷でも作れば、ポニーに高すぎる木戸を飛び越えさせようなんて思わなくなるだろうさ」そう言い残して、ジョンはまた馬車を走らせた。「もしかしたら、あのこぞうは乱暴なだけじゃなくて、嘘つきかもしれんぞ。ビューティ、ちょっとブッシュビーさんのところへ寄ってみよう。今の話に興味を持つんじゃないかな」そこで、ぼくたちは右へ曲がり、ほどなく干し草小屋までくると、ブッシュビーさんの農家が見えた。ブッシュビーさんは慌てたようすで出てきた。奥さんは門のところに立っていたが、ひどく怯えた顔をしていた。

ぼくたちがくると、ブッシュビーさんはたずねた。「うちの坊主を見なかったかね？　一時間まえにおれの黒いポニーで出かけたんだが、今、ポニーだけもどってきたんだ」

「それはつまり、乗り手がいないほうがいいからじゃないか？　きちんとした乗り手なら別だが」ジョンは言った。

「どういう意味だ？」

「いやね、たった今、おたくの息子があんたの立派なポニーを恥ずかしげもなく、鞭でさんざん打ったり蹴ったり殴ったりしているのを見たんだよ。ポニーが高すぎる木戸を飛び越えようとしなかったものだからね。ポニーはちゃんとしていたよ、なにも悪いことはしちゃいない。だが、最後の最後になって、かかとを蹴りあげて、背中に乗ってるお若い紳士をサンザシの生垣の中に放りだしたのさ。おたくの息子に助けてくれって言われたんだがね、悪いが、どうしてもその気になれなかった。骨が折れたりはしてないよ。ちょっとしたかすり傷だけさ。おれは馬が大好きなんでね、ひどい扱いを受けているのを見ると、頭にきちまうんだ。馬がかかとを使おうって気になるまで怒らせるのは、得策とは言えないな。次はこのくらいですまないかもしれないぞ」

ジョンが話しているあいだに、奥さんは泣きはじめた。「まあ、かわいそうなビル。探しにいってやらなきゃ。けがをしてるかもしれないよ」

「おまえはうちの中に入ってろ。ビルは今回のことで学んだほうがいい。あいつがよくわかったかどうか、たしかめてやる。これが最初じゃねえんだ。それどころか、二回目でもない。あいつのポニーの扱い方はなってない。やめさせないと。ありがとうよ、マンリー。じゃあ、また」

ぼくたちはそのまま家へむかった。帰り道のあいだじゅう、ジョンはクックと笑っていた。うちにつくと、ジェイムズにも話したので、ジェイムズも笑いながら言った。

「いいきみだよ。あいつとは学校でいっしょだったんだ。農場の息子だっていうことで、えらそうにしてたんだよ。肩で風を切って歩いてさ、弱い者いじめをしていた。もちろん、おれたち上級生はそんなバカげたことは許さなかったけどね。学校と校庭では、農場の息子だろうと労働者の息子だろうと、みな同じだってことをわからせてやったよ。一度、午後の授業が始まるまえに、やつがでかい窓のところでハエを捕まえて、翅を引っこ抜いてるのを見たんだ。おれがいるのに気づいてなくてさ。横っ面に一発お見舞いしてやったら、床の上にのびちゃったんだ。まあ、おれも頭にきてたんだけど、ちょっとぎょっとしたよ。だって、ものすごい声でわめきちらすんだ。校庭からほかの子たちが走ってきて、先生まで外から駆けてきたんだよ、だれが殺されかけてるんだ、ってね。もちろん、おれはすぐに自分がしたことを正直に話したよ。理由もちゃんとね。それで、潰されたり翅をもがれて這いまわってるハエと、窓辺に落ちてた翅を見せたんだ。あんな怒った先生は見たことがなかった。だけど、ビルはあいかわらずわめいたり哀れっぽい声を張りあげたり、本当に意気地のないやつで、だから、先生もそれ以上たたくような罰は与えなかった。だけど、そのあと午後じゅう椅子の上に立たされて、その週は外で遊んじゃいけないことになったんだ。それから先生は真面目な顔でみんなに、残酷な行いについて話した。弱く無力なものを傷つけるのがどんなに心無い卑怯な行いかってことをね。おれが一番心に残ったのは、残酷な行いは悪魔の特性だっていう言葉だった。残酷な行いに喜びを感じている者がいたら、そいつがだれの信者かってことがわかる。なぜなら、悪魔は最初から殺し屋で、最後まで相手を虐げるからだ。一方で、隣人を愛し、人間にも動物にもやさしくする人は、神さまの信者だってわかるんだ」

「おまえの先生が教えてくれたことは、なにより大切な真実だ」とジョンは言った。

「愛を説かない宗教はない。自分の宗教について好きに話すのはいいが、その教えが人間と動物をやさしく思いやるようにっていうものじゃなかったら、そんなのは偽物だ。まったくの偽物だよ、ジェイムズ。そんな宗教は、ものごとがひっくり返るときまで、持ちやしないんだ」

第14章　ジェイムズ・ハワード

十二月の朝早く、毎日の運動のあと、ジョンがぼくを厩舎の馬房にもどして馬着を着せているあいだ、ジェイムズが納屋へカラスムギを取りにいった。すると、だんなさまがやってきた。封をあけた手紙を持って、いつになく深刻な表情を浮かべている。ジョンはぼくの馬房の扉を閉めると、軽く帽子に触れて会釈し、だんなさまが用件を言うのを待った。

「おはよう、ジョン。ジェイムズのことだが、なにか不満などはないかね?」

「不満? いいえ、ありません」

「熱心に働いて、おまえにも礼儀正しく接しているか？」

「はい、いつもそうです」

「おまえが見ていないときでも、いいかげんな仕事をしたりもしてないか？」

「決してそんなことはありません」

「なら、よかった。だが、もうひとつ質問しなければならない。ジェイムズに疑わしい点はないかな。馬たちを運動させにいったり、伝言を持っていったりするときに、知り合いと立ち話をしたり、用事のない家へいって、馬たちを放っておいたりといったことはないか？」

「いいえ、だんなさま。決してありません。もしジェイムズについてそんなことを言うやつがいても、わたしは信じません。実際に見たという人の前ではっきり証明でもされないかぎり、信じる気もありません。ジェイムズのことを中傷しようとしている人間についてあれこれ言うのは、わたしの役目じゃありませんが、これだけははっきり言っておきます。この厩舎で、ジェイムズほどしっかりしていて、感じがよく、正直で、頭のいい子はいません。あの子の言うことなら信じられますし、仕事ぶりも信頼しています。あの子は馬の扱いにもたけていて、やさしく接します。立派な仕着せを着てひも付きの帽子をかぶって働いているような若い連中も知ってますが、その半分がうちにくると言ったとしたって、ジェイムズ一人に馬たちの世話を任せたほうが安心ですよ。ジェイムズ・ハワードの評判を貶めようってやつがいるなら」そう言って、ジョンは決然とあごをあげた。「このジョン・マンリーのところへきてもらいましょう」

だんなさまはジョンが話しているあいだ、重々しいようすでじっと聞いていたが、話が終わると、満面の笑みを浮かべて、やさしい表情で奥にいるジェイムズのほうを見た。ジェイムズはずっとそこに立っていたのだ。「ジェイムズ、そのカラスムギを置いて、こちらへおいで。ジョンのおまえに対する評価が、わたしと同じだとわかって、心からうれしいよ」そう言って、だんなさまはおどけたようすで笑みを浮かべた。「ジョンは慎重な男だからな。ジョンがその人物のことをどう考えているか、聞くのはなかなか難しいんだ。だから、この件については遠回しに探りを入れたほうが、答えが早く手に入るんじゃないかと思ったわけだ。知りたいことを早急に知る必要があったんでね。さあ、では用件に移ろう。義兄から手紙をもらってね。クリフォード館のクリフォード・ウィリアム卿だよ。二十歳か二十一歳くらいの信頼のおける馬丁を紹介してほしいと言われたのだ。仕事がきちんとできる若者をね。今の御者は、義兄のところに三十年もいたんだが、だんだんと弱ってきたから、今からいっしょに働いて彼のやり方を覚えてほしいそうだ。老御者が引退したあかつきには、あとを引き継げるような優秀な若者がほしいということだな。最初のうちは週に十八シリングの給金で、厩舎での作業着と、御者の仕着せが支給される。馬車小屋の上に一室与えられ、手伝いの少年も一人つく。クリフォード卿はいい主人になるだろうし、おまえも、その仕事に就けば、将来にむけていいスタートを切れるのではないかな。おまえと別れるのはさみしいし、おまえがここを離れれば、ジョンは右腕を失うことになるわけだがな」

「そのとおりです。ですが、ジェイムズの出世の邪魔をするような真似はいたしません」

「ジェイムズ、おまえはいくつだね?」だんなさまがきいた。

「来月の五月で十九歳です」

「若いな。どう思う、ジョン？」

「ええ、確かに若いです。ですが、ジェイムズは、一人前の男並みに落ち着いておりますし、力も強く、体もしっかりしています。御者の経験はまだまだかと思いますが、手はがっしりとしてぱっぱと動きますし、目も早い。とても注意深いですからね。蹄と蹄鉄の世話が行き届かないせいで馬がだめになるなんてことは、決してありません」

「おまえの言葉が、なによりの保証だよ。クリフォード卿は追伸で、『きみのところのジョンに教わった若者がいれば、なによりなのだが』と書いておられるのだ。では、ジェイムズ、よく考えて、今晩、食事のときにお母さんにも相談しなさい。それから、どうするか、返事をしてくれ」

この会話の数日後に、ジェイムズがクリフォード館にいくことは決まった。むこうの主人の都合で、五、六か月後になるという。それまでのあいだ、ジェイムズは御者としての訓練をできるだけ多く受けることになり、これまでにないほど頻繁に馬車が出されることになった。奥方が出かけないときは、だんなさまが自分で二輪馬車を御していたけれど、今では、だんなさまだろうがお嬢さま方だろうが、それこそただのちょっとした使いでも、ジンジャーとぼくが馬車を引き、ジェイムズが御者席にすわった。最初はジョンもいっしょに乗って、あれこれ指示を出していたけれど、そのうちジェイムズが一人で手綱を取るようになった。

うれしかったのは、土曜日になると、だんなさまといっしょにロンドンのあちこちへ出かけたことだ。ぼくたちは、数々の奇妙な通りを走った。また、だんなさまは、ちょうど列車が入ってくるときに駅へいくようにした。そういったときには、辻馬車や四輪馬車、荷馬車や乗合馬車などがいちどきに橋を渡ろうとする。駅のベルが鳴りひびいているときに、この橋をわたるには、いい馬といい御者が必要だ。橋は狭いし、駅へ曲がる角は急カーブになっていて、あっという間に正面衝突してしまう。気をつけて、冷静な判断をすることが、とても大切だった。

第15章　宿屋の老馬丁（ばてい）

そんなふうに訓練したあと、だんなさまと奥方（おくがた）はお屋敷（やしき）から七十五キロほど離（はな）れたところに住んでいる友人を訪（たず）ねることにした。御者（ぎょしゃ）はジェイムズだ。一日目、ぼくたちは五十キロほど進んだ。長くて急な坂道が何本もあったけれど、ジェイムズは慎重（しんちょう）によく考えて進んだので、ぼくたちもまったく嫌（いや）な思いをしなかった。坂道を下るときは、輪止め（ブレーキ）[1]をつけるのを忘（わす）れなかったし、そのあとはちゃんと外してくれた。ぼくたちが道路のでこぼこしていないいちばん平らなところを歩けるようにし、長い上り坂があれば、車輪を道路に対して少し斜（なな）めにして、うしろに転がらないようにしてから、休ませてくれた。こうした小さな気遣い(きづか)で、馬はずいぶんと助かるのだ。さらに、やさしい言葉でもかけてくれれば、言うことはない。

ぼくたちは一、二回休んだけれど、太陽が沈み(しず)はじめたころには、今夜一泊(ぱく)する町についた。市が開かれる広場にある立派(りっぱ)なホテルへいって、アーチの門をくぐると、細長い中庭があり、いちばん奥(おく)に厩舎(きゅうしゃ)と馬車小屋があった。二人の馬丁(ばてい)がやってきて、ぼくたちを馬車から外した。馬丁頭(ばていがしら)は感じのいい元気な小男で、片脚(かたあし)が曲がっており、黄色いストライプのチョッキを着ていた。馬具をこんなにすばやく外す馬丁(ばてい)ははじめてだ。馬丁(ばてい)はぼくをなでて、やさしい言葉をかけると、細長い厩舎(きゅうしゃ)へ連れていった。中には六つから八つくらいの馬房(ばぼう)があり、二、三頭の馬がいた。もう一人の馬丁(ばてい)がジンジャーを連れてきた。ぼくたちが体をこすってもらって汚れを落としているあいだ、ジェイムズはずっと横(よこ)に立っていた。

1　馬車のブレーキは車輪にとりつけたレバーを手動で操作(そうさ)することで回転を制御(せいぎょ)するものだった。

こんなふうに手早く軽々と汚れを落としてもらったことはない。老馬丁が拭き終わると、ジェイムズはぼくの体に触ってたしかめていた。やり残しがあるにちがいないと思ったようだけれど、ぼくの毛は絹みたいにきれいですべすべになっていた。

「すごいな。おれもかなり早いと思ってたし、師匠のジョンはもっと早いんだ、だけど、あなたはこれまで会っただれよりも、早くて、しかも丁寧ときてる」

「『継続は力なり』ってやつさ」脚の曲がった老馬丁は言った。「そうじゃなきゃあ、困るだろ。四十年もやってきて、へたくそじゃな！　ハハ！　それじゃあ、情けない。それに、早いってことについちゃあ、そりゃあんた、単に習慣の問題さ。早くやるのを習慣にしちまえば、ゆっくりやるのと同じくらい楽になる。むしろ、そっちのほうが楽なくらいだ。二倍の時間をかけてのそのそ動き回るのは、おれの場合健康に悪いんだよ。のろのろ仕事をやるやつもいるが、そんなんじゃ、口笛も吹けんよ！いいかい、おれは十二のときから馬の世話をしてんだ。狩猟馬の厩舎、それから競馬の厩舎でな。チビだったから、何年か騎手をやってたんだよ。だが、グッドウッドで走ったとき、芝がつるつるでな、かわいそうにおれのラークスパーは転んじまって、おれもひざの骨を折っちまった。とうぜん、もう騎手はできなくなってな。だが、馬がいない生活なんて考えられん。ああ、ぜったい無理だ。それでこのホテルにきたんだ。だからさ、こんな馬を世話できるのは最高に幸せだよ。ちゃんと育てられて、行儀がよくって、ふだんからよく世話をしてもらってるような馬をね。まったくだ！　この馬がどんなふうに扱われているか、おれにはちゃんとわかる。おれに二十分、馬を預けてくれりゃあ、馬丁がどんなやつか当ててみせるよ。こいつはな、元気でおとなしくって、こっちがやってほしいとおりにむきを変え、蹄をきれいにしてもらうのにちゃんと脚をあげる。なんだって、こっちがやってほしいとおりにやれるんだ。だが、落ち着きがなくてイライラしてる馬だっている。思うとおりに動いちゃくれないし、仕切りの中でうろうろして、近づこうものなら頭を振りたて、耳を寝かせて、怖がっているそぶりを見せる。じゃなきゃ、蹴ろうとするんだ。かわいそうに！　そういう馬たちがどんな扱いを受けているかは知ってる。そうした心ない扱いを受けると、臆病なやつは、すぐに跳ねあがったりあとずさりしたりするようになる。元々威勢のいいやつなら、たちが悪い危険な馬になっちまうんだ。馬の性質は、仔馬のころにほとんど決まっちまう。いいか！　馬たちは人間の子どもみたいなもんなんだ。聖書にもあるとおり、『鍛えて歩むべき道を教えよ、そうすれば老いても、そこから離れることがない』ってことだよ。なにかあったとしてもね」

「いい話だな。おれのところのやり方と同じだから。おれのだんなさまの言うことと同じだ」ジェイムズは言った。

「だんなさまっていうのはどなただね？　きいてもいいかな？　きっといい方なんだろう、おまえさんを見ればわかる」

「ゴードンさんだよ、バートウィック屋敷の。ビーコン山の反対側なんだ」ジェイムズは言った。

「ああ！　そうかそうか、聞いたことがある。馬を見る目がおありの方だろ？　このへんじゃ、いちばんの乗り手だって聞いてる」

「その方だよ。だけど、最近じゃ、あまり馬にはお乗りにならないんだ。若だんなが事故で亡くなったから」

「なんと、お気の毒なことだ。当時の新聞で読んだんだよ。立派な馬も死んだんだってな？」

「そうなんだ。本当にすばらしい馬だった。こいつの兄だったんだ、そっくりだったよ」

「なんとも残念なことだ！」老馬丁は言った。「たしか、飛び越えるのにはむいてない場所だったんだよな？　上には幅の狭い生垣があって、下は小川まで急な土手になってるんだろ？　それじゃあ、馬は行く先が見えないだろう。おれも馬を駆ることにかけちゃ、そうとう大胆だが、ジャンプの中には老獪な狩猟家じゃねえと跳んじゃいけないもんもある。人間の命と馬の命は、キツネの尻尾よりも大切だからな。いや、少なくとも、そうじゃねえと」

こんな話をしているあいだ、もう一人の馬丁がジンジャーの世話を終え、カラスムギを持ってきた。ジェイムズと老馬丁は連れ立って厩舎を出ていった。

ジェイムズと老馬丁は連れ立って厩舎を出ていった。

第16章　火事

その夜遅く、もう一人の馬丁がお客の馬を連れてきた。馬の体をぬぐっているあいだに、パイプをくわえた若者が厩舎にぶらりと入ってきて、うわさばなしをはじめた。

「タウラー、はしごをのぼって、屋根裏から干し草を飼葉格子に入れてくれないか？　ただし、そのパイプは置いていけよ」

「あいよ」若者は言って、跳ね上げ戸から上へあがっていった。上で歩き回る音が聞こえ、干し草が降ろされた。そこへ、ジェイムズが入ってきて、最後にもう一度ぼくたちのようすをたしかめると、扉の錠をおろした。

どのくらい眠っていたのかはわからない。何時ごろかもわからなかったが、なにかひどく不安な気持ちで目を覚ました。理由はわからないまま、体を起こすと、空気が重く、息が詰まる。ジンジャーが咳をしているのが聞こえる。もう一頭もひどくそわそわしたようすだ。厩舎の中はかなり暗く、なにも見えないが、煙が充満しているようだった。どうやっても息ができない。

跳ね上げ戸は開いたままになっていて、どうやらそこから煙が降りてくるようだ。耳をすませると、シューシューという小さな音とパチパチとなにかがはじけるような音が聞こえた。なにかはわからないが、ひどく異様な感じがして、全身に震えが走る。ほかの馬たちもみな、目を覚ましていた。端綱をグイグイと引っぱっている馬や、足踏みをしている馬もいる。

すると、ようやく外から足音がして、さっきお客の馬を連れてきた馬丁がランタンを持って飛びこんできた。そして、馬たちの端綱をほどいて、外へ出そうとしたが、彼の慌てふためいて怯えたようすに、こちらもますます怖くなる。最初の馬は馬丁といっしょにいこうとしなかった。二頭目、三頭目と出そうとするが、馬たちは微動だにしない。そこで、馬丁は次にぼくのところにきて、馬房から無理やり引きずりだそうとした。もちろん、むりだ。馬丁は一頭一頭試したが、連れ出すことができずに、厩舎を出ていった。

　ぼくたちが愚かだったことはまちがいない。でも、まわりじゅうを危険が取りまいているように思え、信頼できる人間がだれもいない。その上、見たことも聞いたこともない状況の中で、なにもわからない。開け放した扉から外の空気が入ってきたので、呼吸は楽になったけれど、上から聞こえるシューシューという音はどんどん大きくなり、見あげると、空の飼葉格子の鉄棒のあいだから、赤い光がゆらめいて壁を照らしているのが見えた。すると、外から「火事だ！」という声が聞こえ、老馬丁が音もなくすばやく入ってきて、すぐに一頭の馬を連れ出した。次に、もう一頭のところへいったが、そのときにはもう、跳ね上げ戸のまわりで炎がちらちらと躍り、ゴウゴウと激しい音がしていた。

　次の瞬間、ジェイムズの声がした。いつもどおり、落ち着いた朗らかな声だ。

「おいで、ビューティ、出発する時間だ。起きて、いっしょにおいで」ぼくは入り口のいちばん近くにいたので、ジェイムズはまずぼくのところへきてくれたのだ。ジェイムズは馬房に入ってくると、ポンポンとぼくをやさしくたたいた。

「ほら、ビューティ、手綱をつけるんだ。いいぞ、すぐにこの煙の中から出られるからな」あっという間に手綱がつけられ、ジェイムズは首に巻いていたマフラーを取ると、ぼくの目の上にかぶせてそっと縛り、なでたりやさしい言葉をかけたりしながら厩舎から連れ出した。無事に中庭に出ると、ぼくの目からマフラーを取って、大きな声で言った。「だれか！ この馬を連れていってくれ！ おれはもう一頭を連れてくる」

背の高いがっしりした男がやってきて、ぼくの手綱をつかみ、ジェイムズはまた厩舎に飛びこんでいった。ジェイムズがいってしまうのを見て、ぼくはかん高い声でいなないた。あとからジンジャーに、ぼくがいないてくれてよかった、外でぼくの声がしなかったら、出ていく勇気はなかったからと言われた。

中庭は大混乱だった。ほかの厩舎からも馬たちが連れ出され、家や納屋からも四輪馬車や一頭立て二輪馬車が引き出されてくる。火がさらに広がるかもしれないから

やさしい言葉をかけ、厩舎から連れ出した。

だ。中庭の反対側では、家の窓が大きく開け放たれ、人間たちがいろいろなことをどなっていた。でも、ぼくは厩舎の扉から目を離さなかった。ますます濃い煙がもうもうと吐き出され、赤い光が閃いているのが見える。すると、ごった返している騒ぎの中でひときわ大きく、はっきりとした声がひびいた。だんなさまの声だ。

「ジェイムズ・ハワード！　ジェイムズ・ハワード！　いるか？」答えはない。けれど、厩舎でなにかがガラガラと落ちた音がして、次の瞬間、ぼくは喜びのいななきをあげた。煙の中から、ジェイムズがジンジャーを引いてくるのが見えたのだ。ジンジャーは激しく咳きこんでいて、ジェイムズも声が出せなかった。

「よくやった！」だんなさまはジェイムズの肩に手を置いた。「けがはないか？」

ジェイムズは首を横にふった。まだ声が出なかったのだ。

「よくやったな！」ぼくを押さえていた大柄な男が言った。「こいつは勇敢な若者ですよ、まちがいありません」

「さあ、呼吸が楽になったら、すぐさまここを出よう」だんなさまが言って、ぼくたちは出口のほうへ歩いていった。すると、広場から、駆けてくる蹄と、ガラガラと走る車輪の音が聞こえてきた。

「消防馬車だ！　消防馬車がきたぞ！」口々に叫ぶ声がして、「下がれ！　道をあけろ！」とだれかがどなり、石畳の上を大きな音をとどろかせ、二頭の馬が中庭に駆けこんできた。重たい消防ポンプの乗った馬車を引いている。消防士たちが次々と飛びおりた。もはや火事はどこだときく必要はない。屋根から大きな炎があがっていたからだ。

消防(しょうぼう)馬車がきたぞ！

ぼくたちはできるだけ急いで外の静かな広場に出た。星が輝いている。うしろの騒ぎはうそのように、こちらは静まり返っていた。だんなさまはみなを連れて反対側の大きなホテルへむかい、そこの馬丁が迎えに出てくると、ジェイムズに言った。「わたしはすぐに妻のところへいかなければならん。馬たちのことはおまえに任せる。おまえが必要だと思うものはなんでも注文しなさい」そう言い残すと、だんなさまはホテルへ入っていった。走ってはいなかったけれど、あの夜のだんなさまほど速く歩いている人間を見たことはない。

新しいホテルの厩舎に入ろうとしたとき、ぞっとするような声が聞こえた。むこうの厩舎に取り残されたまま、焼け死んでいく馬たちの悲鳴だった。どんなにか恐ろしかっただろう！　ジンジャーとぼくはやり切れない気持ちになったけれど、厩舎に入り、よく世話をしてもらった。

次の朝、だんなさまはぼくたちのようすを見にきた。そして、ジェイムズとなにか話していた。馬丁に体をこすってもらっていたので、よく聞こえなかったけれど、ジェイムズがとてもうれしそうなのはわかった。きっとだんなさまに誉められたのだろう。奥方は昨夜の出来事でかなり動揺していたので、出発は午後に延ばされた。そのおかげで、ジェイムズは午前中いっぱい時間ができ、まずぼくたちの馬具と馬車のようすを調べてから、火事のことをくわしく聞きにいった。もどってくると、ジェイムズは馬丁に聞いてきたことを話した。最初はどうして火事になったかはだれにもわからなかったのだけれど、それから、ある男が、ディック・タウラーがパイプをくわえたまま厩舎に入っていったのを見たと言った。出てきたときは、パイプはなく、ホテルのバーに別のを取りにいったらしい。すると、馬丁が、ディックにはしごをのぼって干し草を下ろしてほしいとたのんだけれど、ちゃんとパイプは置いていくように言ったと話した。ディックはパイプなんて持っていなかったと言ったけれど、だれも信じなかった。ぼくは、うちのジョン・マンリーが決めた規則を思い出した。厩舎ではパイプは厳禁ということになっている。ほかのところでもそうすればいいのに、とぼくは思った。

　ジェイムズが言うには、屋根と床は落ち、真っ黒になった壁だけが立っていたらしい。逃げられなかった二頭の馬はかわいそうに、焼け焦げた梁と瓦の下敷きになったということだった。

第17章　ジョン・マンリーの話

それからあとは何事もなく、日が沈んで間もなく、だんなさまの友人宅についた。ぼくたちは清潔で居心地のいい厩舎に連れていかれた。親切な御者がいて、ぼくたちが落ち着けるようにしてくれた。火事の話を聞くと、ジェイムズに一目置いたようだった。

「ひとつだけ、はっきりしていることがあるよ。あんたところの馬は、だれを信用できるか、ちゃんとわかってるってことだね。この世の中で、火事か洪水のときに馬を厩舎から連れ出すことほど難しいことはそうそうない。どうしてかはわからんが、ぜったい出てこようとしねえんだ。二十回に一回だって、出てきやしねえ」

ぼくたちはその家で二、三日すごしてから、家へ帰った。帰り道はなんの問題もなく、また自分たちの厩舎にもどることができてほっとしたし、ジョンもぼくたちに会えてうれしそうだった。

夜になって厩舎を引きあげるまえ、ジェイムズはジョンにきいた。「おれの代わりにはだれがくるんです？」

「門番のところのチビのジョー・グリーンだよ」

「チビのジョー・グリーンだって⁉　まだ子どもじゃないか！」

「十四歳半だ」

「だけど、あんな小さいのに！」

「ああ、確かに小さいが、すばしこいし、やる気がある。それに、やさしい子なんだ。ここで働きたがってるし、父親も賛成してる。それに、だんなさまはジョーにチャンスをやりたいと思ってらっしゃるんだよ。使えなそうなら、もう少し大きい子を探すが、とおっしゃった。だが、おれは、まずは六週間試しに働かせてみますと答えたんだ」

「六週間！　あいつが使えるようになるには、六か月はかかるよ。ジョンさんの仕事がそうとう増えるはめになるんじゃないかな」

「まあな」ジョンは笑いながら言った。「まあ、おれの場合は仕事が友だちだからな。これまで仕事をおっくうに思ったことはないよ」

「本当にジョンさんはいい人だな。おれもジョンさんみたいな人になりたいよ」

「ふだんはあんまり自分の話はしないが、おまえもここを出て、一人でやっていくことになるんだし、おれがこういうことをどう考えているか、話しておこう。おれがジョーと同じ年のころ、おやじとおふくろが十日のうちに熱病で立て続けに死んじまったんだ。足の不自由な妹のネリーとおれと二人っきりで残された。助けてくれるような親戚もいなかったしな。おれは農場の下働きだったが、自分の食い扶持も満足に稼げなかった。ましてや、妹と二人で食っていくなんて無理だ。妹は救貧院に入らなきゃならないところだったんだ、もし奥方がいなかったらな（ネリーは奥方のことをあたしの天使ってお呼びしてる。それもとうぜんなんだ）。奥方はネリーのために部屋を借りて、やもめのマレットばあさんといっしょに住まわせ、あの子ができるときには編み物や針仕事をまわしてくださった。病気のときは、食事やあれこれ立派なものをたくさん届けて、母親みたいにしてくださったんだよ。そして、だんなさまはおれを雇って、当時の御者だったノーマンじいさんの下で厩舎で働かせてくださった。家で食事をいただいて、屋根裏に寝泊まりさせてもらい、仕着せの服と週に三シリングをいただいてな、それでネリーを助けてやれたんだ。それに、ノーマンじいさんのおかげでもある。ノーマンは自分の年齢じゃ、畑を耕してたひよっこにかかずらうなんて御免だって断ったってよかったんだ。だが、ノーマンは父親みたいに接してくれて、さんざん苦労しておれを育ててくれた。それから何年かしてじいさんが亡くなったあと、おれが跡を継いだわけだ。もちろん今は、お給金もたっぷりいただいて、雨の日だろうと晴れの日だろうとしのげるように貯金もできるし、ネリーも小鳥みたいに幸せだ。だからな、ジェイムズ、おれはチビだからって鼻であしらうような真似をして、やさしいだんなさまを困らせるような男じゃないんだ。もちろん、そんなことはしない！　ジェイムズ、おまえがいなくなるのは本当にさみしいよ。だが、こっちはなんとか乗り越えるよ。親切な行いができるってときにしない手はないし、そうすることができておれはうれしいんだ」

「じゃあ、よく『自分の面倒だけ見て、自分の利益を一番に考えろ』っていうけど、それには反対なんだね」

「もちろん反対だ」ジョンは言った。「だんなさまと奥方とノーマンじいさんがいなかったら、今ごろおれとネリーはどうなってたと思う？　ネリーは救貧院で、おれはカブでも掘ってただろうよ！　おまえが自分のことだけ考えてたら、ブラックビューティとジンジャーはどうなってた？　焼け死んでたさ！　そうさ、ジェイムズ、そんなのはだめだ。自分勝手で、キリスト教徒とは思えない言い草だ。そんなことを言うやつはな、自分の利益だけを考えるようなやつは、残念だが、仔犬か仔猫みたいに溺れ死んじまったほうがいいんだ、目が開くまえにな。おれはそう思う」ジョンは決然としたようすでくいと顔をあげた。

　それを聞いてジェイムズは笑ったけれど、それからのどを詰まらせたような声でこう言った。「ジョンさんは、おれの親友だった。ほかにそんなふうに思えるのは母さんしかいない。おれのことを忘れないでください」

「もちろんだよ、ジェイムズ！　おれになにかしてやれることがあったら、忘れずにおれに言ってくれよ」

次の日、ジョーが厩舎にやってきて、ジェイムズが辞めるまえに学べることはできるだけ学ぼうと、床を掃いたり、わらや干し草を運んできたりした。そのうち、馬具の汚れを落としたり、馬車を洗ったりするのも手伝うようになった。背が低くてジンジャーやぼくにブラシをかけるのは無理なので、ジェイムズはメリーレッグスの世話から教えた。メリーレッグスはジョーがジョンの指導の下で、世話をすることになるからだ。ジョーは利発ないい子で、いつも口笛を吹きながら仕事にやってきた。

メリーレッグスは「なにもわかってない子ども」に「乱暴に扱われる」と言って腹を立てていたけれど、二週間目も終わりに近づいたころ、ぼくにこっそり「あの子はなかなかものになりそうだ」と言った。

ついにジェイムズがぼくたちのところから去る日がきた。いつもは陽気なジェイムズがその朝はひどくさみしそうだった。

「ジョンさん、おれはいろんなものを残していくんだ。母さんにベッツィ、ジョンさんに、やさしいだんなさまと奥方。それから、馬たちとおれのメリーレッグスも。新しいお屋敷には、知りあいなんてだれもいない。えらくなって、母さんにいい思いをさせられるっていうんじゃなきゃ、行く決意ができたかわからないよ。つらいな」

「そうだな、ジェイムズ、そのとおりだ。だが、おまえがはじめて家を出るってときになにも感じないようなやつだったら、おれは今みたいにおまえのことを買っていないだろうな。元気を出せ。むこうでだって、友だちはできるさ。それに、むこうでうまくやれれば、お母さんも喜んでくれる。うまくやれるに決まってるさ。そうすりゃ、お母さんも、おまえがそんないい仕事につけたことを自慢に思うだろう」

そんなふうにジョンはジェイムズを励ましたが、ジェイムズがいなくなると、みんなは悲しんだ。メリーレッグスなどは数日間、ジェイムズのことを恋い慕うあまりにすっかり食欲を失ったほどだ。だから、ジョンは毎朝、ぼくを運動させるときに、メリーレッグスにも引き手綱をつけて、ぼくといっしょに速歩や駈歩をさせた。じきにメリーレッグスは元気を取りもどし、元どおりになった。

ジョーのお父さんはしょっちゅうやってきて、息子に手を貸した。お父さんは厩舎の仕事をよく知っていた。ジョーは一生懸命努力して学ぼうとしたので、ジョンもこれならやっていけると安心したようだった。

第18章　医者へ

ジェイムズがいなくなってから数日たったある夜、ぼくはもう干し草を食べ終わり、わらの上に横たわってぐっすり眠っていた。ところが、とつぜん厩舎のベルがけたたましい音で鳴りひびいて跳ね起きた。ジョンの家のドアが開く音がして、お屋敷へ走っていくのがわかった。ジョンはまたすぐにもどってくると、厩舎の扉の鍵を開け、大きな声で言った。「起きろ、ビューティ！　いいか、よろしくたのむぞ」そして、なにがなんだかわからないうちに、ぼくの背に鞍をのせ、頭に頭絡をつけた。それから、走っていって上着を取ってくると、速歩でぼくを急がせて、お屋敷の玄関までいった。すると、だんなさまがランプを持って待っていた。

「よし、ジョン、命がけでいってくれ。まさに文字どおり、妻の命がかかっている。一刻も無駄にはできない。この手紙をホワイト先生に渡してほしい。馬は宿で休ませ、精一杯急いでもどってきてくれ」

「わかりました、だんなさま」ジョンはすぐさまぼくの背に飛び乗った。番小屋に住んでいる庭師もベルの音を聞いて、すでに門を開いて待っていたから、ぼくたちはお屋敷の敷地を走って、村を抜け、坂を下り、通行税徴収所までやってきた。ジョンは大きな声でさけんで、勢いよくドアをたたいた。すぐに男が出てきて、門を開けた。

「これからお医者さまがいらっしゃるから、門は開けっ放しにしておいてほしい。ほら、通行税だ」そして、またぼくたちは走りだした。

川沿いに平らな道がはるかむこうまでのびていた。「よし、ビューティ、全速力だ」ぼくはまさに全速力で走った。鞭も拍車も必要なかった。三キロを、脚が地面につく間も惜しむかのように駆けつづけた。ニューマーケットのレースで優勝したという

よし、ジョン、命がけでいってくれ。

空気は凍るように冷たく、月が明るく輝いている。

お祖父さんだって、こんなに速く走れなかったんじゃないだろうか。橋までくると、ジョンはわずかに手綱をひいて、ぼくの首をやさしくたたいた。「よくやったぞ、ビューティ！ いい子だ」ジョンはスピードを少しゆるめようと思ったんだろうけれど、ぼくはすっかり興奮していたので、前と同じスピードで走りだした。空気は凍るように冷たく、月が明るく輝いている。最高の気分だ。ぼくたちはもうひとつ村を抜け、それから暗い森を通って、坂をのぼり、今度はくだって、十二キロほど走って町に出ると、通りを駆け抜けて市の立つ広場に入っていった。静まり返った広場に、ぼくの蹄が石畳を蹴る音だけが響きわたる。だれもが寝静まっている。教会の時計が三時を打ったとき、ぼくたちはちょうどホワイト先生のうちの前までやってきた。ジョンがベルを二回鳴らし、雷みたいな勢いでドアをたたくと、窓がひらき、ナイトキャップをかぶったホワイト先生が頭を突き出した。「どうしました？」

「先生、ゴードンさまの奥方がひどくお具合が悪くて、だんなさまがすぐにいらしてほしいそうです。先生がいらしてくださらないと、奥方は持ちこたえられないとおっしゃっています。ここに手紙があります」

「待っていてくれ。すぐいく」

ホワイト先生は窓を閉め、すぐに玄関から出てきた。

「悪いことに、うちの馬は今日一日出かけていたから、くたびれ切っているんだ。しかも、もう一頭は、さっき息子が呼ばれて、乗っていってしまった。どうすればいいだろうか。きみの馬を借りられるか？」

「ここまでずっと襲歩で駆けどおしだったので、本当ならここで休ませてやることになっていました。ですが、だんなさまは反対されますまい。先生がそれがいいとおっしゃるのなら」

「では、そうさせてもらおう。すぐに用意をしてくる」ホワイト先生は言った。

ジョンはぼくのかたわらに立って、首をなでてくれた。ぼくの体は火照っていた。するとお医者さんが鞭を手に出てきた。

「鞭は必要ありません」ジョンは言った。「ブラックビューティは、倒れるまで走りつづけますから。どうか大事にしてやってください。こいつになにかあったら、耐えられません」

「もちろんだ、ジョン。そんなことにならないよ」ホワイト先生は言った。そしてぼくたちは走りだし、みるみるジョンの姿は小さくなった。

帰り道の話はしなくてもいいだろう。お医者さまはジョンより重く、乗り方もうまくなかった。でも、ぼくは全力を尽くした。通行税徴収所の男の人は、門を開けておいてくれた。坂道までくると、お医者さまはぼくをいったん止めた。「ほら、いい子だ。「一休みしろ」ぼくはほっとした。そのころには、力も尽きかけていたのだ。でも、休んだことでまた走る力が湧いてきて、それからすぐにぼくたちはお屋敷についた。ジョーが門で待っていた。だんなさまが玄関まで出てきた。ぼくたちがくる音が聞こえたのだ。だんなさまはひと言も言わず、お医者さまを連れてお屋敷に入っていった。ジョーがぼくを厩舎まで連れていった。うちに帰れて、うれしかった。脚はプルプルと震え、立って荒い息をつくのがやっとだ。全身の毛が汗で濡れ、脚を伝ってポタポタと垂れて、体じゅうから湯気があがっている。ジョーがよく言う言葉を借りれば、火にかけたやかんみたいだ。かわいそうに、ジョーはまだ若くて小さく、ほとんどなにも知らない上に、ふだんは手伝ってくれるお父さんがとなりの村へ使いにいっていて、留守だった。そんな中で、ジョーが自分の知るかぎり精一杯やってくれたのは、まちがいない。ジョーはちゃんとぼくの脚と胸をこすってくれた。でも、ぼくにあたたかい布はかけてくれなかった。きっとぼくの体がほてっていたから、嫌がると思ったんだろう。それから、バケツにいっぱいの水をくれた。冷たくてとてもおいしかったので、ぼくはぜんぶ飲み干した。それから、干し草とカラスムギをくれると、きちんとやり遂げたと考えて、出ていった。やがてぼくはブルブルと激しく震えだした。体が冷えてしまったのだ。脚が痛み、全身がひりひりする。ああ！　いつもの温かい厚い布がどれだけ恋しかったことか。ぼくは立ったままブルブル震え、ジョンがいてくれたらと思ったけれど、ジョンは十二キロを歩いて帰ってこなければならない。仕方なく、ぼくはわらの中に身を横たえ、眠ろうとした。ずいぶん時間がたったころ、ジョンが厩舎に入ってくる音が聞こえた。ぼくは低いうめき声をあげた。ひどく体が痛んだのだ。ジョンはすぐさまぼくのところにきて、かたわらにしゃがみこんだ。ぼくは気持ちを伝えることはできなかったが、ジョンはぜんぶわかっているようだった。ぼくを温かい布で二重三重にくるむと、走っていって、お湯を取ってきた。それから、温かいおかゆを作ってくれたので、ぼくはそれを食べて、そのまま眠ったんだと思う。

ジョンは腹の底から怒っているようすだった。何度も何度も「バカなこぞうめ！　まったく！　布もかけてやらずに。おまけに冷たい水をやったにちがいない。子どもはやっぱりだめなんだ」でも、ジョーは本当はいい子なのだ。

ぼくはすっかり具合が悪くなってしまった。重い肺炎を起こしてしまったのだ。息を吸うたびに痛みが走る。ジョンは昼も夜も看病してくれた。夜中も二回、三回と起きて、ようすを見にきてくれた。だんなさまもしょっちゅうぼくのところにやってきた。「かわいそうに、ビューティ。わたしの大事なビューティや、おまえのおかげで妻の命が助かったのだ。そうだ、おまえは命の恩人なのだよ」それを聞いて、ぼくはとても嬉しかった。どうやらお医者さまは、もう少し遅かったら手遅れになるところだったと言ったらしい。ジョンはだんなさまに、あんなに速く走った馬を見たのは初めてだと言った。まるでなにが起こっているかわかっているみたいでした、と。もちろん、ぼくにはわかっていた。ジョンは知らなかったけれど。少なくとも、このことだけはちゃんとわかっていたんだ。ジョンとぼくは全速力で走らなければならない、そしてそれは、奥方のためだって。

第19章　知らなかっただけ

自分がどのくらい病気だったかは、わからない。馬の獣医(じゅうい)のボンド先生は毎日きてくれた。ある日、ボンド先生はぼくの血を採(と)り、ジョンがバケツで受け止めた。そのあと、ぼくは気が遠くなって、きっと死ぬんだと思った。みんなもそう思ったと思う。

ジンジャーとメリーレッグスはぼくが静かにすごせるよう、別の厩舎(きゅうしゃ)に移(うつ)されていた。熱のせいで耳ざとくなっていたからだ。どんなに小さな音も、ひどく大きく聞こえる。家を出入りする人たちの足音が、だれのか聞き分けられるほどだった。だから、どういうことが起こっているか、よくわかっていた。ある夜、ジョンはぼくに水薬を呑(の)ませるために、屋敷の門番でジョーの父親のトーマス・グリーンに手伝いをたのんだ。薬を呑み終わると、ジョンはぼくが少しでも楽になるよう精一杯できることをしてくれた。そして、薬がちゃんと胃に収まるかどうか確認したいから半時間ほどここに残ると言うと、トーマスも、じゃあおれもと言い、二人はメリーレッグスがいた馬房に持ちこまれたベンチに腰を下ろした。そして、ぼくの邪魔にならないようにと、ランタンを足元に置いた。

しばらく二人は黙っていたが、やがて、トム・グリーンが低い声で言った。

「ジョン、少しジョーにやさしい言葉をかけてやってくれないか。あの子はすっかり参ってるよ。めしも満足に食えていないし、にこりともしない。ぜんぶ自分の責任だってことはわかってるんだよ。あれはあれで、精一杯やったつもりだったんだろうがな。もしビューティが死ぬようなことがあれば、もう二度とだれも話しかけてくれないだろうって言ってる。それを聞いて、心が痛んだよ。一言でいいから、なにか言ってやれないか。あの子は、悪い子じゃないんだ」

一瞬の沈黙の後、ジョンはおもむろに口を開いた。「おれにあまり厳しく言わんでくれ、トム。あの子に悪気がなかったのはわかってるんだ。そんなことは、いっぺんも言っちゃいない。あの子が悪い子じゃないのも、わかってる。だが、おれはつらくてたまらないんだよ。ビューティはおれの自慢なんだ。だんなさまと奥方のお気に入りだってことを置いておいてもな。やつの命が、こんなことでむだになると思うだけで、耐えられない。だが、おれがあの子に厳しすぎるとおまえさんが言うなら、明日にでも、やさしい言葉をかけてやるように、やってみるよ。つまり、ビューティがよくなったらってことだ」

「そうか、ジョン。恩に着るよ。おまえがあの子につらく当たりたいと思ってるわけじゃないのは、わかってたよ。それに、今回のことは、ジョーが知らなかっただけだってことも、わかってくれてよかった」

次の瞬間、ぼくはビクッとした。ジョンが声を荒らげたからだ。

「知らなかっただけだって！　知らなかっただけだとはな！　どうしてそんなふうに言えるんだ？　知らないってことは、悪意の次に罪深いことなんだよ！　どちらのほうが害があるか、わかったもんじゃない。『ああ、知らなかったんです！　悪気はな

知らなかっただけだとはな！

かったんです！』っていうやつは、それで済むと思ってる。マーサ・マルワッシュだって、赤ん坊を殺そうと思ってドルビー[1]と鎮痛剤を呑ませたわけじゃない。だが、実際には赤ん坊は死んじまった。それで、故殺罪に問われたんだ」

「とうぜんの報いだ。女はか弱い子どもの世話をするのに、なにがよくてなにがよくないか知ってなきゃいけない」トムが言った。

「ビル・スターキーだって、そうだ。月夜の晩に、幽霊のかっこうをして弟を追いかけたとき、まさかひきつけを起こすなんて思わなかったんだろう。だが、弟は怯えてひきつけを起こした。そのせいで、あの利発でハンサムだった子は、本当なら、母親の自慢の息子に育っただろうに、おかしくなっちまったんだ。もう回復することはないだろう、八十まで生きたとしたってな。おまえだって、トム、すっかり参ってたじゃないか。二週間前、若いお嬢さま方がおまえの温室のドアを開けっぱなしにしたせいで、冷たい東風が吹きこんじまったとき。そのせいで、おまえさんの植物がずいぶん枯れちまったんだろ」

「ああ、そうとうやられたよ！」トムは言った。「まだもろい挿し木が一本残らず、

冷気でやられちまった。もう一度ぜんぶ最初から、やり直さなきゃならねえ。それに、なにが最悪かって、新しく挿し木にする枝を手に入れる方法がないことさ。温室に入って、なにが起こったかみたときゃあ、頭がへんになりそうだったよ」
「だとしても、お若いお嬢さま方には悪気なんてなかったんだ。知らなかっただけだよ」
　そのあとの話は、ぼくは聞かな

1　十八世紀末から十九世紀初めに、乳幼児に広く与えられていた特許医薬品。しかし、主な有効成分はアヘンだった。

かった。薬が効いて、眠ったからだ。次の朝、起きると、だいぶ気分がよくなっていた。のちに、ぼくがもっと世の中のことを知るようになってから、ぼくはこのときのジョンの言葉をよく思い出した。

第20章　ジョー・グリーン

ジョー・グリーンはとてもがんばっていた。覚えは早く、人の話によく耳を傾け、注意深かったので、ジョンもだんだんといろいろな仕事を任せるようになっていた。でも、まえも言ったとおり、ジョーは年齢にしては小柄だったので、ジンジャーやぼくを運動させる役はやらせてもらえなかった。ところが、ある日、ジョンがジャスティスと荷馬車で出かけているあいだに、ジョーに役が回ってきた。だんなさまが、五キロ離れた紳士の家に至急届けなければならない手紙があるということで、ぼくに鞍をつけて持っていくよう、ジョーに申し付けたのだ。急がず落ち着いていくように、とだんなさまは言い添えた。

手紙は無事届けられ、ぼくたちが安らかな気持ちで帰り道を歩いていると、レンガ工場のまえを通りかかった。すると、やまのようにレンガを積んだ荷馬車が見えた。車輪が、深いわだちの固くなった泥に埋もれ、御者が怒鳴り散らしながら、二頭の馬たちを鞭で打ちすえている。ジョーはぼくを止めた。見るだけで悲しくなる光景だった。二頭の馬は、力のかぎり精一杯引っぱっているのだけれど、荷馬車をわだちから引きあげることはできない。馬たちの脚やわき腹から汗がしたたり落ち、ひばらが大きく波打って、筋肉という筋肉に力が入っているのがわかる。しかし、御者の男は、まえにいる馬の頭を乱暴にひっぱって、毒づき、容赦なく鞭をふりおろした。

「待ってよ」ジョーが言った。「そんなふうに馬たちを鞭打つのはやめて。車輪がわだちにはまってるから、動かせないだけだよ」

男は無視して、馬たちに鞭をふるいつづけた。

「やめて！　お願いだから！　ぼくが手伝うから荷物を少し下ろそう。そのままじゃ、馬車は動かせないよ」

御者が怒鳴り散らしながら、二頭の馬たちを鞭で打ちすえている。

「てめえは引っこんでろ、生意気なこぞうめ。余計な口は出すな！」御者はすっかり頭に血がのぼっていただけでなく、酒に酔っていたので、またもや鞭をふりおろした。ジョーはぼくの頭を巡らし、ぼくたちは弧を描くようにして工場長の家へむかって駆けはじめた。ぼくが襲歩で走るのを見たらジョンがどう思うかわからなかったけれど、ジョーとぼくの頭にあるのは同じことだった。それに、腹が立ってゆっくり走ることなんてできなかったのだ。

　工場長の家は、すぐそばの道路沿いにあった。ジョーはドアをノックして大きな声で言った。「すみません！　クレイさんはいらっしゃいますか？」ドアが開いて、クレイさんが出てきた。

「やあ、お若いの！　ずいぶん急いでいるようだが、だんなさまからなにかご注文かい？」

「そうじゃないんです、クレイさん。あなたのレンガ工場で、馬たちが鞭打たれているんです。あれじゃあ、死んでしまいます。やめるように言ったんですが、きいてくれません。荷馬車のレンガを下ろすのを手伝うって言ったんですが、それでもだめです。だから、ここにくるしかなくて。どうか、クレイさん、なんとかしてください」

気が高ぶっているせいで、ジョーの声は震えていた。

「ありがとう、助かったよ」クレイさんは家に駆けこんで帽子を取ってくると、一瞬、脚を止めた。「もしあいつを判事のまえへ引っぱり出さなきゃならなくなったら、おまえさんは証言してくれるかい？」

「はい、もちろんです、喜んで」ジョーは答えた。クレイさんは工場へむかい、ぼくたちは軽快な速歩でうちへもどった。

「おい、ジョー、どうしたんだ？　ずいぶんと腹を立ててるようじゃないか？」

ジョーが鞍から飛び降りると、ジョンはたずねた。

「ええ、怒ってるんです。こういうことなんです」そう言って、ジョーは興奮したようすでなにがあったかをまくしたてた。ふだんは口数が少なくておとなしいジョーが、こんなふうに気が高ぶっているのを見て、ぼくはびっくりした。

「でかした、ジョー！　おまえは正しいことをした。そいつが裁判所から呼び出されるかどうかは、わからんが、よくやったよ。そういうときに、そのまま通りすぎて、自分が口を出すようなことじゃないからというやつはたくさんいる。だが、はっきり言っておく。残酷な仕打ちや人間や馬を虐げるような行為は、目にしたなら、口を出すべきことなんだ。おまえがやったことは正しいよ」

そのころには、ジョーはすっかり落ち着いていた。ジョンに誉められて誇りに思ったのだろう、ぼくの蹄の手入れをして、体をこすってくれるときも、いつにもまして力がこもっているように感じられた。

ジョンたちが夕食をとりに帰ろうとしているところへ、従僕がやってきて、だんなさまがジョーとご自分の部屋でじきじきに会いたいと言っておられると伝えた。ある男が馬への虐待の罪で訴えられ、ジョーの証言が必要になったという。ジョーは顔をひたいまで紅潮させ、目を輝かせた。「ぜひ証言させてください」ジョーは言った。

「もうちっと身なりを整えていけよ」ジョンが言った。ジョーはネクタイを引っぱり、上着をぐいとさげて、すぐさま出かけていった。だんなさまは州の治安判事の一人で、訴えが持ちこまれることも多く、もめ事を和解させたり、助言をしたりしていた。

人間の食事の時間だったこともあり、厩舎にはしばらく知らせはこなかった。しかし、次にジョーがやってきたとき、ぼくは一目で意気揚々としているのがわかった。ジョーはぼくをやさしくぴしゃりとたたいて、言った。「おれたちは、あんなことが行われているのを見過ごしたりしないよな?」あとになって、ジョーはきっぱりと証言したと聞いた。それに、馬たちは疲れきっており、体にはひどい仕打ちを受けた跡がたくさん残っていたので、御者は訴えられることになったそうだ。おそらく二か月か三か月、牢屋に入ることになるだろう。

すばらしかったのは、ジョーが大きく変わったことだ。今週だけでおまえは三センチ背が高くなったな、とジョンは言って笑った。ぼくもそんな気がした。ジョーはまえと変わらずやさしくて親切だったけれど、今ではやることなすことに意欲と自信を感じるようになった。まるで少年から一気に大人になったみたいだった。

お屋敷を処分する。

第21章　別れ

このお屋敷で幸せに暮らすようになって、三年がたっていた。けれども、悲しい変化が訪れようとしていた。奥方が病気だということは、たびたび耳にしていた。お医者さまがしょっちゅうお屋敷にきて、だんなさまは心配そうに表情を曇らせていた。やがて、奥方はすぐにもこのうちを出て、もっと暖かい国で二、三年すごさな

お嬢さまたちはぼくたちにさようならを言いにきた。

ければならなくなったという知らせがもたらされた。それを聞いて、お屋敷じゅうが弔いの鐘を聞いたかのように沈みこんだ。みんな、悲しんだけれど、だんなさまはただちにお屋敷を処分し、イギリスを離れる準備をはじめた。そういった話を、ぼくたちは厩舎で聞いた。実際、今やだれもがその話しかしなかった。

ジョンはだまりこくって、沈んだようすで仕事をこなし、ジョーはめったに口笛を吹かなくなった。行き来が多くなり、ジンジャーとぼくは毎日朝から晩まで働いた。

最初に出発したのは、ジェッシーお嬢さまとフローラお嬢さまと家庭教師だった。

最初に出発したのは、ジェッシーお嬢さまとフローラお嬢さまと家庭教師だった。お嬢さまたちはぼくたちにさようならを言いにきた。二人は、むかしからの友だちのようにメリーレッグスを抱きしめた。いや、実際にむかしからの友だちだったのだから。それから、ぼくたちは自分たちについてどういう取り決めがなされたかを知った。だんなさまはジンジャーとぼくを古くからの友だちのW伯爵に売ったという。そこなら、ぼくたちにもいいだろうと考えたのだった。メリーレッグスは牧師さんに贈られた。奥さんのためにポニーがほしいと、牧師さんが言ったからだ。ただし、決してメリーレッグスを売らないこと、そして、年取って働けなくなったら、射殺して埋葬してやること[1]、という条件がつけられた。

ジョーはメリーレッグスの世話をしながら、牧師さんの家のあれこれを手伝うことになった。だから、メリーレッグスは心配ないだろうとぼくは思った。ジョンは引く手あまただったけれど、少し待って、ようすを見ると言った。

1　馬は歩けなくなると死ぬので、苦しむことがないよう安楽死の処置が適当とされている。

出発のまえの晩、だんなさまが厩舎にきて、あれこれ指示を出し、最後のお別れに馬たちをなでてくれた。だんなさまはとても沈んだようすだった。声を聞けば、わかる。ぼくたち馬は、声を聞けば、たいていの人間よりも多くのことがわかるのだ。

「ジョン、今後のことは決めたかい？　いろいろな申し出をどれも受けなかったようだが」

「ええ、そうなんです。実は、一流の仔馬調教師であり調馬師でもある方のところに働き口があるようでしたら、そこでやってみようと思っているんです。わたしに合っていると思いまして。まちがった訓練のせいで、怯えてしまったりだめになってしまったりする仔馬がたくさんいますからね。ちゃんとした人間が調教してやれば、そんなことは起こらないですみます。わたしはむかしから馬と相性がよかったですし、馬たちにいいスタートを切らせてやることができれば、いいことをしたと思えるんじゃないかと考えたんです。だんなさまはどう思われますか？」

「おまえほど、それにぴったりな人間はいないと思うよ。おまえは馬たちのことを理解している。それに、馬たちのほうもどうしてか、おまえのことをわかっている。おまえはすぐに独立できるだろうよ。いちばんいい道じゃないか？ どんなことでもわたしに手伝えることがあれば、手紙をくれ。ロンドンにいるわたしの代理人に言って、推薦状を預けておこう」

だんなさまはジョンに代理人の名前と住所を教えると、長いあいだ忠実に勤めてくれたことにお礼を言った。ジョンは胸がいっぱいになってしまった。「どうか、だんなさま、それ以上おっしゃらないでください。だんなさまと奥方さまには、一生かかっても返せないほどの恩を頂いてしまいました。わたしたちはだんなさまと奥方さまのことを決して忘れません。どうか、神よ、奥方さまがまた元気な奥方さまにもどられますよう。希望を失ってはなりません、だんなさま」だんなさまはジョンと握手をしたけれど、なにも言わなかった。そして、二人は厩舎を後にした。

最後の悲しい日がやってきた。前の日に、従僕とかさばる荷物は送っていたので、残っているのはだんなさまと奥方と奥方のお付きのメイドだけだった。ジンジャーとぼくは馬車を引いて、玄関まで最後のお迎えにいった。使用人たちがクッションやひざ掛けやいろいろなものを持ってきて、すっかり用意が整うと、だんなさまが奥方を腕に抱えて階段を降りてきた（ぼくはお屋敷に近いほうの側だったので、一部始終を見ることができた）。だんなさまがそっと奥方を馬車に乗せているあいだ、使用人たちは立ったまま泣いていた。

「お別れだ。きみたちのことは一生忘れないよ」だんなさまはそう言って、馬車に乗りこんだ。「ジョン、出してくれ」

ジョーが馬車に飛び乗ると、ぼくたちはゆっくりと速歩で出発した。お屋敷を出て、村へいくと、村の人たちが家のまえに立って最後のお見送りをした。「お気をつけて」

鉄道の駅に着くと、奥方は馬車から駅の待合室まで歩いていったようだった。奥方がいつものやさしい声で、「さようなら、ジョン。神さまのお恵みがありますように」と言うのが聞こえた。手綱がピクリと動くのがわかったけれど、ジョンの返事は聞こえなかった。ジョーが馬車から荷物をおろすとすぐに、ジョンはジョーに馬たちのそばで待っているように言い、駅のホームまでついていった。かわいそうなジョー！ジョーはぼくたちの顔のすぐそばに立って、涙を隠そうとしていた。それからすぐに、列車が煙を吐きながら駅に入ってきた。そして、二、三分後に、列車のドアが

「さようなら、ジョン。神さまのお恵みがありますように」

ガシャンと閉められ、車掌が笛を吹き、列車はすべるように駅を出ていった。あとには、もうもうと吐き出される白い煙と、重く沈んだ心だけが残された。

列車が完全に見えなくなると、ジョンがもどってきた。

「奥方に会うのはこれが最後だろう」ジョンは言った。「最後だ」そして、手綱を手に取ると、御者席にすわり、ジョーといっしょにのろのろと家へむかった。でも、もうそこはぼくたちの家ではないのだった。

第二部

第22章　伯爵の館

次の朝、朝食がすむと、ジョーはメリーレッグスを奥方用の背の低い二輪馬車につなぎ、牧師館へ連れていくことになった。ジョーはまずぼくたちのところにさようならを言いにきた。メリーレッグスは中庭からぼくたちにむかっていなないた。それから、ジョンがジンジャーに鞍を置き、ぼくに引き手綱をつけると、二十五キロほど離れたW伯爵の住む館へと出発した。伯爵の館は大きくて立派なお屋敷で、厩舎がたくさんあった。石造りの門を通って中庭に入っていくと、ジョンはヨークさんはいますかとたずねた。少し待ったあと、ヨークさんがやってきた。整った顔をした中年の男の人で、声を聞いてすぐに、相手が従うことを前提としている人だとわかった。ジョンに対しては、とても親しみやすく丁寧で、ぼくたちをちらりと見ると、馬丁を呼んでそれぞれの馬房に連れていくように命じ、ジョンを軽食に誘った。

ぼくたちは明るく広々とした厩舎に連れていかれ、隣り合った馬房に入ると、体をこすってもらい、餌を食べた。三十分ほどしてジョンとヨークさんがぼくたちのようすを見にきた。ヨークさんが、ぼくたちの新

しい御者だとわかった。

ヨークさんはぼくたちをじっくりと見たあとで、切り出した。「マンリーさん、この二頭になにひとつ欠点がないのはわかりますよ。ただ、馬にも人間と同じようにそれぞれに特性みたいなものがありますからね、それによっては、ちがう扱いが必要になるときもあります。この二頭に関して、伝えておきたいような特性はなにかありますかね?」

「そうですね、この二頭ほどいい馬はイギリスでもそうそういないと信じてます。こいつらと別れるのが、悲しくてしょうがないんですよ。ですが、二頭はまったく同じってわけじゃありません。黒いほうはこれ以上ないというくらい性質のいい馬です。仔馬のころから、きつい言葉や鞭を与えられたことがないんでしょう。こちらの望みどおりにすることこそが、こいつの喜びなんです。ですが、栗毛のほうは、まえはひどい扱いを受けていたにちがいありません。馬商人からもそんなふうに聞いてます。わたしたちのところにきたときは、疑いぶかくて噛み癖もありましたけど、自分がどういう場所にいるかわかってからは、だんだんとそういった悪癖はなくなっていきました。この三年間、ちょっとでもイライラしたところを見せたことはありませんからね。ちゃんと扱ってもらいさえすれば、こいつほどやる気のあるいい馬はいません。とはいえ、黒い馬に比べると、生まれつき怒りっぽい気質なんでしょうね。ハエを嫌いますし、馬具になにかおかしなところがあると、苛立ちます。それに、まちがった扱いを受けたり、ひどい仕打ちをされたりすると、黙っちゃいません。かんの強い馬にはよくあることです」

「確かにそうですな。よくわかりました。しかし、うちのような大きな厩舎では、馬丁全員にすべきことをきちんとさせるのは、簡単なことじゃありません。やれることはやりますが、任せるところは任せないとならないんですよ。雌馬についておっしゃったことは、忘れないようにしますよ」

厩舎から出ようとしたとき、ジョンが足をとめて言った。「もうひとつ、お伝えしておいたほうがいいかもしれません。うちでは、この二頭に止め手綱は使ったことがありません。黒いほうは生まれてこの方、つけたことがありませんし、馬商人によると、栗色のほうに悪い癖がついたのも、ハミのせいだったらしいんです」

「ふむ、ここで飼われることになれば、止め手綱は使わなければなりませんな。わたし個人としては、ゆるい手綱のほうが好きなんですよ。それに、伯爵さまも馬たちについてはとても良心的でいらっしゃる。ですが、奥方さまとなると――そういうわけにもいかないんです。奥方さまは見栄えにこだわる方で、ご自分の馬車の馬が手綱でぐっと頭をあげてなけりゃ、目もくれません。わたしはむかしから止め手綱には反対ですし、これからだってそうです。でも、奥方さまが乗るときは、手綱をきつくするしかないんです！」

「それは残念です、なんとも嘆かわしい」ジョンは言った。「ですが、そろそろいかなければ。でないと、列車に遅れてしまう」

ジョンはぼくたちのところへきて、一頭ずつなでて、最後のお別れを言ってくれた。その声はひどく悲しそうだった。

ぼくはジョンに顔を近づけた。さようならを伝える方法は、それしかなかったから。そして、ジョンはいってしまった。あの日が、ジョンに会った最後だった。

次の日、W伯爵がぼくたちを見にきた。ぼくたちのようすにすっかり満足したようだった。

「この二頭はいい馬にちがいないと思っていたのだ。友人のゴードンくんが推薦状をくれたからな。もちろん色は合っていないが、田舎にいるあいだは、馬車を引かせるのに申し分ないだろう。ロンドンへいくまえには、バロンと組ませてみないとならんな。こっちの黒い馬は、乗馬にも最適だろう」

ヨークは伯爵にジョンが言っていたことを伝えた。

「そうか、ならば、雌馬のほうには気をつけて、止め手綱もゆるめにしてやれ。最初、馬たちのほうに少し合わせてやれば、ちゃんとやれるようになるだろう。妻にも伝えておく」

その日の午後、ぼくたちは馬具をつけて、馬車につながれた。そして、厩舎の時計が三時を打つと、お屋敷の玄関へ回った。お屋敷はとても立派で、バートウィック館の三、四倍はあったが、馬なりの意見を言えば、まえの家ほど心地よさそうではなかった。従僕が二人ひかえていたが、くすんだ茶色のお仕着せを着て、真っ赤なズボンに、白い靴下をはいている。ほどなく、衣擦れの音がして、奥方が石段を下りてきた。奥方は馬車のまえへ回って、ぼくたちをながめた。背の高い高慢な感じの女の人で、なにかが気に入らないようすだったけれど、なにも言わずに馬車に乗りこんだ。ぼくは初めて止め手綱をつけていたけれど、確かに、ときどき頭を下げることさえできないのはうっとうしかった。それでも、これまで慣れてきた高さよりも上へ引っぱられるほどではなかった。ぼくはジンジャーのことが心配だったけれど、ジンジャーもおとなしくしていて、不満そうではなかった。

次の日、三時になると、ぼくたちはまた玄関までいった。まえと同じように、従僕が二人立っている。衣擦れの音がして、奥方が石段を下りてきた。そして、横柄な調子で言った。「ヨーク、馬たちの頭をもっと高くあげてちょうだい。そんなでは、みっともないわ」

ヨークは馬車を降りると、かしこまったようすで答えた。「大変申し訳ありません、奥さま。この馬たちは三年のあいだ、頭を手綱で持ちあげられたことはないのです。伯爵さまも、だんだんと慣れさせたほうが安全だろうとおっしゃっていました。しかし、奥さまがおっしゃるのなら、もう少しだけあげてみます」

「そうなさい」

ヨークが頭のところへきて、手綱を短くした。穴ひとつ分——だったと思う。でも、ほんの少しのことで、いいにしろ悪いにしろ、ちがいは生まれるものだ。その日、ぼくたちは急な坂道をあがらなければならなかった。だんだんと、これまで聞いてきたことの意味がわかってきた。ぼくは、これまでやってきたように、頭をぐっと前に出して力を入れ、馬車を引っぱりあげたい。でも、それはできない。頭を高くあげたまま、馬車を引かなければならないのだ。そのせいで、ぼくの気はくじかれ、背中と脚にかなりの負担がかかった。厩舎にもどってくると、ジンジャーが言った。「これでわかったでしょ。でも、このくらいなら、そこまでひどくない。これ以上ひどくならなかったら、あたしも黙ってるつもり。でも、今以上に締めつけられるようなことになったら、目に物見せてやるわ！　そんなことには耐えられないし、耐えるつもりもない」

一日に一穴ずつ、止め手綱は短くなっていった。ぼくはもう、前のように馬具をつけてもらうのを楽しみにしなくなった。それどころか、どんどん怖くなっていく。ジンジャーも落ち着きを失っていったけれど、多くは語らなかった。けれど、ようやく、これでもう大丈夫だろうと思えるときがきた。ここ数日間、手綱を短くされることがなかったのだ。だから、ぼくはこれで精一杯頑張ってやるしかないと思うことにした。でも、今では常に苦しく、楽しさはなくなってしまった。でも、まだこれで終わりではなかったのだ。

第23章　自由のために

　ある日、奥方さまはいつもよりも遅れ、いつもよりもさらに衣擦れの音をひびかせて階段を降りてきた。

「B公爵夫人のところへやってちょうだい」そして、いったん黙ってから付け加えた。「ヨーク、馬たちの頭はもうあげないのかしら？　すぐにあげてちょうだい。これ以上、馬のご機嫌を取るなんてばかばかしいことはごめんよ」

　ヨークがぼくのところへきた。もう一人の馬丁がジンジャーの頭のところへいく。ヨークはぼくの頭をうしろに引きあげ、手綱をとうてい耐えられるとは思えないほどきつく締めた。それから、今度はジンジャーのところへいった。ジンジャーは落ち着かなげに頭を上下させてハミを噛んでいた。最近では、いつもそんなふうにしている。なにをされるか察知したジンジャーは、ヨークが手綱を短くするために通し環から外したとたん、後ろ脚で立ちあがった。ヨークは鼻をひどく打ち、帽子が吹っ飛んだ。馬丁も足元をすくわれかけたが、すぐさまヨークとジンジャーの頭のほうへ駆け寄った。でも、ジンジャーも負けてはいない。前へ出たり後ろ脚で立ったり蹴ったり、死に物狂いで対抗する。ついに馬車の長柄の上を蹴ったひょうしに、倒れてしまった。倒れざまに、ぼくの後ろ脚にドウとぶつかった。もしこのときにヨークがすぐさまジンジャーの頭の上に馬乗りになり、暴れるのを押さえつけなかったら、どうなっていたかわからない。ヨークが大声でさけんだ。「黒い馬を馬車から外せ！　ウィンチを持ってきて、長柄を抜くんだ。だれか、ここの引き革を切れ。外せないなら、切れ！」従僕がウィンチを取りに走っていき、もう一人がお屋敷からナイフを取ってきた。馬丁はすばやくぼくをジンジャーと馬車から引き離し、厩舎の馬房へ連れていった。そして、ぼくを中に入れると、ヨークのところへ走ってもどっていった。ぼくは今の出来事ですっかり興奮していたので、蹴ったり後ろ脚で立ちあがったりしかねなかったけれど、これまでしたことがなかったから、ただただ怒りに身を震わせながら立っていた。脚は痛むし、頭はまだ通し環に通した革ひもに吊りあげられたままで、力を入れたところで下ろせなかった。みじめでたまらない。最初に近くにきた人間を蹴飛ばしてやりたい気持ちだった。

けれども、しばらくして、ジンジャーが馬丁二人に連れられてやってきた。あちこち殴られ、傷だらけになっている。ヨークもいっしょにきて、いくつか指示を飛ばしたあと、ぼくのようすを見にきた。そしてすぐさま、ぼくの頭を下ろしてくれた。

「止め手綱なんてくそくらえだ！」ヨークは独り言を言った。「じきになにか騒ぎが起こると思ってたんだ。伯爵さまはひどくお困りになるだろうな。だが、夫が妻に言うことをきかせられないんなら、ましてや召使いにできるわけがない。おれはもう知らないぞ。奥方が公爵夫人のガーデンパーティにいけなくたって、おれの知ったこっちゃない」

だれかいるときは、ヨークはこんなふうにしゃべらなかった。人の前ではいつもうやうやしい口調で話している。それから、ヨークはぼくの体をすみずみまで触ってしらべ、すぐに後ろ脚の膝の上に蹴られた跡があるのを見つけた。腫れてずきずき痛んでいる。ヨークはスポンジを使ってお湯で拭うように命じ、水薬を塗ってくれた。Ｗ伯爵は、なにがあったか聞くと、腹をたてた。ヨークが奥方の言いなりになったといって責めたが、それに対してヨークは、これからは、命令を受けるのはだんなさまからだけにしたいと言った。でも、そんなふうに話し合ったところで、意味はなかったと思う。それからも、なにひとつ変わらなかったからだ。ヨークはもう少し馬たちを守ってくれてもいいのではないかと思ったけれど、ぼくがわかっていないのかもしれない。

ジンジャーは二度と馬車を引かされることはなかった。けれども、けがが治ると、Ｗ伯爵の息子の一人が、ジンジャーをほしいと言った。いい狩猟馬になると思ったのだ。ぼくはといえば、あいかわらず馬車を引くしかなかった。新しくいっしょに引くことになったのは、マックスという馬だった。マックスは止め手綱にすっかり慣れていた。ぼくはどうして我慢できるのか、きいてみた。

「そうだな、耐えるしかないからさ。だけど、きっとこれのせいでおれの寿命は短くなってるだろうな。きみもずっとつけつづけることになったら、同じだと思うよ」

「馬の持ち主たちは、止め手綱がどんなに馬に害をもたらすか、わかってるのかな?」

「どうだろうな」マックスは言った。「だけど、馬商人や馬の獣医さんたちはちゃんと知ってるよ。まえに馬商人のところにいたんだが、おれのことを訓練して、もう一頭の馬と組ませようとしていたんだ。馬商人はおれたちの頭を毎日、毎日、そいつの言葉を借りれば、少しずつあげていった。それを見たある紳士が、どうしてそんなことをするか、きいたんだ。そうしたら、『そうしないと、買ってもらえないからですよ。ロンドンの人たちはいつだって、馬たちに頭と脚を高くあげて走らせたがるんです。もちろん、馬たちにとってはいいことじゃありませんが、商売にはいいんですよ。馬たちはすぐにだめになったり、病気になったりしますから、また別の馬を買いにくるってわけなんです』ってね。おれに聞こえるところで、馬商人はそう言ったよ。それだけ聞けば、きみもわかるだろう」

止め手綱をつけて伯爵夫人の馬車を引いた四か月間の苦しみは、言葉では言い表しきれない。ただ、それ以上つづけば、ぼくの健康かぼくの心が病んでいたにちがいないということだけはわかる。それまでは、口から泡を吹くというのがどういうことか、知らなかった。でも、今ではぼくも、鋭いハミが舌やあごにあたるのと、頭とのどを無理なかっこうにさせられているせいで、しょっちゅう泡を吹いていた。それをいいことだと思っている人間もいて、「元気な馬じゃないか！」などと言ったりする。でも、人間と同じで、口から泡を吹くのは、馬にとってもぜんぜんふつうのことではない。苦しいことがあるというしるしにほかならないのだ。本当ならすぐになにかしら対処すべきことだ。それだけでなく、気管も圧迫されるため、しょっちゅう息苦しくなる。仕事からもどってくると、首と胸がぱんぱんに張って痛み、口と舌はちょっとした刺激にも敏感になって、心も体もくたびれ切っていた。

むかしの家では、ジョンとだんなさまはぼくの味方だとわかっていた。だけど、ここでは、よくしてもらっていることもたくさんあったけれど、味方はいなかった。ヨークは、あの手綱のせいでぼくが苦しんでいることはわかってもいいはずだし、たぶんわかっていたのだと思う。けれども、世の中はそういうものと決まっているから自分にはどうしようもないと考えていたんだろう。とにかく、ぼくを救うために、なにもしてはくれなかった。

第24章　アンお嬢さま

春のはじめ、W伯爵は家族を連れてロンドンへいくことになり、ヨークもそれにお供した。ぼくとジンジャーとあと何頭かの馬たちはいろいろやることもあるので残され、馬丁頭があとを任されることになった。

ハリエットお嬢さまは館に残ったけれど、病弱で、馬車で出かけることはなかった。アンお嬢さまは兄や従兄弟たちと馬に乗るほうが好きだった。申し分のない乗り手で、美しいだけでなく、明るくやさしい方だ。ぼくを自分の乗馬に選び、〈ブラックオースター〉と名付けた。黒い風の神[1]という意味だ。澄んだ冷たい空気の中、お嬢さまを乗せて

アンお嬢(じょう)さまは申し分のない乗り手だった。

走るのは、とても楽しかった。ジンジャーがいっしょのときもあれば、リジーがくることもある。リジーというのは、明るい鹿毛の雌馬で、純血種に近く、洗練された動きと生き生きとした性質で紳士方に人気だった。でも、ジンジャーはぼくよりもリジーのことをよく知っていたので、少し神経質なところがあると言っていた。

館にはブランタイア大佐という紳士が滞在していた。ブランタイア大佐はいつもリジーに乗り、そのたびに誉めていたので、ある日アンお嬢さまはリジーに横鞍[2]をつけ、もうひとつの鞍はぼくにつけるように命じた。ぼくたちが出ていくと、ブランタイア大佐はひどく不安そうな顔をした。

「どういうことだい？　ブラックオースターに飽きたのか？」

「いいえ、まさか。だけど、あなたを喜ばせたくて、ブラックオースターに一度だけ乗せて差しあげようと思って。代わりに、わたしはあなたのチャーミングなリジーに乗ってみるわ。正直に言って、大きさも見かけも、わたしのお気に入りのブラックオースターよりリジーのほうがずっと婦人向きとお思いになるでしょ？」

「リジーに乗るのはやめたほうがいい、ぼくからのお願いだ。リジーは確かにチャーミングな馬だが、ご婦人が乗るには少々神経質なんだ。安全だとは言い切れないよ、本当なんだ。お願いだから、鞍を取り換えてくれ」

「いやねえ」アンお嬢さまは笑いながら言った。「わたしの従兄さんは用心深いわね。そんなふうにわたしのことを心配しないでちょうだいな。わたしは赤ん坊のころから、馬に乗ってるのよ。猟犬たちのあとを追って馬を走らせたことだって、何度もある。あなたが、女は狩猟をするもんじゃないって思ってるのは、知っているけどね。でも、本当なんだから仕方ないでしょう。紳士方の大のお気に入りのリジーを、わたしも試してみたいのよ。さあ、わたしが乗るのを手伝ってちょうだい。わたしのいいお友だちとして！」

それ以上、なにを言っても無駄だ。ブランタイア大佐はアンお嬢さまを慎重に鞍にすわらせると、ハミや留めぐつわを念入りに調べ、手綱をそっと持たせてから、ぼ

1　ギリシャ神話の神。

2　馬に横向きに乗ることができる。婦人用。

くにまたがった。ぼくたちが歩きはじめると、従僕がハリエットお嬢さまの伝言がかかれた紙をもって出てきた。「アシュレイ先生のところにこの質問を持っていって、答えをきいてきてほしい」ということだった。

　村は一キロ半ほど離れたところにあり、お医者さまの家はその外れにあった。ぼくたちははずんだ気持ちで歩を進め、アシュレイ先生の家の門のところまでやってきた。家まで短い馬車道があり、両側は、背の高い常緑樹の並木になっていた。

　ブランタイア大佐は馬を降りて、アンお嬢さまのために門を開けようとしたけれど、お嬢さまは言った。「わたし、ここで待ってるわ。オースターの手綱は門にかけておけばいいわよ」

　大佐は疑わしげにアンお嬢さまを見た。「五分もかからないから」

「あら、そんなに急がなくていいわよ。リジーとわたしは逃げたりしないわ」

　ブランタイア大佐はぼくの手綱を鉄製のしのびかえしにひっかけると、すぐに木々の間に姿を消した。リジーは数歩先の道路わきに、ぼくに背をむけるかっこうで静かに立っていた。お嬢さまは手綱をゆるめてゆったりとすわったまま、ふんふんと歌を口ずさんでいる。大佐が家まで歩いていって、ドアをノックする音が聞こえた。道路をはさんだむこう側には、牧草地が広がり、木戸は開いたままになっている。するとそのとき、何頭かの馬車馬と仔馬たちがばらばらと速歩で駆けだしてきた。うしろには少年がいて、鞭を振り回している。仔馬たちは興奮して跳ねまわり、そのうちの一頭が道路に飛び出してきて、リジーの後ろ脚にぶつかってしまった。ばかな仔馬のせいか、鞭の音に驚いたのか、その両方かはわからない。とにかく、リジーは後ろ脚を大きく蹴りあげると、猛烈な勢いで走りだした。突然だったので、アンお嬢さまは落馬しかけたけれど、なんとか体勢を立て直した。ぼくはかん高いいななきをあげ、助けを呼んだ。何度も何度もいないて、前脚でせわしく地面をひっかき、頭をふりあげて手綱をゆるめる。ブランタイア大佐は早かった。すぐさま走り出てくると、気持ちばかり先走るかのようにまわりを見回し、飛ぶように走っていくリジーを見つけた。道路のだいぶ先までいってしまっている。それを見ると、ブランタイア大佐はぼくに飛び乗った。鞭も拍車もいらなかった。ぼくも、大佐と同じくらいじりじりしていたのだ。それを見て取ると、大佐は手綱をゆるめてぼくに任せ、体を少し前に傾けた。ぼくたちは猛然とアンお嬢さまを追いはじめた。

道路は二キロほどまっすぐ延び、それから右に曲がって、二股に分かれていた。曲がり角までたどり着くずいぶんまえから、アンお嬢さまの姿は見えなくなっていた。どっちへいったんだろう？　すると、庭の木戸のところに女の人が立って、ひたいに手をかざし、道路の先のほうを目を凝らすように眺めていた。ブランタイア大佐はほとんど手綱も引かずに、大声でたずねた。「どっちです？」「右よ！」女の人は大きな声で答えて、そちらを指さした。ぼくたちは右の道路を走りはじめた。すると、一瞬、アンお嬢さまが見えたけれど、またすぐに曲がり角の先に姿を消した。そんなふうに何度か、お嬢さまの姿が垣間見えるのだけど、すぐにまた見失ってしまう。ぜんぜん追いついていないように思える。すると、砂利の山の横に作業員の老人が立っているのが見えた。シャベルは足元に落ち、両手をあげている。近くまでいくと、聞いてくれというように手を振ってきたので、ブランタイア大佐は手綱を少し引いた。「共有地です、共有地のほうへいきました。あそこを曲がりましたよ」その共有地のことなら、よく知っていた。地面がかなりでこぼこしていて、ヒースや濃い緑のへザーに覆われ、そこかしこに、棘のある灌木が生えている。きれいに草の刈られた開けた場所もあるにはあったが、蟻塚やモグラの穴があちこちにあいていた。襲歩で突っ走るには、最悪の場所だ。

ぼくたちが共有地にようやく入ろうというとき、再び、緑色の乗馬服が飛ぶように走っていく姿が見えた。お嬢さまの帽子はなくなっていて、長い栗色の髪が風になびいている。頭と体はうしろに反り返り、残っている力を振りしぼって手綱を引っぱっているようにも、その力が尽きかけているようにも見えた。地面がでこぼこしているせいで、リジーのスピードもかなり落ちていたから、なんとか追いつけるかもしれない。

道路を走っているあいだは、ブランタイア大佐は手綱をゆるめてぼくの自由に走らせていた。でも今は、熟練した目で地面のようすを見極めながら巧みに手綱をさばいて進んでいったので、ぼくはほとんどスピードを落とさずに走ることができた。確実に追いついてきている。

ヒースの生い茂るなかを半分ほどいったところに幅の広い溝があり、掘ったばかり

お嬢さまの帽子はなくなっていて、長い栗色の髪が風になびいている。

の土がむこう側にぞんざいに盛られて山になっていた。これで、リジーも止まるだろう！　ところが、そうではなかった。ほとんどスピードをゆるめることなく、リジーはジャンプし、土の塊につまずいて、ドウと倒れた。ブランタイア大佐はうめき声をあげた。「オースター、がんばってくれ！」大佐は手綱をしっかり握った。ぼくは体勢を整え、思い切って跳び、溝と土手を飛び越えた。

　ヒースのしげみの中に、お嬢さまはピクリともせずにうつぶせになって倒れていた。ブランタイア大佐は膝をつくと、お嬢さまの名前を呼んだ。返事はない。ブランタイアさんがそっとお嬢さまの顔を上へむけると、死人のように真っ白で血の気が引き、目は閉じられていた。「アニー。ああ、どうかアニー、なにか言ってくれ！」答えはない。大佐はお嬢さまの乗馬服のボタンを外し、襟元をゆるめ、手と手首に触れた。それから、パッと立ちあがって、助けてくれる人はいないかと死に物狂いでまわりを見回した。

　そんなに遠くないところで、男の人が二人、芝を刈っていたが、リジーがだれも乗せずにものすごい勢いで走ってくるのを見たらしく、仕事を放りだして、捕まえようとしていた。

ブランタイア大佐が大きな声で「おーい」と叫ぶと、二人はこちらへやってきた。先にきた男の人は、お嬢さまのようすを見て不安そうに顔をしかめ、なにかできることはないかとたずねた。

「馬には乗れますか？」

「そうさね、だんなさま、うまいとは言えませんが、アンお嬢さまのためならこの首を折る覚悟でやってみますさ。この冬に、女房がびっくりするくれえ世話になりましたんで」

「なら、この馬に乗ってください。この馬なら、あなたの首は安心ですよ。それで、お医者さまのところへいって、すぐにきてくれるよう頼んでください。そのあと、お屋敷へ寄って、どういうことか説明して、馬車を寄こすように言ってもらえませんか。アンお嬢さまの女中もいっしょに。わたしはここに残りますから」

「わかりましたです、だんなさま。精一杯やってみます。どうか神さま、大切なお嬢さまがすぐに目をお開きになりますように」そして、もう一人の男のほうを見やって、大きな声で言った。「おい、ジョー、すぐにいって、水を持ってこい。あと、女房にすぐさまアンお嬢さまのところへこいと言ってくれ」

それから、なんとか鞍にはいあがり、「はいよ！」と言って、両脚でぼくのわき腹をパンとたたき、小さく回って溝を避けた。鞭を持っていなかったので、少し戸惑っているようすだったが、そんなことに関係なくぼくが走りだすと、自分はただ鞍にしがみついて、ぼくがあまり速く走らないようにすればいいだけだと気づいて、果敢にそれを実行した。ぼくはできるだけ彼を揺らさないようにしたけれど、一度か二度、でこぼこしたところを走っているときに、「ゆっくり！　ドウドウ！　落ち着け！」とさけんでいた。道路に出てしまえば、あとは問題なかった。お医者さまの家と館の両方で、彼は立派に役目を果たした。中に入ってなにか一口飲んでいくように勧められたが、男は「いえいえ、わたしは野原のほうを通って近道でお嬢さまたちのところへもどります。馬車よりはやく着けますんでね」と断った。

知らせがもたらされると、大騒ぎになった。ぼくは厩舎の馬房にもどって、鞍と頭絡をはずし、布をかけてもらった。

ジンジャーに鞍がつけられ、大急ぎで伯爵の息子のジョージ卿のところへ遣わされた。それからすぐに、馬車がガラガラと出ていく音が聞こえた。

ジンジャーが帰ってきたのは、ずいぶん経ってからのように感じた。ようやくぼくたちだけになると、ジンジャーはなにがあったのかを話してくれた。

「話すことはそんなにないのよ。ほぼずっと駆けどおしで、ちょうどついたときに、お医者さんもきたの。女の人が地べたにすわって、お嬢さまの頭を膝にのせていた。お医者さんはお嬢さまになにか飲ませたんだけど、あたしに聞こえたのは、お医者さんの『生きてますよ』っていうセリフだけ。それから、あたしはちょっと離れたところまで連れていかれたの。しばらくすると、お嬢さまは馬車に乗せられて、それで、あたしたちはみんなで帰ってきたというわけ。紳士がジョージ卿を引き留めて、ようすをたずねたんだけど、『骨は折れてないようだけど、お嬢さまはまだ口をきいてらっしゃらない』って答えてたわ」

ジョージ卿がジンジャーを狩りに連れていったとき、ヨークが首をふりふり、初めてのシーズンのときは、堅実な乗り手が訓練してやるべきなのに、と言っていたことがある。ジョージ卿のようないいかげんな方じゃだめだ、とヨークは言っていた。ジンジャーは狩りにいくのは大好きだったけれど、たまにもどってきたときに、ひどくピリピリしていることがあった。それに、ときどき浅い咳をしていた。血気盛んなジンジャーは文句は言わなかったが、そういったようすを見ると、ぼくは心配せずにはいられなかった。

事故の二日後、ブランタイア大佐がぼくのところへやってきた。大佐はぼくをなでて、たくさん誉めてくれた。それからジョージ卿に、この馬はアニーが危険な状況にいるのをちゃんとわかっていたにちがいありませんよ、と言った。「あのときのブラックオースターは、止めようったって止められなかったでしょうね。これからは、アニーはこの馬以外には乗っちゃだめだ」二人の会話を聞いて、アンお嬢さまが危険な状態を脱して、すぐにまた馬に乗れるようになることがわかった。いい知らせを聞いて、楽しい日々がもどってくるのが、待ち遠しかった。

第25章　ルーベン・スミス

そろそろルーベン・スミスの話をしなければならない。ルーベン・スミスはヨークがロンドンにいっているあいだ、馬たちの世話を任された男だ。ルーベンくらい自分の仕事をすみからすみまで心得ている男はいなかったし、ふだんは、だれよりも忠実で役に立った。やさしくて、馬の扱いにかけてはすばらしく手際がよく、病気やけがも、獣医さんに負けないくらいきちんと手当てができる。二年間、獣医院で暮らしていたことがあるのだ。御者としても一流で、四頭立ての馬車やタンデム馬車[1]も二頭立てと同じように扱えた。顔だちもハンサムで、学問もあり、立ち振る舞いも感じがいい。だれにでも好かれているにちがいない。少なくとも馬たちはルーベンが大好きだった。たったひとつ、不思議なのは、ルーベンが今の馬丁頭という地位に甘んじており、ヨークのような御者頭ではなかったことだ。というのも、ルーベンにはひとつ大きな欠点があったのだ。それはお酒が好きなことだった。年がら年中飲んでいるような人間もいるが、そうではない。何週間、何か月とずっと堅実に暮らしているというのに、突如、（ヨークに言わせれば）「発作」に襲われると、恥知らずな行いをし、奥さんに恐ろしい思いをさせ、まわりじゅうに迷惑をかけるのだ。けれども、仕事はできるので、これまでも二、三回ほど、ヨークは事件をもみ消し、伯爵の耳に入らないようにしてやっていた。ところが、ある夜、舞踏会から一行を乗せて帰るときに、ひどく酔っぱらって手綱も握れず、乗っていた紳士が御者席にすわってご婦人たちを連れて帰るはめになった。もちろん、これを隠すことができるはずもなく、ルーベンは一度首になった。かわいそうに奥さんと子どもたちは館の門の近くにあるきれいな小屋を追

1　馬を縦並びにつないだ馬車。

い出されてしまったらしい。この話をしてくれたのは、年寄り馬のマックスだった。これは、もうずいぶん前のことで、ジンジャーとぼくがくるちょっとまえに、ルーベンはふたたびこの厩舎で働くことになった。ヨークが伯爵にとりなし、伯爵は思いやりのある方だったので、ルーベンが生きているかぎり一滴たりとも飲まないと誓うのを聞いて、また雇ってやったのだ。それからというもの、ルーベンはちゃんと約束を守っていたので、ヨークも留守を任せても大丈夫だろうと考えた。ルーベンは手際がよく正直だったから、ヨークの代わりを務めるのに彼以上の適役はいなかった。

今は四月のはじめで、伯爵一家がもどってくるのは五月の予定だった。ブルーム型馬車[2]は塗装し直す必要があったので、ブランタイア大佐が連隊にもどる際、ルーベンが町まで送り、馬車を置いて馬でもどってくることになった。そこで、ルーベンは鞍を持ち、お供するのはぼくになった。駅に着くと、大佐はルーベンにお金を握らせ、別れの挨拶をすると、最後にこう言った。「ルーベン、お嬢さまから目を離すなよ。そこいらへんの若者が乗りたがるからって、ブラック・オースターを貸したりするな。この馬はお嬢さま用だ」

馬車製作所に馬車を預けると、ルーベンはぼくに乗り、〈白いライオン亭〉へいって、ぼくに餌をやるよう馬丁に命じた。そして、四時に出発するからぼくに馬具をつけておくようたのんだ。ぼくの前脚の蹄鉄の釘が一本ゆるんでいたが、馬丁がそれに気づいたのは、ちょうど四時になったころだった。しかし、ルーベンは現われず、中庭にやってきたときには、五時になっていた。むかしの友人に会ったので、出発は六時にすると言う。馬丁はルーベンに釘のことを話し、蹄鉄工に見てもらったほうがいいだろうかとたずねた。

「いや、いい。うちに帰るまでは持つだろう」

ルーベンの声はやけに大きく、ぶっきらぼうだった。蹄鉄をほうっておくなんて、ルーベンらしくない。いつもは、蹄鉄の釘のゆるみに関しては、特別うるさかったのだ。六時になっても七時になっても、それどころか八時になってもルーベンは現われず、九時近くになってようやくぼくのことを迎えにきたけれど、ずいぶんと乱暴な大

2 御者席に屋根がなく客室が箱形の小型軽量一頭立て四輪馬車。

きい声でしゃべっていた。どうやらひどく機嫌が悪いらしく、馬丁を罵っていたけれど、なにをそんなに怒っているのかはわからない。

白いライオン亭の亭主が店のまえに立っていた。「スミスさん、お気をつけて！」そう亭主が言っても、ルーベンは怒ったように汚い言葉でののしり、町を出ないうちから、襲歩で走りだした。しかも、すでに全速力で走っているのに、ピシリピシリと絶えず鞭をあててくる。月はまだ登っていなかったので、あたりは真っ暗だ。道路は最近、直したばかりらしく石がごろごろ転がっている。その上をこんなスピードで走ったために、蹄鉄はどんどんゆるくなって、料金所が近づいてきたあたりで、とうとうとれてしまった。

ルーベンがまともな状態なら、ぼくの走り方がおかしいことに気づいたはずだ。でも、酔っぱらっていて気づかなかった。

料金所を越えた先の長い道路には、新しく砂利が撒かれたばかりだった。どれも尖った大きな石で、どんな馬でもこんなところを猛スピードで走れば、危険は免れない。蹄鉄がひとつ取れた状態でこんな道を全速力で襲歩させられ、しかも、鞭でたたかれ、急げ急げと荒っぽい言葉を投げつけられる。とうぜん、蹄鉄のとれた脚はひどく痛み、蹄が割れて肉のところまで裂け、石が刺さって傷だらけになった。

これ以上はむりだ。どんな馬でも、こんな状態では走りつづけられない。あまりの痛みに、とうとうぼくはつまずき、ドウと両膝をついてしまった。ルーベンは放り出された。猛スピードで走っていたから、かなりの勢いで投げ出されたにちがいない。ぼくはすぐに立ち上がって、よろめきながら砂利のない道ばたまでいった。月がのぼってきて生垣の上に顔を出し、数メートル先にルーベンが横たわっているのが見えた。起きあがるようすはない。わずかに体を動かし、うめき声をあげただけだった。ぼくだってうめき声をあげられるものなら、あげたかった。片脚と両膝がズキズキと痛む。でも、馬というのは、黙って痛みに耐えるものなのだ。ぼくは声ひとつあげずに、立ったまま耳をそばだてた。ルーベンがまた、低いうめき声を漏らした。今や月は完全にのぼり、倒れているルーベンに月光が降りそそいでいたけれど、動く気配はない。ルーベンのためにも自分のためにも、できることはなかった。ああ、どれだけ馬の蹄の音が聞こえるのを待ち望んだことか！　馬車の車輪の音でも、人の

ぼくは声ひとつあげずに、立ったまま耳をそばだてた。

足音でもいいのに！　でも、この道路はあまり人が通らなかった。おまけに、夜のこんな時間では、助けがくるまでに何時間もこのままかもしれない。ぼくはひたすら目を見開き、耳を澄（す）ました。おだやかな心地（ここち）よい四月の夜だった。ナイチンゲール[3]の低い囀（さえず）りが聞こえるばかりだ。月のそばを流れる雲と、生垣（いけがき）の上を軽（かろ）やかに飛んでいく茶色のフクロウ以外、動くものなどない。ぼくは、はるかむかしの夏の夜のことを思い出していた。グレイさんの青々とした牧草地で、お母さんの横に寝（ね）そべっていたころのことを。

3　鳴き声が美しい小型の鳥。褐色（かっしょく）で、尾はやや赤みをおびている。森林や藪（やぶ）に生息。

第26章　その後

真夜中近くだったにちがいない。ついに、遠くのほうから馬の足音が聞こえてきた。音は何度か途絶えつつも、だんだんはっきりとし、近づいてきた。伯爵の館へいく道路は、伯爵家の森の中を通っている。足音はそちらの方向から聞こえていた。もしかしたら、だれかがぼくたちを探しにきたのかもしれない。音はどんどん近づいてくる。ぼくは、ジンジャーの足音にちがいないとほぼ確信した。二輪馬車を引いているようだ。ぼくは大きな声でいなないた。ジンジャーのいななきが返ってきたのを聞いて、ぼくは喜びに打ち震えた。男の人たちの声もする。ジンジャーたちは砂利の上をゆっくりと進み、地面に倒れている黒い人影を見つけた。

男の人が一人、馬車から飛び降りて、人影の上に身をかがめた。「ルーベンだ！　動かないぞ」

もう一人もおりてきて、かがみこんだ。「死んでる。触ってみろ、手が冷たい」

二人はルーベンを抱き起こしたが、すでに息はなく、髪にべったり血がついていた。

男の人たちはふたたびルーベンを横たえると、こちらにやってきて、ぼくを見た。そして、すぐに膝にけがをしているのに気づいた。

「なんと、この馬が倒れて、ルーベンを放り出したんだ！　この黒馬がこんなことをするなんて、信じられない。ルーベンが落馬するなんて。あのようすだと、何時間も倒れていたにちがいない！　それにしても、おかしいな。この馬はどうしてここにじっとしていたんだろう」

　それから、ロバートというその男はぼくを前へ歩かせようとした。ぼくは脚を一歩まえへ出したけれど、また転びそうになった。

「おい！　膝だけじゃなくて、脚もけがしてるぞ。見ろよ。蹄が砕けてる。こりゃあ、転んだってしかたない。かわいそうに！　なあ、ネッド、どうやらルーベンはまともじゃなかったんじゃないか？　こんな砂利道を蹄鉄もなく走らせるなんて！　そうだよ、もしまともに頭が働いてりゃ、こんなところを走るより、むしろ月を飛び越えさせただろうさ。またむかしの悪い癖が出たんだろう。スーザンは気の毒に！　おれんちに、旦那は帰ってないかってききにきたときは、真っ青だったよ。心配なんてしてないふりをしてさ、帰ってこない理由を次から次へ並べたてんのさ。だが、けっきょくのところ、どうか迎えにいってほしいってすがりつかれたんだよ。どうすりゃいいだろう？　遺体だけじゃなくて、馬も連れ帰らなきゃならない。簡単にはいかないぞ」

それから、二人はしばらく話し合っていたが、最終的に馬丁のロバートがぼくを連れて帰り、ネッドが遺体を持ち帰ることになった。遺体を二輪馬車に載せるのはなかなか大変だった。ジンジャーを押さえている人間がいないからだ。けれども、ジンジャーはぼくと同様、状況をよくわかっていたので、石みたいにじっと立っていた。それに気づいたのは、ふだんのジンジャーに欠点があるとすれば、じっと立っていられないことだったからだ。

ネッドは悲しい荷物を載せ、ゆっくりと馬車を出発させた。ロバートがやってきて、もう一度ぼくの脚を見た。それから、ハンカチを取り出すと、ぼくの脚にしっかりと縛りつけ、そうやってぼくを家まで連れて帰った。あの夜、うちまで歩いたときのことは一生忘れないだろう。館までは五キロ以上あった。ロバートはゆっくりしずしずとぼくを歩かせ、ぼくは脚を引きずってひょこひょこ跳ねるようについていったけれど、それでもそうとう痛かった。ロバートがかわいそうに思ってくれているのは、わかった。しょっちゅうなでては、快活な声で話しかけ、元気づけてくれたからだ。

ようやく厩舎のぼくの馬房につくと、カラスムギをもらった。ロバートは濡れた布で膝をくるみ、ぬかを塗った湿布を脚に当て、しっかりと縛ってくれた。傷口を消毒し、熱をさますためだ。朝になれば、獣医さんが見てくれるだろう。ぼくはなんとか干し草の上に横たわり、痛みをこらえながら眠りについた。

次の日、獣医さんは傷口を調べ、関節は傷めていないと思うと言った。今後、仕事には支障はないけれど、傷跡が消えることはないらしい。精一杯の治療をしてく

スーザンは心地よい家を再び出ることになった。

れたのはわかっているけれど、痛みは長いあいだつづいた。肉芽組織とかいうものが、膝に盛り上がってきて、硝酸銀液で焼かなければならなかった。それがやっと治ると、今度は、両方の膝頭に水ほう液を塗って、毛をぜんぶ抜いた。なにか理由があってのことだと思う。たぶんそれでよかったんだろう。

ルーベンの死は突然で、目撃者もいなかったので、取り調べが行われた。白いライオン亭の亭主と馬丁をはじめ、何人かが、店を出たときルーベンは酩酊状態だったと証言した。料金所の番人は、ルーベンが猛スピードで門を通り抜けたと言い、ぼくの蹄鉄は砂利の中に落ちていたのが見つかった。だから、事件のあらましは明らかだった。ぼくへの疑いは晴れた。

みんなはスーザンに同情した。スーザンは頭がどうかなる寸前だった。「ああ！あの人はいい人だった！いい人だったんですよ！ぜんぶお酒のせいです。どうしてあんな呪われたものが売られてるの？ああ、ルーベン！ルーベン！」ルーベンが葬られたあともそうくりかえしていた。家も頼れる親戚もなく、六人の子どもを抱え、スーザンは高いオークの木立のそばにある心地よい家をまたも出され、陰鬱な救貧院へ入ることになったのだった。

第27章　没落(ぼつらく)

膝(ひざ)が完全に治るとすぐ、ぼくは小さな牧草地に送られ、一、二か月ほど過(す)ごすことになった。そこには、ほかに馬はいなかった。自由とおいしい草を存分(ぞんぶん)に味わったけれど、馬や人間といることに慣(な)れていたから、さみしさを感じずにはいられなかった。ジンジャーとは固い友情(ゆうじょう)で結ばれていたので、会いたくてたまらなかった。道路を通る馬の足音がすると、いなないてみたけれど、返事がくることはなかった。そんなある朝、木戸が開き、ほかならぬジンジャーが入ってきた。連れてきた男はジンジャーの端綱(はづな)をはずし、そのまま出ていった。ぼくはうれしさのあまりいななくと、ジンジャーのほうへ駆(か)けていった。ぼくたちは再会(さいかい)を喜んだけれど、すぐに、ジンジャーがここにきたのは、ぼくと会うためではないのがわかった。ジンジャーの話はここでするには長すぎるので、結論を言えば、乱暴な乗り方のせいで体を傷め、少し休ませてようすを見るために連れてこられたのだった。

W伯爵の息子ジョージ卿は若く、忠告を聞き入れなかった。馬を乗り回し、馬のことなどおかまいなしに隙あらば狩りへと出かけた。ぼくが厩舎を出てからしばらくしたころ、障害物レースがあり、ジョージ卿は出場を決めた。馬丁が、ジンジャーは乗り回されて体が弱っているからレースはむりだと言ったのに信じようとせず、レース当日は一番手の騎手たちに追いつこうとジンジャーを駆り立てた。負けず嫌いのジンジャーは必死でがんばり、先頭の三頭と並んでゴールインした。が、そのせいで呼吸器官がやられ、おまけにそもそもジョージ卿の体重は彼女には重かったので、背中も傷めてしまった。「というわけで、あたしたちはここにたどり着いたわけ。若さと体力のある盛りだっていうのに、体をつぶされてね。あなたは酔っぱらいのせいで、あたしはバカ者のせいで。ひどいものよ」ジンジャーもぼくも、むかしの自分とはもうちがうのだと感じていた。とはいえ、いっしょに過ごせるという喜びが消えてしまうわけではない。むかしのように襲歩で駆けまわりはしなかったけれど、いっしょに食べたり横になったり、ライムの木陰で頭を寄せ合って立ち、何時間もすごした。そんなふうに日々がすぎていき、とうとう伯爵一家がロンドンから帰ってきた。

ある日、伯爵が牧草地にやってきた。御者のヨークもいっしょだ。それを見て、ぼくたちはいつものライムの木の下で、二人がやってくるのを待っていた。二人はぼくたちを念入りに調べ、伯爵がひどく腹立たしげに言った。

「三百ポンドをまるまる損してしまった。だが、なにより心に引っかかるのは、旧友は、わたしのところなら大丈夫と大事な馬を売ってくれたのに、その馬たちをだめにしてしまったことだ。雌馬のほうは一年ほど放し飼いにして、ようすを見てみよう。だが、黒いほうは売るしかない。非常に残念だが、こんな膝の馬をわたしの厩舎に置くわけにはいかん」

「ええ、とうぜんでしょう」ヨークは言った。「見かけにはあまりこだわらないところなら、引き取ってもらえると思います。大事にしてもらえるでしょう。バース[1]に貸し馬車をやっている知り合いがおりまして、安い値段で買えるいい馬を常に探しているんです。その男なら、馬たちの世話をよくしてくれるはずです。取り調べで、この馬に問題はないことははっきりしましたから、伯爵さまかわたしの推薦状があれば、証明書として十分でしょう」

「では、ヨーク、その男に手紙を書いてくれ。わたしとしては、手に入る金よりも、この馬の行き先のほうに万全を尽くしたい」

そう言って、二人は出ていった。

「もうすぐあなたは連れていかれるのね」ジンジャーは言った。「そうしたら、あたしは唯一の友だちを失うことになる。おそらくあたしたちは二度と会えないわ。ああ、なんてむごい世の中なの！」

それから一週間ほど経って、ロバートが牧草地にやってきた。そして、持ってきた端綱をぼくにつけると、牧草地から連れ出した。ジンジャーに別れを言う時間もな

1　温泉保養地として、十八世紀から栄えてきた街。

かった。ぼくたちは互いに鳴きかわし、ぼくが引かれていく横を、ジンジャーは生垣越しに並んで追いかけてきた。そして、ぼくの足音が聞こえなくなるまで、いなないていた。

ヨークの推薦で、ぼくは貸し馬屋に買われた。そこまでは汽車に乗っていったが、ぼくにとっては初めての経験だった。最初はかなりの勇気を必要としたけれど、もうもうと吐き出される煙や、ガタゴトという音や、汽笛、そしてなにより、ぼくが入れられたガタガタと揺れる檻も、危害を加えてくるわけではないとわかると、そのうちおとなしく受け入れられるようになった。

目的地に着くと、まずまずの厩で、きちんと世話をしてもらえることがわかった。ここの厩は、これまでのところのように広々として居心地がいいとは言えなかった。坂の上にあるので、床は平らではなく、しかも頭はずっと飼い葉おけにつながれっぱなしで、斜めになっているところに立つことになり、ひどく疲れた。馬というのは、楽に立つことができ、好きにむきを変えられるほうが、その分たくさん働けるということを、人間たちはいまだにわかっていないようだ。それでも、餌はたっぷりもらえたし、体もきれいにしてもらえたので、全体的に見れば、新しい主人はぼくたちの面倒を精一杯見てくれていたのだと思う。貸し馬屋にはたくさんの馬が飼われていて、馬車もいろいろな種類があった。貸し馬屋の人間が馬車を御することもあるし、紳士や淑女たちが馬と馬車を借りて、自分で馬車を走らせることもあった。

第28章　貸し馬と御者たち

これまでは、ぼくを御する人たちは少なくとも馬の扱い方は心得ていた。けれども、今度の場所では、ありとあらゆる悪い御し方や無知な御し方を経験することになった。なぜなら、ぼくは「貸し馬」で、ぼくを借りたいという人間ならどんな相手にも貸し出されるからだ。ぼくはおとなしくて気立てがよかったから、ほかの馬たちよりも無知な御者に貸し出されることが多かったように思う。ぼくなら大丈夫だろうと思われたからだ。いろんな御し方で馬車を引かされたけれど、それをぜんぶ話したら、いつまでも終わらないので、その中からいくつか説明しようと思う。

まず、手綱をきつく持つ人間がいる。すべては手綱を力のかぎり握りしめることにかかっていると思っているらしく、馬の口をぐいぐい引っぱってゆるめようとせず、自由に頭を動かす余地をまったく与えてくれない。そういう人間たちは決まって、「馬を意のままに御する」とか「馬の歩調をゆるめないようにする」などと、まるで馬が自分で歩けないかのような言い方をする。

中には、こうした御者のせいで口が固くなって、手綱の動きを感じにくくなってしまった、気の毒な馬たちもいる。そうした衰弱しきった馬たちの場合は、もしかしたら、手綱を少し引いてやったほうがいいかもしれない。でも、しっかりした脚をしていて、やわらかい口ですんなりと指示を感じとれる馬にとっては苦痛でしかなく、愚かなやり方だ。

次に、手綱をゆるめっぱなしの人間もいる。手綱を馬の背中に垂れたままにし、手はだらしなく膝の上に載せている。もちろん、そんなふうにしていれば、ふいになにか起こったときに、馬を制御することができない。馬が後ずさったり、跳びあがったり、つまずいたりしたら、お手上げだ。馬か自分が害を被ることになる。ちなみに、ぼく自身は手綱がゆるみっぱなしでもかまわない。ぼくには急に跳びあがったりつまずいたりする癖はないし、御者がどうしてほしいかとか、なにを望んでいるかを知って、それに従うのに慣れているからだ。それでも、坂を下るときなどは少し手綱を引いてほしいし、御者が居眠りしていないことくらいは、わかっていたい。

それに、ぞんざいな御し方をされると、馬にも悪い癖や怠け癖がつきやすい。持ち主が変わったとたん、そうした癖を鞭でたたき直されるはめになり、多かれ少なかれ痛い思いやつらい思いをする。ゴードンのだんなさまはいつも、ぼくたちがいちばんいい歩き方、いちばんいい振る舞いをするように気をつけていた。馬を甘やかして悪い癖をつけさせるのは、人間の子どもを甘やかすのと同じでむごいことだ、なぜなら、あとから苦しむことになるのは馬なのだから、と言っていた。

さらに言えば、こういう御者は不注意なことが多くて、馬以外のものに気をとられがちだ。まえに、そういうタイプの御者と幌なしの四輪馬車で出かけたことがある。その人は女の人と子ども二人をうしろに乗せると、手綱を無駄に上下に動かし、とうぜんのように鞭を何度か、意味もなく振りおろした。ぼくはちゃんと走っているのに、だ。そのときは、道路のあちこちで工事が行われていて、砂利を新しく敷いたところはもちろん、そうじゃなくても、石ころがそこかしこに転がっていた。男の人は女の人と子どもたちと笑ったり冗談を言い合ったり、左右に見える田舎の景色についていろいろ説明したりしていて、馬のことは見てもいなかったし、石ころの少ないところを走ろうなんて思いつきもしないようだった。そんなだから、ぼくの前脚に石がはさまってしまった。

そう、こんなときも、ゴードンのだんなさまやジョンや、そうじゃなくたって、いい御者なら、ぼくが三歩も進まないうちになにかおかしいと気づいてくれた。だいたい、暗くなっていたって、慣れた人間なら手綱のようすでぼくの歩き方がおかしいのを感じて、馬車を降りて、石を取ってくれたと思う。でも、その男の人はあいかわらず笑ったりしゃべったりしているだけで、そのあいだも一歩ごとに石は蹄鉄と蹄のあいだにきつくはまりこんでいった。その石は内側が尖っていて、外側が丸くなっていたから、だれもが知っているとおり、馬の脚にはさまると、いちばん危険なタイプだ。脚が傷つくだけじゃなくて、つまずいて転びやすくなるからだ。

その男の人が目が悪かったのか、単にひどく不注意だったのか、ぼくにはわからない。でも、その人は、脚に石が挟まった状態のままぼくを七、八キロも歩かせた。ぼくが痛みで脚を引きずりだしたころにやっと気づいて、「おいおい、困ったぞ！ 脚の悪い馬を貸してよこすとは！ ひどいな！」と言った。

そして、手綱を放り出し、鞭を振り回して、「さあ、老兵の真似事をしようったって、そうはいかないぞ。まだ先は長いんだ。脚が悪いふりして怠けようとしても無駄だからな」

まさにそのとき、茶色の小馬に乗った農夫が通りかかった。農夫は帽子をとって、近づいてきた。

「失礼ですが、そちらの馬にはなにか問題があるようです。歩き方からすると、蹄鉄に石がはさまってるんじゃないかと。よろしければ、馬の脚を見てみましょう。ここいらに転がっている小石は、馬にとってはややこしい危険なものなんですよ」

「貸し馬なんですよ。いったいどうしたのか、さっぱりわからん。こんな脚の悪い馬を寄こすなんて」

農夫は馬から降りると、手綱を腕にかけ、すばやくぼくの脚を手に取った。

「おやおや、石が入ってる！　脚が悪いって！　そりゃそうでしょうよ！」

農夫は最初、手で取り出そうとしたけれど、石がすっかりはまりこんでいたので、ポケットから石抜きを取り出し、さんざん苦労して、丁寧に石を出してくれた。それから、石をかかげて見せた。「これです。馬の脚にはさまってたんですよ。この馬が転ばなかったのは奇跡ですよ。それどころか、膝の骨を折ったっておかしくない！」

「ほう、なるほど。おかしなことですねえ！　馬の脚に石がはさまるなんて、ぜんぜん知らなかった」

「知らなかった？」農夫は少しさげすんだように言った。「そういうことはあるんですよ。どんないい馬だって、そういうことはありますし、ここみたいな道路じゃ、しかたないんです。ご自分の馬の脚を悪くしたくなかったら、ちゃんと気をつけて、はさまったらすぐに取ってやらないと。この馬の脚はかなり傷が深くなってしまっている」そして、そっとぼくの脚をおろすと、ポンポンとなでてくれた。「助言させていただくと、しばらくはゆっくり歩かせてやったほうがいいですよ。ひどい傷になってますからね。すぐさまスタスタ歩くっていうわけにはいきません」

それから、小馬にまたがると、中の女の人に帽子を持ちあげてあいさつをし、去っていった。

農夫がいってしまうと、男の人は手綱を上下に動かし、革ひもをピシピシやりはじめたので、歩けという意味だと察し、もちろんぼくはまた歩きはじめた。石が取れたのはよかったけれど、痛みはまだそうとうあった。

ぼくたち貸し馬は、そういった目によく遭うのだ。

第29章　ロンドンっ子

それから、蒸気機関車式に馬を御する人間もいる。このタイプは、たいていは町の人間で、自分で馬を飼ったことがなく、ふだんは汽車で旅をしている。

こうした人間たちはどうやら、馬は蒸気機関車みたいなもので、ただちょっと小さいだけ、とでも考えているみたいだ。とにかく、お金さえ払えば、どこまでも好きなところへ、好きな速さで、好きなだけの荷物を積んで走るものだと思っている。しかも、道路がぬかるんでいようが、乾いて走りやすかろうが、石ころだらけだろうが、なだらかだろうが、上り坂だろうが、下り坂だろうが、お構いなしだ。ひたすら、わき目もふらず、同じ歩調で走るべきで、息抜きだとか心遣いなんて無用だと思っている。

こうしたタイプの人間は、急な坂道をのぼるからといって、馬車を降りてやろうなんて思いもしない。まさか、乗るために金を払ってるんだから、乗るに決まってる！馬？　馬は慣れてるだろ！　人間を乗せて坂道もあがれないんじゃ、なんのために馬はいるんだ？　降りて歩け？　冗談にもなりゃしない！　そして、さんざん鞭を振りおろし、「ほら、いけ、怠け者め！」などとどなりつけるのだ。そして、また鞭が飛ぶ。そのあいだじゅう、ぼくたちは心が沈むようなつらい思いをしながらも、文句ひとつ言わず必死になって従おうとしているのに。

この蒸気機関車型は、ほかのどんな御者よりもぼくたちを疲弊させる。思いやりのある御者なら、ぼくは三十キロ以上は走れるけれど、蒸気機関車型の御者だと、その半分もいかない。体力も気力も奪われるのだ。

それに、こうした御者はめったにブレーキを使わない。どんなに急な下り坂でも、使おうとしないから、大事故が起こることもある。それに、使っても、坂を下り切ったところで外すのを忘れることもしょっちゅうだ。ぼくは一度ならず、片側の車輪をブレーキで固定されたまま、次の坂をのぼらなきゃいけないことがあった。御者が思い出すのを待つしかなく、馬にとっては、大きな負担だ。

それに、こういうロンドンっ子は、紳士がやるようにゆったりとした歩調で出発せずに、厩の中庭からいきなり全速力で走りだそうとする。止まるときも、まずぼくたちを鞭打って、それからいきなり手綱を引くから、こちらはしりもちをつきそうになるし、ハミで口がズタズタになる。これを「さっそうと」止めるなんて言う。[1]曲がるときも、道路の右側だろうと左側だろうとおかまいなしにいきなり曲がる。

よく覚えているのは、春の夜にローリーと出かけたときのことだ（ローリーは、二頭立てのときに組むことが多く、誠実ないい馬だった）。その日、馬車を御したのは、貸し馬屋の思いやりがあって親切な御者だったから、とても快適だった。日が暮れるころ、ぼくたちはきびきびした歩調で帰り道を走っていた。その道路は左に急カーブ

1　コックニーと呼ばれるロンドンっ子訛り。

していたけれど、ぼくたちは右側の生垣のすぐ横を走っていたから、すれちがう余裕はじゅうぶんあり、御者も特に速度を落とさなかった。曲がり角が近づいてくると、馬一頭と車輪二つ分の音が聞こえてきた。猛スピードでこちらへむかって坂を下ってくる。生垣が高いので、なにも見えなかったけれど、次の瞬間、正面衝突してしまった。ぼくは運よく生垣側だったけど、ローリーは左側を走っていて、しかも梶棒もなかったから、守るものがないのに等しかった。相手の御者はまっすぐ曲がり角に突っこんできたから、ぼくたちが見えたときにはもう、端へ寄る時間がなかったのだ。ローリーにすべての衝撃がかかり、相手の梶棒が胸に突き刺さって、ローリーは悲鳴をあげてうしろによろめいた。あのときの声は一生忘れられない。相手の馬のほうもしりもちをつき、梶棒が折れた。あとから、そちらの馬もうちの貸し馬屋の馬で、馬車は車輪の大きな一頭立て二輪馬車で、若者に人気のものだったのを知った。相手の御者は、例のなりゆき任せの無知なタイプだった。道路のどちら側を走るのかも知らないし、知っていたとしても、気にかけもしない。かわいそうに、ローリーの胸の肉は裂け、血が流れていた。刺さった位置が少しでもずれていたら、死んでいただろう。でも、気の毒なローリーにはそちらのほうがよかったかもしれない。

実際、けがが治るまでかなりかかり、そのあと、石炭を運ぶ馬として売られた。石炭を運んで急な坂道を上がったり下がったりするのがどんなにつらいか、馬にしかわからない。そうした坂道で、石炭が山のように積まれた重い荷馬車をひいておりていく馬を見たことがある。荷馬車にはブレーキもついていなかった。今でも、その光景を思い出すと、悲しくなる。

ローリーが一生残る傷を負ってからは、ペギーという雌馬とよく組むようになった。ペギーは、馬房がぼくのとなりで、がっしりとした力の強い馬だった。毛色は明るいこげ茶で美しいぶちがあり、暗褐色のたてがみと尻尾をしている。育ちがいい感じはなかったけれど、とてもきれいで、飛び抜けて気立てがよく、やる気があった。にもかかわらず、目はどこか不安げで、なにか問題を抱えているように見えた。初めていっしょに出かけたとき、ペギーの歩様はずいぶん変わっているなと思った。速歩と駈歩のあいだみたいで、三、四歩進むと、前へ小さくジャンプするのだ。

いっしょに馬車を引く馬にとってはかなり気に障る癖で、ぼくは気が休まらなかった。うちにもどると、どうしてあんなふうなぎこちない走り方をするのか、たずねてみた。

ペギーはおろおろした調子で答えた。「ああ、自分の歩様がだめってことは、わかってんの。だけど、どうしようもないのよ。あたしのせいじゃないんだから。あたしの脚が短いせい。あたしたち、背の高さは同じくらいだけど、脚の長さはあたしのほうが膝上が八センチ近く短いでしょ。だから、一歩が短いし、遅いのよ。好きでこうなったわけじゃない。好きな姿になれるんならよかったけどね、そしたら、脚をもっと長くするわよ。あたしの問題はぜんぶこの短い脚のせい」ペギーは沈んだ口調で言った。

「でも、どうして？　きみは力も強いし、気立てもよくて、やる気もあるのに」

「だって、人間たちは速く走りたがるのよ。相手の馬に遅れを取ったら、たちまち鞭が飛んでくる。ピシ、ピシ、ピシ、って。だから、遅れないように精一杯やってるうちに、こんなみっともないすり脚みたいな癖がついちまったの。最初のご主人と暮らしてたときは、ちゃんとふつうの速歩で走ってたのよ。そのご主人はそんなふうに急がせたりしなかったから。田舎の若い牧師さんで、親切ないいご主人だった。担当の二つの教会が離れたところにあって、仕事がいっぱいあってね。でも、速く走れないからって叱ったり鞭打ったりはぜったいにしなかったんだから。あたしのことを心から好いてくれてた。今も、あそこで働いてられたら！　だけど、牧師さんはそこを出て、大きい町にいくことになっちまったの。だから、あたしは農夫に売られた。

　農夫にだって、もちろんすばらしいご主人はいる。だけど、あたしの新しい主人は卑しいやつだった。いい馬とかいい御し方なんてことはぜんぜん頭になくて、とにかく速く走れってことばかり。あたしは精一杯走ったけど、それじゃあだめで、いつも鞭打たれた。だから、こんなふうに、遅れないようにジャンプする癖がついちまったわけ。その農夫はね、市のある夜は、いつも遅くまで酒場にいて、それから襲歩で帰らせるの。

　ある暗い晩に、いつもみたいにうちへむかって走ってたら、道路に落ちてたなにか重たいものにいきなり車輪がぶつかって、たちまち馬車がひっくりかえっちまったの。農夫は馬車から放り出されて、たぶん腕と肋骨を何本か折ったんじゃないかな。とにかく、それでそこでの暮らしも終わった。残念だと思っちゃいないけどね。だけど、どこへいったって、あたしにはおんなじ。人間が急がなきゃならないところじゃね。この脚がもっと長けりゃよかった！」

かわいそうなペギー！　ぼくは心の底から気の毒だと思ったけれど、慰めようがなかった。脚の遅い馬が速い馬と組まされるのが、どんなに大変か知っていたからだ。鞭はすべて自分に飛んでくる。でも、どうしようもないのだ。

ペギーはよく幌なしの四輪馬車を引いていて、おとなしいので、女の人たちにとても好かれていた。それからしばらくして、ペギーは二人の女の人のところへ売られた。その人たちは自分で馬車を御するので、安全ないい馬がほしかったのだ。

ぼくは田舎で何度かペギーに会ったけれど、しっかりした歩調で馬車を引いていて、これ以上ないというほど明るく幸せそうだった。それを見て、ぼくもうれしかった。ペギーはいいところで暮らしてしかるべき馬だったから。

ペギーがいなくなったあと、代わりに別の馬がきた。まだ若くて、すぐに後ずさりしたり跳びあがったりするので評判が悪く、いい働き口を失ったのだ。ぼくはどうして後ずさりしたりするのか、きいてみた。

「どうだろ、よくわかんないけど、小さいころから臆病だったんだ。それに、しょっちゅう怯えてた。なにか見たことがないものがあると、ついそっちを見ちゃう癖があってさ。ほら、目隠しをつけてると、見えないから、それがなにかもわからないだろ。だから、ぐるっとそっちに顔をむけちゃうんだ。そうすると、いつも鞭でたたかれる。たたかれると、こっちもびっくりするからさ、つい跳びあがっちゃうんだよ。たたかれたからって、怖くなくなるわけじゃない。静かに見させてくれりゃ、それでよかったんだ。なんの害もないってわかればさ。あるとき、年取った紳士がぼくの主人と馬車に乗ってたんだけど、大きな白い紙だか布だかが、風に吹かれてぼくのすぐ横を飛んでいったんだ。ぼくはびっくりして、ついまえへ飛び出した。主人はいつもどおり、手ひどくぼくを鞭打った。そしたら、その老紳士が大声でさけんだんだ。『やめなさい！　そんなことをしてはいかん！　馬が驚いて跳ねたからって、鞭打ったりしてはだめだ。馬が跳ねるのは、怯えているからだ。なのに、鞭打ったりしたら、ますます怯えて、悪い癖がひどくなるだけだ』つまりさ、人間はみんながみんな、あんなふうに鞭打ったりするわけじゃないってことだよね。ぼくだって、跳ねたいわけじゃない。だけど、なにが危険でなにがそうじゃないかなんて、まず慣れさせてくれなきゃ、わからないよ。ぼくだって、知ってるもののことは怖くない。例えば、ぼくの育った屋敷にはシカがいたんだ。だからもちろん、シカのことは羊や牛くらいよく知ってる。だけど、シカはどこにでもいるわけじゃないよね。きちんとものわかった馬でも、シカに怯えたり、シカのいる放牧場を通ろうとすると暴れたりするだろ。何度も見たことがあるよ」

ぼくもそのとおりだと思った。若い馬がみんな、農夫のグレイさんやゴードンのだんなさまみたいな主人に恵まれるといいのに。

もちろん、ここでもそういういい御者にあたることがある。ある朝、ぼくは一頭立て二輪馬車につけられ、プルトニー通りの家へむかった。家から二人の紳士が出てきて、背の高いほうの紳士がぼくの頭の横まできた。そして、ハミと頭絡を見て、首あてを手で軽く動かし、ぴったり合っているかどうかたしかめた。

「この馬は留めぐつわは必要かね？」紳士は馬丁にたずねた。

「そうですね、なくてもちゃんと歩くと思いますよ。こいつは、めったにないいい口をしてまして、元気で悪い癖もない。ですが、お客さんはたいてい留めぐつわを好まれるんで」

「わたしは好きではない。そいつを取ってやってくれ。手綱は頰のところにつけてほしい。口が楽なほうが長旅にはいいもんな、ん？」紳士はそう言って、ぼくの首をなでてくれた。

それから、紳士は手綱を取り、もう一人の紳士といっしょに馬車に乗った。ぼくのむきを変えるとき、紳士がどんなにそっとやってくれたか、よく覚えている。それから、手綱をほんの少し引き、背中をなぞるように鞭を動かしたので、ぼくは出発した。

ぼくは首をくっとそらし、ぼくのいちばんの歩様で走った。うしろには、いい馬をどう御せばいいかよく知っている人間がいる。まるでむかしにもどったようで、ぼくの心は浮き立った。

この紳士はすっかりぼくを気に入って、何度か鞍をのせて乗ってみたあと、ぼくを自分の友だちに売るよう、貸し馬屋の主人を説得した。その友だちは、乗馬用に安全で気立てのいい馬を探（さが）していたのだ。こうして、ぼくはその夏、バリーさんに売られた。

第30章　どろぼう

ぼくの新しいご主人は独身の男の人だった。バースに住んでいて、とにかく仕事が忙しい。お医者さんに、運動に乗馬を勧められ、それでぼくを買ったのだ。自分の家からすぐのところに厩を借り、フィルチャーという馬丁を雇った。本人は馬のことはほとんど知らなかったけれど、とてもよくしてくれたから、本当なら、のんびりと楽しく暮らせたと思う。ところが、ご主人が知らないことがあった。ご主人は、たっぷりのカラスムギとひきわり豆とふすまが配合されたいちばんいい干し草や、カラスノエンドウやホソムギの入ったふすまを、必要だと思うぶんたっぷりと注文してくれた。ぼくはご主人が指示するのを聞いていたから、おいしいものがたくさんもらえて、幸せだと思っていた。

数日は、なにひとつ問題はなかった。馬丁は自分の仕事を心得ていた。厩はいつも清潔に保ち、空気を入れ替え、ぼくの体のすみずみまで手入れしてくれた。とてもやさしくしてくれたのだ。バースの大きなホテルで馬丁をしていたのだけど、今ではやめて、果物や野菜を作って市に出したり、奥さんは鶏やウサギを育てて売ったりしていた。ところが、しばらくすると、カラスムギが減ってきたように感じた。豆はあったけれど、カラスムギの代わりにふすまが混ぜられていて、それも少ししかない。本来の量の四分の一もないのだ。二、三週間もすると、ぼくの体力も気力も目に見えて衰えてきた。草はおいしいけれど、カラスムギがないと、健康を保つことができない。でも、ぼくには、文句を言ったり、ほしいものを伝えたりすることはできない。そんな状態が一か月ほどもつづいたけれど、ご主人にはなにかおかしいと気づいたようすはなかった。どうして気づかないんだろう。そんなある日、ご主人は田舎の友だちに会いに出かけた。その人は趣味で農業をしている地主さんで、ウェルズへむかう途中に住んでいた。

地主さんは馬の目利きだった。挨拶を交わすと、地主さんはぼくにさっと目を走らせて言った。

「バリー、どうやらきみの馬は、最初のときよりも具合がよくないみたいだ。病気でもしたのかい？」

「いいや、そんなことはないと思うが。だが、確かにまえほど元気はないようだ。馬丁は、馬は秋には体が弱って元気がなくなるものだから、大丈夫だと言うんだが」

「秋に具合が？　バカバカしい！　だいたい、今はまだ八月じゃないか。きみのところみたいに、楽な仕事だけで、いい餌もたっぷりもらっていたら、こんなふうに元気がなくなるはずがない。たとえ秋だとしたってね。どんな餌をやってるんだい？」

ご主人は説明した。ご主人の友だちはゆっくりと頭をふり、ぼくの体に手を当て、調べはじめた。

「きみのところのカラスムギをだれが食べているか知らんが、わたしの思いちがいじゃなければ、この馬が食べているとは考えられない。ずいぶん速く走らせてきたのかい？」

「いいや、ゆっくりときたよ」

「ここに手を当ててみろ」地主さんは、ご主人の手を持って、ぼくの首と肩に触れさせた。「この馬は暖かくて湿ってる。牧草ばかり食べている馬のようだ。もう少し厩のようすに目を光らせたほうがいい。人を疑うのは嫌なものだ。ありがたいことに、うちの使用人たちは、わたしがいようがいまいが、信用できるが、世の中には卑しい悪党がいるからな。口のきけない動物から食べ物をかすめ取るようなあくどいやつはいるんだ。調べてみたほうがいい」そして、ぼくを連れにきた自分の馬丁に言った。「この馬に、いいひきわりのムギをたっぷりやってくれ。出し惜しみせずな」

口のきけない動物！ でも、そのとおりだ。もししゃべることができたら、カラスムギの行方をご主人に教えることができただろう。ぼくの馬丁は毎朝六時ごろにやってくるけど、そのときに小さな男の子を連れている。その子はいつも覆いをかぶせた籠を持っていて、お父さんといっしょに馬具のしまってある部屋に入っていく。そこにカラスムギが置いてあって、細く開いたドアのすき間から、二人が箱に入ったカラスムギを小さな袋に移しかえるのが見えた。それがすむと、男の子は厩を出ていく。

　ご主人が友だちと会って五、六日ほど経った朝、いつものように男の子が厩を出ていったあと、またすぐにドアが開いて、お巡りさんが男の子の腕をギュッとつかんで、入ってきた。うしろからきたもう一人のお巡りさんがドアを閉めて、内側から鍵をかけた。「きみのお父さんがウサギの餌をしまっているのは、どこだね？」

　男の子は怯えきったようすで、泣きはじめた。でも、もはや逃げることはできない。カラスムギの入った箱までお巡りさんを連れていった。そこには空の袋があったが、それは、男の子の籠で見つかったカラスムギのたっぷり入った袋と同じだった。

そのときフィルチャーはぼくの脚をきれいにしてくれていた。お巡りさんはフィルチャーを見つけると、大暴れする彼を捕まえ、「留置場」というところへ連れていった。息子もいっしょに連れていかれたけれど、あとで聞いたところによると、子どもには罪がないということになったみたいだ。でも、フィルチャーには二か月の刑が言い渡された。

第31章　ペテン師

すぐにご主人の気に入る人間は見つからなかったけれど、それでも何日かして、新しい馬丁がやってきた。背が高く、見目のいい男だ。しかし、馬丁の姿をしたペテン師がいるとすれば、それはこのアルフレッド・スマークだった。ぼくに対してもとても丁寧で、手荒な扱いなど決してしない。それどころか、ご主人が見ているときは、しょっちゅうなでたりやさしくたたいたりする。たてがみとしっぽは必ず水をつけてとかし、ぼくをご主人の家へ連れていくときは、蹄に油を塗って見栄えをよくする。けれども、脚の手入れをしたり、蹄鉄を調べたり、全身にブラシをかけてきれいにしたりということに関しては、まるで牛並みの扱いだった。ハミはさびっぱなし、鞍は湿ったまま、しりがいはカチカチのままだったのだ。

　アルフレッド・スマークは自分のことをとてもハンサムだと思っていた。馬具の部屋にある小さな鏡のまえで、たっぷり時間をかけて髪と髭とネクタイを整える。ご主人の指示を聞いているときは、必ず帽子に手をやって「はい、だんなさま」とくり返すので、だれもがスマークのことを好青年だと思い、バリーさんはスマークを雇えてついていましたねと言うのだった。だけど、ぼくに言わせれば、スマークほど怠け者のうぬぼれ屋はいない。もちろん、ひどい目に遭わされないことは大切だけど、それだけじゃ、馬にはじゅうぶんではない。ここには、放し飼い用仕切りがあったから、スマークが怠けずにちゃんと掃除してくれれば、とても快適だったと思う。けれども、スマークはいつもわらをぜんぶ取りのぞかないので、下のほうに残ったわらからひどいにおいがした。そこからあがる臭気でぼくの目はヒリヒリと焼けるように痛み、食欲も落ちてしまった。

　ある日、ご主人がやってきた。「アルフレッド、厩が少しにおうぞ。よくこすって、水でたっぷりと流したほうがいいんじゃないか？」

「そうですね、だんなさま」スマークは帽子の縁に触れた。「だんなさまがお望みなら、そうします。ただ、それは少々危険なのでございます、馬の仕切りに水を流すのは。馬は風邪を引きやすいですからね。この馬が具合の悪くなるようなことはしたくありません。とはいえ、だんなさまがやれとおっしゃるなら、やります」

「そうか風邪をひかせたくはないな。だが、このにおいはひどい。下水は問題ないか？」

「はい、だんなさま。そうおっしゃっていただいて気づきましたが、下水からにおいが逆流しているような気がします。なにか問題があるのかもしれません」

「なら、レンガ職人を呼んで、見てもらえ」

「はい、だんなさま、そうします」

レンガ職人がきた。かなりの数のレンガをはがしてみたが、問題はない。そこで職人は少し石灰をまき、五シリングを請求したが、厩のにおいは変わらなかった。しかも、においだけでは済まなかった。湿ったわらの上に立っているせいで、ぼくの脚はだんだんと悪くなり、痛みはじめた。

「いったいこの馬はどうしたのだろう？　しょっちゅうよろめくんだ。今につまずくんじゃないかと不安だよ」ご主人は何度かそう言った。

「はい、だんなさま」スマークは言った。「わたしもそれには気づきました。運動をさせていたときです」

　ここで本当のことを言えば、めったに運動なんてさせてもらってなかった。だから、ご主人が忙しいときは、何日も立ちっぱなしで脚も伸ばせないことがよくあった。なのに、きつい仕事をしたときみたいに高い栄養価のものを食べさせられたせいで、ぼくは体調を崩した。体がだるく重たく感じることがよくあったし、それ以上に、落ち着きがなくなって、熱っぽくなった。めったに草やふすまのおかゆは出なかった。そういったものを食べれば、体を冷やすことができるのに、スマークはうぬぼれが強いくせに、なにも知らなかった。しかも、運動させたり、餌を変えたりする代わりに、丸薬や水薬を呑ませるのだ。そうした薬をのどに流しこまれること自体が嫌だったし、そのせいでますます具合が悪くなった。

そんなある日、脚がすっかり弱くなっていたせいで、ご主人を乗せて敷いたばかりの砂利の上を速歩で走っていたとき、二回も大きくつまずいてしまった。ご主人はランズダウンを下っていって町に入ると、馬の獣医のところに寄ってぼくの具合を見てもらった。お医者さんはぼくの脚を一本一本手に取って調べると、立ちあがって、手についたほこりを払いながら言った。

「この馬は『蹄叉腐爛』を起こしてますね。それもかなりひどい。脚がだいぶ弱っています。倒れなかったのは幸運ですよ。おたくの馬丁は気づかなかったんでしょうかね？　この病気は不潔な厩が原因なんです。敷きわらがきちんと掃除されていないんですよ。明日、馬を寄こしてくれれば、蹄の治療をして、あなたの馬丁にこれから処方する薬の塗り方を教えましょう」

次の日、獣医さんはぼくの脚をすっかりきれいにして、なにか強い水薬に浸した麻くずを詰めた。これは、相当うっとうしかった。

獣医さんは毎日厩のわらを取り出して、床を清潔にするように指示した。そして、脚が治るまでは、ふすまのおかゆと緑の草を少しやり、ムギは少なめにするようにと言った。この治療（ちりょう）のおかげで、ぼくは元気を取りもどした。でも、バリーさんは二度も馬丁（ばてい）に騙（だま）されてうんざりし、馬を飼（か）うのはやめて、乗りたいときに借りることにした。そういうわけで、脚（あし）が完全に治るまではバリーさんのところにいたけれど、それからまた、ぼくは売られた。

第三部

第32章　馬の市

失うものがないのなら、馬の市は面白いところにちがいない。なにしろ見るものがたくさんある。

長い列を作っている、田舎の湿地帯から出てきたばかりの若い馬たち。ぞろぞろと追い立てられていく毛の長いウェールズ産のポニーたちは、メリーレッグスくらいの背丈だ。馬車馬はありとあらゆる種類が何百頭といて、中には長い尻尾を編みあげ、赤いひもで結んでいるものもいる。ぼくのように見目も育ちもいいのに、事故にあっ

脚を高くあげてきりっとした歩様を見せびらかす。

たり、傷があったり、呼吸器系がやられていたりするせいで落ちぶれてしまった馬たちも多くいた。中には、元気な盛りで、どんな仕事もできそうな立派な馬もいて、引き手綱を持った馬丁がいっしょに走って速歩をさせると、脚を高くあげてきりっとした歩様を見せびらかしている。けれども、うしろのほうには、重労働で体を壊したあわれなようすの馬たちがたくさんいた。膝の関節が折れ曲がって、歩くたびに後ろ脚が突きでてしまう馬もいれば、すっかり打ちのめされたようすの老馬たちは、下唇をだらりと垂らし、耳をべったりと寝かせ、生きていても楽しみも希望もないといったふうだ。やせこけてあばらが浮き出ている馬や、背中や腰を痛めているものもいた。馬にとっては、つらい光景だった。自分もいつか同じ境遇になるかもしれないと、わかっているからだ。

あちこちで、値段を競りあげたり、値切ったりといった交渉が行われている。馬なりに理解の及ぶ範囲で言わせてもらうと、馬の市ではあらゆる嘘や目論見が行きかい、賢い人間でもすべてを見抜くのは至難の技だと思われた。ぼくは、頑丈で役に立ちそうな二、三頭の馬たちと並べられ、たくさんの人間たちが見にきた。でも、ぼくの膝を見ると、紳士たちは背をむける。でも、ぼくを売ろうとしている男の人は、馬房ですべっただけですと言っている。

人間たちはまずぼくの口を開かせ、それから目を見て、ぼくの脚を上から下までなぞり、皮膚や肉を確かめ、最後にぼくを歩かせてみる。この一連のやり方は、人間によってびっくりするくらい千差万別だった。乱暴でむぞうさに、まるで板切れみたいに馬を扱う人間もいる。一方で、そっと体に触れながら、あいだあいだにあたかも「いいかい？」ときくようになでてくれる人間もいる。そういった扱い方で買い手がどんな人間なのかを見極めることができた。

一人、もし買ってもらえたら、幸せになれるだろうと思った人がいた。紳士ではなかったし、紳士を自称する見掛け倒しの下品なタイプでもなかった。どちらかというと小柄だけれど、がっしりした体格で、なにをするにも動きが素早い。ぼくの扱い方からして、すぐに馬に慣れているのだとわかった。声はやさしくて、灰色の目には親切そうな、陽気な表情が浮かんでいる。その人の清潔でさわやかなにおいをかいだとたん、好きになったのだ。こんなことを言うのは変だけれど、本当だからしょうがない。ぼくの大嫌いな前日に飲んだビールやタバコのにおいはせず、干し草置き場から出てきたばかりのようなにおいだった。その人は、二十三ポンド払うと言ったのだけど、それでは売れないと言われて、いってしまった。ぼくはずっとその人のうしろすがたを目で追ったけれど、やがて見えなくなってしまい、次にこわもての声の大きな男の人がやってきた。買われたらどうしようと思って怖くてたまらなかったけれど、その人も去っていった。それから、一人か二人、買う気のないお客がきて、そのあとまた、こわもての男の人がもどってきて、二十三ポンド出すと言った。ぎりぎりの交渉がつづいた。ぼくの売り手は、言い値では売れなそうだから、値段を下げなければならないと思いはじめていた。すると、ちょうどそのとき、あの灰色の目の人がもどってきた。ぼくは思わずその人のほうへ首をのばした。灰色の目の人はぼくの顔をやさしくなでた。

「おやおや、どうやらおれたちは相性がよさそうだ。二十四ポンド払うよ」

「二十五ポンドでどうです、それでこの馬はあんたのもんだ」

「二十四ポンド十シリングだ」その人はきっぱりとした口調で言った。「これ以上は六ペンス銀貨一枚払えない。どうだ？　売るか売らないか？」

「決まりだ。期待は裏切られませんぜ。こいつは値打ちもんですよ。馬車を引かせるなら、お買い得だ」

　その場でお金が払われ、ぼくの新しいご主人は手綱を手に取ると、市場を出て、宿屋へむかった。宿には、鞍と頭絡が用意してあった。灰色の目の男の人はたっぷりカラスムギをくれて、ぼくが食べているあいだ、たまに独り言を言ったり、ぼくに話しかけたりしながら、横に立っていた。それから半時間後には、ぼくたちはロンドンへむけて出発していた。気持ちのいい小道から田舎道を抜けて、ロンドンへつづく街道に入ると、さらに休みなく歩いて、日が暮れるころには大都会ロンドンにたどり着いた。ガス灯がすでに灯り、右を見ても左を見ても、無数の通りが交わりながらのび、どこまでもつづいている。果てにたどり着くことなどなさそうだ。けれどもとうとう、そのうちの一本を抜けると、細長い辻馬車乗り場にやってきた。すると、ご主人がぼくの背中から陽気な声を張りあげた。「親方、帰りましたよ！」

「おう！　いいのが見つかったか？」

「そう思います」ご主人は答えた。

「だといいな」

「ありがとうございます」そう言って、ご主人はさらにぼくの歩を進め、すぐに脇道に入ると、半分ほどいったところで曲がって、とても狭い道へ入った。片側にいささかみすぼらしい家が並び、反対側に馬車小屋と馬屋らしき建物があった。

ロンドンへつづく街道（かいどう）に入る

清潔なにおいのする居心地のいい厩

ご主人はそのうちの一軒のまえでとまると、ピュッと口笛を吹いた。すると、ドアが勢いよく開いて、若い女の人が現われ、うしろから小さい女の子と男の子が走り出てきた。ご主人がぼくからおりると、みんなはにぎやかに出迎えた。

「さあ、ハリー、門を開けてくれ。母さんがランタンを持ってきてくれるから」

次の瞬間、ぼくは狭い中庭でみんなに囲まれていた。

「父さん、この馬はおとなしい？」

「ああ、ドリー。おまえの仔猫みた

いにおとなしいよ、こっちへきて、なでてごらん」

するとすぐに、小さな手がぼくの肩の上をなでまわした。こわがっているようすはない。ああ、うっとりする！

「あたしがふすまのおかゆを持ってくるわ。そのあいだに体をこすってやって」母親が言った。

「お願いするよ、ポリー。こいつにぴったりだ。おれにもおいしいおかゆを用意してくれてるんだろうね」

「ソーセージ入りのだんごとリンゴのパイだよ！」男の子が大きな声で言い、みんなは笑った。ぼくは、かわいたわらをたっぷり敷いた、清潔なにおいのする居心地のいい厩に連れていってもらい、最高においしい夕食のあと、横になって眠った。ここなら、きっと幸せになれると思いながら。

第33章　ロンドンの辻馬車馬

新しいご主人の名前はジェレマイア・バーカーだったけれど、みんなにはジェリーと呼ばれていた。だから、ぼくもそう呼ぼうと思う。ポリーは、これ以上ないというくらいいい奥さんで、ふっくらとした小柄な女の人だった。いつもこざっぱりとした装いをして、つやつやした黒い髪に黒い瞳を輝かせ、口元には笑みをたたえている。息子のハリーは十二歳で、背が高く、率直でとても気立てがいい。小さなドロシー（みんなはドリーと呼んでいる）は母親そっくりで、八歳だった。バーカー一家はびっくりするくらい仲が良かった。あとにも先にも、あんなに明るく幸せな家族を見たことはない。ジェリーは馬車を一台と馬を二頭持っていて、馬の世話も馬車を御するのもすべて自分でやっていた。もう一頭の馬は、背が高くどちらかというと骨太の白馬で、キャプテンと呼ばれていた。今はもう年取っていたけれど、若いころはすばらしい馬だったにちがいない。今も誇りは捨てず、頭を高くあげ、首をぐっとそらして走る。いい育ちの、立派な態度が身についた堂々たる馬だった。若いころは、クリミア戦争にいったのだと話してくれたことがある。ある将校の馬で騎兵隊を率いていたそうだ。この話は、あとでまたくわしくしようと思う。

　次の朝、丁寧に手入れをしてもらうと、ポリーとドリーが中庭にやってきた。ぼくと仲良くなろうということらしい。ハリーは朝早くから父親を手伝っていたが、ぼくのことを「たよりがいのあるやつ」になりそうだよと意見を述べた。ポリーはぼくにリンゴをひと切れ、ドリーはパンを持ってきてくれた。そんなふうに大事にされて、むかしのブラックビューティにもどったような気持ちになった。またなでてもらったり、やさしい声で話しかけてもらうのは、とてもうれしかったから、ぼくのほうも、友だちになりたいと思っているということを精一杯伝えようとした。ポリーはぼくのことをとてもハンサムだと言ってくれた。膝の傷跡さえなければ、辻馬車を引くにはもったいないわ、とポリーは言った。

「だれのせいでこうなったかは、当然わかりっこないからな。だから、この馬が悪いんじゃないと思うことにしよう。こんなしっかりと整った歩様の馬には乗ったことがないよ。名前はジャックにしようか。まえの馬の名前をもらって。どうだい、ポリー？」

「いいわね。いい名前は受け継ぎたいもの」

キャプテンは午前中ずっと、馬車を引いていた。ハリーは学校から帰ってくると、ぼくに餌と水を与えた。午後になると、今度はぼくが馬車につながれた。ジェリーは頭絡や首あての着け心地がよいかどうか細心の注意を払って確認してくれた。ジョン・マンリーがもどってきたような気持ちだ。しりがいは一、二穴ゆるめると、ぴったりになった。止め手綱も留めぐつわもなく、シンプルな小勒だけだ。ああ、ありがたい！

わき道を抜けると、昨日ジェリーがあいさつをしていた大きな辻馬車乗り場に出た。

幅の広い通りの片側には、すてきな店構えの高い建物が並び、反対側には古い教会と墓地があって、まわりを鉄柵が囲んでいた。この鉄柵にそって、たくさんの辻馬車がずらりと並び、お客を待っていた。地面には干し草がぱらぱらとまかれ、男の人たちが立ち話をしている。御者席にすわって、新聞を読んでいる人や、馬に干し草と水をやっている人も、一人か二人いた。ぼくたちは最後の辻馬車のうしろに並んだ。二、三人の男の人がやってきて、ぼくを見て、意見を述べはじめた。

「この色、葬式にぴったりだな」

「見かけがよすぎる」もう一人がいかにもわかったふうに首をふりふり言った。「このジョーンズさまの名にかけて言うが、今に、なにかまずいところが見つかるぞ」

ジェリーは愛想よく答えた。「まあ、わざわざこっちから探すことはないさ。だろ？　そうすりゃあ、もうしばらく上機嫌なままでいられるんだから」

すると、大きな顔の男がやってきた。大きな白いボタンと大きな灰色のケープのついた大きな灰色のコートを着て、灰色の帽子をかぶり、青い毛糸のマフラーをゆったりと首に巻いている。髪も灰色だったが、いかにも陽気そうなようすをしていた。彼がくると、ほかの男たちは道をあけた。大きな顔の男は、ぼくを買おうとでもいうように頭から尻尾の先まで眺めると、ウムとうなって背をのばした。「ジェリーよ、こいつはおまえさんにぴったりの馬だな。いくら払ったか知らんが、その価値はあるぞ」こうして、辻馬車乗り場でのぼくの評価は決まった。

男はグラントという名前だったけれど、みんなには「グレーのグラント」とか「グラント親方」と呼ばれていた。この辻馬車乗り場ではだれよりもキャリアが長く、ごたごたを収めたり、口論をやめさせたりする役を自ら買って出た。たいていは陽気でもののわかった人だったけれど、たまに機嫌が悪いときは、みんな彼のげんこつには近づかないようにしていた。お酒を飲みすぎたときなど、強烈な一発が飛んでくることがあるのだ。

辻馬車を引くようになって最初の一週間は、とても苦労した。ロンドンには慣れていなかったから、騒音や目まぐるしく行きかう人々に動揺し、数えきれないほどの馬や馬車のあいだを縫うように走ると、へとへとになった。でもすぐに、手綱を握るご主人は心から信頼できる人だとわかった。それがわかってからは、だいぶ楽になり、だんだんと慣れていった。

ジェリーは、これまで出会った中でも最高の御者だった。とにかくすばらしいのは、馬のことをわがことのように考えてくれるところだ。ジェリーはすぐに、ぼくが仕事熱心で、一生懸命やりたいと思っていることをわかってくれた。それからは、決して鞭をふるわず、使うとしても、出発するときに、鞭の先でそっと背中をなでるだけになった。でも、たいていは、ジェリーの手綱の取り方で、ぼくは出発するのだとわかったから、そのうちジェリーもふだんは鞭は持たずにわきに立てておくだけになった。

そんなに経たないうちに、ぼくとご主人は馬と人間としてこれ以上はないというくらい心を通いあわせるようになった。厩でも、ジェリーはぼくたちの居心地が少しでもよくなるよう、できることはすべてしてくれた。厩は旧式な建て方で造られていて、床がななめになっていたけれど、ジェリーは馬房のうしろに取りはずしできる横棒をつけて、夜に休むときは、端綱を外して横棒をはめ、ぼくたちが自由に動き回ったり、好きな方向をむいて立ったりできるようにしてくれた。おかげで、ゆっくりと休むことができた。

ぼくたちの体もいつもきれいにしてくれたし、餌もできるだけ変化をつけて、量もたっぷり与えてくれた。それだけではなく、汲んだばかりのきれいな水も、いつでも飲めるように朝晩と用意してくれた。もちろん、体が火照って帰ってきたときは別だ。馬に好きなだけ水を飲ませるのはよくないという人間もいるけれど、いつでも好きなときに飲ませてくれれば、一度に少しずつしか飲まない。そのほうが、いっぺんにバケツ半分もの水をガブ飲みするより、よほどいい。ガブ飲みしてしまうのは、のどがカラカラになってみじめな気分になるまで、放っておかれるせいだ。馬丁の中には、自分はさっさとビールを飲みに帰ってしまって、ぼくたちには乾いた干し草とカラスムギだけで、水分をとれるようなものはなにも与えないまま何時間も放っておく者もいる。となれば、とうぜんぼくたちは一度に大量の水を飲んでしまうし、そのせいで呼吸に悪影響が出たり、腹を冷やしてしまうことだってある。でも、なによりいいのは、ここには日曜の休みがあることだった。月曜日から土曜日までは働き通しで、これでは体がもたないと思うのだけど、日曜の休みがあることでなんとかなっている。

それに、その日は馬同士で楽しく過ごすことができる。ぼくが仲間の身の上話を聞いたのも、そうした休みの日だった。

第34章　元軍馬の話

キャプテンは軍馬として調教され、訓練を受けた。最初の持ち主は、騎兵隊の将校で、クリミア戦争に出征した。ほかの馬たちといっしょに訓練を受けるのは楽しかったそうだ。そろって速歩で進み、そろって右や左にむきを変え、号令とともに止まり、ラッパの音や将校の合図とともに全速力で突進する。キャプテンは、若いころは濃い鉄灰色にまだら模様があり、見目がいいと言われていた。主人の将校は、血気盛んな若い紳士で、キャプテンのことを心から愛し、最初からこれ以上ないというほどよく世話をし、親切にしてくれたという。だから、軍馬としての生活はとても楽しいものだと思っていた。ところが、大きな船

宙へ持ちあげ大型船の甲板まで運ぶ

で外国に送られることになり、その考えはくつがえされた。

「船に乗るのは恐ろしい経験だった！　もちろんわしらはただ歩いて船に乗るというわけにはいかない。だから、頑丈な革ひもを腹の下に通し、どんなにあばれようとかまわず宙へ持ちあげ、そのまま海の上を渡して、大型船の甲板まで運ぶんだ。船の上では狭苦しい仕切りに入れられ、長いあいだ空も見られないし、ろくに脚を動かすこともできない。風が強いときなど、船はひどく揺れて、わしらもあっちこっちへぶつかるし、気持ちの悪さといったらひどいもんだ。

だが、それもとうとう終わり、わしらはまた持ちあげられて、ぶらぶら吊り下げられたまま、陸に下ろされた。うれしくて、鼻をブルブルいわせ、いなないたもんさ。また固い地面をこの脚で踏むことができたからな。

わしらはすぐに、連れてこられた国が自分たちの国とはまったくちがうことに気づいた。戦いそのもの以外にも、耐えねばならないことがたくさんあった。だが、ほとんどの人間は自分の馬をとても大切にしていて、雪や雨や思わぬことが起こってもなんとかわしらを楽にしようと手を尽くしてくれたよ」

「戦い自体はどうだったんです？ いちばん恐ろしいのはそれでしょう？」

「そうだな、わしにはよくわからん。ラッパの音を聞くのは好きだった。召集され、じりじりしながら突撃を待つ。だが、ときには何時間も立ったまま、命令が下るのを待っていなければならない。そしてとうとう合図が出されると、胸を躍らせてわれ先にと駆け出していったものだ。まるで大砲の弾も銃剣も銃弾も存在しないみたいにな。乗り手がしっかりと鞍にまたがり、手綱を握ってさえいれば、わしらは恐怖など感じなかった。ヒューッと音を立てて砲弾が飛んできて、粉々に砕けようとな。

わしは、気高いご主人とともに多くの戦いに加わり、けがひとつ負わなかった。馬たちが銃弾に倒れたり、槍に貫かれ、おそろしいサーベルで深手を負わされるのも見たし、死んだ仲間や傷の痛みに悶えながら死んでいく仲間も、戦場に置いてくるしかなかった。だが、今から思うに、そのとき、わしは自分のことなど心配しなかったんだ。ご主人が明るい声で仲間の兵士たちを励ますのを聞くと、ご主人と自分は決して殺されることはないような気がした。それほどまでにご主人を信頼していたから、ご主人に大砲の口めがけて突進しろと言われても、その覚悟はできていた。勇敢な人間たちが次々切られ、致命傷を負って落馬するのも見た。死にゆく者たちの叫びやうめき声も聞いた。血でぬるぬるした地面の上を走り、けがをした人間や馬を踏みつけないように避けねばならぬこともしょっちゅうだった。あの恐ろしい日がくるまで、一度も恐怖を感じたことはなかったのだ。あの日のことは決して忘れん」

そこまで話すと、老キャプテンはしばし黙って、深々と息を吸いこんだ。ぼくがじっと待っていると、キャプテンはまた話しはじめた。

「秋の朝だった。いつものように、夜の明ける一時間まえには、わしらの騎兵隊は起床し、馬衣をつけていた。戦いがあろうが待つことになろうが、同じだ。人間たちは自分の馬の横で、命令が出るのを待っていた。あたりが明るくなるにつれ、将校たちのあいだに昂ぶりのようなものが広がっていった。そして、太陽が昇りきらないうちに、敵の銃声が響きわたった。

すると、将校の一人が馬を走らせてきて、馬に乗れと命じた。一瞬のうちに、兵士たちは鞍にまたがり、馬たちはみな、手綱が背に触れるのを、または乗り手のかかとがわき腹に押しつけられるのを待って、興奮し、勇み立った。とはいえ、わしらはよく訓練されていたから、苛立ってくつわを嚙んだり時折頭を振りあげたりするほかは、ほとんど動かなかったと言っていいだろう。

わがご主人とわしは列の先頭にいた。全員が身じろぎもせず、気を張りつめていたが、ご主人はわしのたてがみがひと房、首の逆側に垂れていたのを元にもどし、なでつけてくれた。それから、わしの首をやさしくたたいて言った。『今日はたいへんな一日になるぞ、ベイヤード。だが、これまでのようにわれわれの義務を尽くすまでだ』その朝、ご主人はこれまでになく、何度もわしの首をなでてくれた。静かに何度も何度も。なにか別のことを考えているふうだった。首にご主人の手の感触を感じるのが好きだったから、うれしくて首を高々とそらし、それに応えた。だが、一歩だって動かなかった。ご主人がどんな気持ちなのか、わしには感じることができたし、静かにしてほしいと思っているときも、元気よくふるまってほしいと思っているときも、ちゃんとわかったからだ。

その日に起こったことをすべて話すのは無理だ。だが、ご主人とともに最後の突撃をしたときのことを話そう。わしらは、谷を渡り、まっすぐ敵の大砲へむかった。そのころまでには、轟くような重砲の音や、マスケット銃の射撃音、耳元をかすめる銃弾などには慣れていたが、あの日ほど激しい砲火の下をくぐりぬけたことはない。右からも左からも正面からも弾丸や砲弾が降りそそぐ。大勢の勇敢な兵士たちが命を失い、多くの馬が倒れて、乗り手は放り出された。乗り手がいなくなった馬たちはわれを失って隊列から飛び出すが、またすぐに、仲間も手綱を握る手もないことに怯え、もどってきてわしらのあいだに入りこみ、突撃に加わった。

恐ろしかった。だが、だれも止まらず、だれも引き返さない。刻一刻と隊列がまばらになっていく。しかし、仲間が倒れてもすぐにそのあいだを詰め、一体となって、よろめいたりたじろいだりすることなく、むしろぐんぐんスピードをあげて大砲へと近づいていった。

わがご主人は、そう、愛するご主人は、仲間たちを鼓舞しようと右腕を高くかかげていた。と、そのとき、砲弾がヒューッとわしの頭をかすめ、ご主人に命中した。ご主人は一言も発しなかったが、そのとき、衝撃でぐらりと揺れたのがわかった。わしはスピードをゆるめようとしたが、そのとき、ご主人が右手に持っていた剣が落ち、左の手綱がふっと緩むのがわかった。そして、ご主人はうしろ側に沈みこむようにして、落馬した。ほかの馬たちがわしらを追い越していき、その勢いに押し流され、わしはご主人が落ちた場所から離れてしまった。

ご主人のそばにいて、押しよせる馬たちの蹄からご主人を守りたかったが、どうしようもなかった。ご主人を失い、友もなく、わしは殺戮の場にぽつんと残された。恐怖がこみあげてきて、経験したことのないような震えに襲われた。ほかの馬が隊列にもどってともに突撃するのを見ていたから、自分もそうしようとしたが、兵士た

ほかの馬たちの勢いに押し流され、ご主人が落ちた場所から離れてしまった。

ちが振り回す剣に払いのけられた。すると、乗馬を殺された一人の兵士が手綱をつかんで、わしにまたがった。わしは新しいご主人とともに、再び突撃を開始した。しかし、われわれの勇ましい軍は無残にも敵に打ち負かされ、大砲をめぐるすさまじい戦いを生き延びた者も、突撃で進んだぶんをそのまま襲歩で退却せねばならなかった。馬たちの中には深手を負い、大量に出血してほとんど動けない者もいた。気高くも、三本脚でなんとか歩こうとしている者や、後ろ脚が銃弾でズタズタになり、前脚だけで立ち上がろうとしている者もいた。戦いのあと、けがをした人間たちは軍の野営地へ運ばれ、死んだ者は葬られた」

「じゃあ、けがをした馬は？　そのまま放っておかれたんですか？」ぼくはたずねた。

「いいや、軍の獣医がピストルを持って戦場を歩き、もはや治癒の見込みのない者はみな撃ち殺した。けがの軽かった馬は連れて帰って、治療したが、その朝、自ら進んでいった気高い馬たちの多くはもどってこなかったよ！　わしらの厩舎では、もどってこられたのは四頭に一頭ほどだった。

愛するご主人とは二度と会えなかった。おそらく、鞍から落ちたときにはこと切れ

ていたのだろう。あのときのご主人ほど愛した方はいない。その後もわしはいろいろな戦闘に加わったが、一度だけけがをしたものの、たいしたけがではなかった。戦争が終わると、ふたたびイギリスにもどってきた。出てきたときと同じように丈夫でぴんぴんしてな」

「人間たちが、戦争をまるでいいことみたいに話しているのを聞いたことがあるけれど」

「ああ！　そういうやつらは実際の戦場を見たことがないんだろう。敵がいなくて、ただの演習とかパレードとか戦いの真似事なら、そりゃあいいさ。ああ、それならいいだろう。だが、何千という勇敢な人間や馬たちが殺されたり、一生癒えることのない傷を負うとなれば、話は別だろうな」

「人間たちはなんのために戦うんです？」

「わしは知らんよ。馬にはわからないことさ。だが、敵というのはよほど悪い連中なんだろうな。わざわざ海を渡ってはるばる殺しにいくくらいなんだから」

第35章　ジェリー・バーカー

今度のご主人ほどいい人はいない。やさしくて親切で、正義感が強いところはジョン・マンリーと似ている。それに、いつも明るくて機嫌がいいから、たいていの人はジェリーと喧嘩しようなんて気にはならない。ジェリーは自分でちょっとした歌を作って、よく歌っている。こんな歌だ。

ほら、父さんも母さんも
姉さんも弟も
さあ、みんなで取りかかろう

助け合おう

バーカー家はこの歌のとおりに暮らしていた。ハリーはもっと年上の子みたいに厩の仕事をこなし、自分にできることはなんでもやりたがる。ポリーとドリーはいつも朝にやってきて、馬車の支度を手伝った。クッションの汚れをはたいて、形を整え、ガラスを磨く。そのあいだに、ジェリーは中庭でぼくたちの体を洗い、ハリーが馬具の手入れをする。いつも笑い声が絶えず、楽しそうだから、キャプテンとぼくまで気持ちが明るくなった。だれかを叱る声やとげとげしいやり取りを聞かされるのとは、大ちがいだ。バーカー一家はみな早起きだった。ジェリーはいつもこんなふうに言っていた。

朝の時間を
無駄にすりゃ
取り返せないよ

一日じゅう
あわてて急いで
まごついて
一生、
取りもどせないのさ

ジェリーはなにも考えずにだらだら過ごしたり、時間を無駄にしたりするのに耐えられなかった。そうそう腹は立てないけれど、自分が遅れたくせに、怠けた分を取りもどそうと馬車馬をこき使うような人間には、我慢ならないのだった。

まえにもこんなことがあった。辻馬車乗り場の近くにある酒場から若者が二人、取り乱したようすで飛び出してきた。二人は大きな声でジェリーに呼びかけた。

「おい、辻馬車！　急いでくれ！　ちょいと遅れちまってな。急いでヴィクトリア駅までやってくれよ。一時の汽車に間に合うようにな。一シリングよけいにはずむよ」

「ふだんどおりのスピードでいかせてもらいますよ。金をもらったからって速く走れるわけじゃありませんのでね」

そのとき、ぼくたちのとなりに、ラリーの辻馬車が並んでいた。ラリーはぱっと扉を開けると、「こちらへどうぞ、お二方！　こっちに乗ってもらえりゃあ、おれの馬が間に合うようにいきますぜ」と言った。そして、二人を乗せると、ジェリーのほうを見てウィンクした。「のろのろ歩き以上にスピードを出すのは、やつの良心に反するんですよ」そして、疲れ切った馬に鞭をあて、全速力で走りだした。ジェリーはぼくの首をやさしくたたきながら言った。「そうじゃないよな、ジャック。一シリングのためにそんなことをしちゃだめだ。そうだろう？」

ジェリーは不注意な人間のためにぼくたちを無理やり走らせるようなことは絶対しなかったけれど、それなりにスピードは出したし、理由があるなら、急ぐことだってするさ、と言っていた。

よく覚えているのは、ある朝、乗り場でお客さんを待っていたときのことだ。重たそうなスーツケースを持った若者が、歩道に落ちていたオレンジの皮を踏んで、ひっくり返ってしまった。

ジェリーはだれよりも早く若者に駆けよって、助け起こした。若者はショックを受けたようすで、ジェリーたちが店まで連れていくあいだも、歩き方からしてかなり体が痛むようだ。ジェリーはもちろんすぐに乗り場にもどってきたけれど、十分ほどすると、店主が声をかけてきた。ぼくたちがそちらへいくと、若者が言った。

「南東鉄道までいっていただけませんか？　運悪く転んだせいで、遅れてしまったんです。でも、本当に大切な用事があって、どうしても十二時の汽車に乗らないとならないんです。間に合うようにいってくだされば、ありがたいのですが。お礼ははずみます」

「精一杯やってみますよ」ジェリーは心から言った。「ただ、具合は大丈夫ですか？」若者の顔は真っ青で、ひどく具合が悪そうだったのだ。

「どうしてもいかなければならないんです。扉を開けていただけませんか。こうした時間も惜しいんです」若者は必死になって言った。

次の瞬間、ジェリーは御者席にすわり、ぼくに陽気な掛け声をかけると、手綱を軽くゆらした。ぼくにはちゃんと、その意味がわかっていた。

「さあ、ジャック、全速力でいくぞ。理由さえわかってりゃ、おれたちがどんなに速く走れるか、見せてやろうじゃないか」

真昼間にロンドンの町を疾走するのは、簡単じゃない。どの通りも人や馬車で混み合っているからだ。でも、ぼくたちは精一杯やってのけた。いい御者といい馬がいて、お互い理解しあって心をひとつにしていれば、驚くようなことができるのだ。ぼくの口はすばらしく出来がいい。ほんのわずかに手綱を動かすだけで、指示を理解する。この能力こそ、ロンドンではものをいった。馬車や乗合馬車、荷馬車や幌馬車に辻馬車、手押し車や大きな四輪馬車が、歩くようなのろのろした速度で走っている。あちらへむかうもの、こちらへやってくるもの、ゆっくり走るもの、それを追い越そうとするもの。乗合馬車は数分ごとに止まって乗客を乗せるから、うしろを走る馬は、いっしょに止まるか、横から追い越すしかない。だが、追い越そうとすると、ちょうどそのタイミングで、その狭い隙間に別の乗り物が突っこんでくる。そうなるとまた、乗合馬車のうしろについていくはめになる。ほどなくまたチャンスが訪れ、今度こそまえへ出ようと、馬車と馬車のあいだの、あと一、二センチで車輪同士がこすれそうな隙間を抜けていく。よし、これでうまくいった、と思うのも束の間、またすぐに、荷馬車や馬車の長い列のうしろについて、常歩で進むことになる。また、しょっちゅうある通行止めに行き当たって、何分ものあいだじっと立っているはめに陥ることもある。なにか道をふさいでいるものが脇へ退けられるか、お巡りさんが交通整理をするのを待ち、じっとチャンスをうかがって、通り抜ける隙間ができるやいなや前へ飛び出す。ネズミを狩る犬のごとく絶妙なタイミングと隙間とを見極めなければならない。そうでないと、車輪を壊されたり動かせなくなったり、ほかの乗り物の柄でこっちの胸や肩を突かれることだってありえる。こうしたことすべてに、常に気を配っていないとならないのだから、真昼間にロンドンの町を飛ばして走るには、そうとうの訓練が必要なのだ。

ジェリーとぼくはこうしたことに慣れていた。ぼくたちがやる気にさえなれば、だれにも負けはしない。ぼくは大胆ですばやく、どんなときでも自分の御者を信じることができる。ジェリーはすばやいだけじゃなくて忍耐強く、自分の馬を信じてくれた。これは、大きかった。ジェリーはめったに鞭は使わない。ジェリーの声の調子やチッチッと舌を鳴らす音で、スピードをあげたいのだとぼくにはわかる。手綱の動きでどちらに進めばいいのかもちゃんとわかった。だから、鞭は必要なかったのだ。でも、そろそろ元の話にもどろう。

その日、ロンドンの通りはかなり混んでいたけれど、ぼくたちは順調に進んで、チープサイドのはずれまできた。でも、そこで通行止めに出くわした。三、四分ほど待ったあたりで、若者は頭を突き出し、居ても立っても居られないようすで言った。

「おりて、歩いたほうがよさそうですね。このままじゃ、一生つけそうにない」

「やれるだけ精一杯やりますから。なんとか時間どおりにつけるんじゃないかと思います。通行止めもこれ以上長くは続かないでしょう。それにその荷物は持って歩くには重いんじゃないですか」

ちょうどそのとき、前の荷馬車が動きはじめ、そこからはうまく進んだ。馬車や荷馬車のあいだを縫うように走り、馬の肉体が許すかぎりのスピードで走っていく。奇跡的にロンドン橋ではなんの障害もなく、ずらりと並んだ馬車の列全体がぼくたちがいく方向へ素早い速歩で走っていた。やっぱり同じ汽車に間に合わせようとしているのかもしれない。とにかく、ぼくたちが何台もの馬車といっしょにぐるりと回って駅へ入ったとき、大時計の針は十二時八分前をさしていた。

「ありがたい！ 間に合った」若者はさけんだ。「ああ、ありがとうございます。あなたのおかげです、あなたとあなたの馬の。あなたは恩人です、お金では払いきれないですが、せめて半クラウン余計に払わせてください」

「いえいえ、いりませんよ。ありがとうございます。わたしらも間に合ってうれしいですよ。さあ、お客さん、急がないと。ベルが鳴っています。おい、ポーター！ このお客さんの荷物を運んでくれ。ドーヴァー行き十二時の汽車だ。そう、それだ」それだけ言い残すと、相手の返事も待たずに、ジェリーはぼくの頭を巡らし、ぎりぎりで駆けこんできた別の馬車に場所をゆずって馬車を片側へ寄せ、混雑が収まるのを待った。

「よかった、よかった！ 気の毒に、どうしてあんなに焦っていたんだろうな」

ジェリーはこんなふうによく独り言を言ったので、走っていないときはぼくにもよく聞こえた。

　乗り場の列にもどってくると、御者仲間たちはさんざん笑って、ジェリーを冷やかした。追加料金をもらって汽車に間に合うように馬車を猛スピードで走らせるなんて、これまでのジェリーの主義に反しているじゃないかというわけだ。そして、ジェリーがいくらもらったのかを知りたがった。

「ふだんよりはだいぶもらったな」ジェリーは茶目っ気たっぷりに言った。「あの若者にもらったぶんで、何日かは楽に暮らせそうだよ」

「うそだろ！」だれかが言った。

「ずるいぞ！　おれたちには説教してたくせに、同じことをやりやがって」するとジェリーは言った。「いいか、さっきの若者は半クラウンよけいにくれるって言ったんだが、おれは受け取らなかった。若者が汽車に間に合って喜んでる姿を見ただけで、十分おつりがきたってことさ。ジャックとおれがたまに自分たちのために速く走ったところで、おまえさんたちには関係ないだろ」

「なるほどな。おまえはぜったい金持ちにはなれないな」ラリーが言った。

「だろうな。だが、そのせいで幸せになれないかって言われると、どうだろうな。聖書の十戒は何十ぺんも読んだが、『なんじ、金持ちになれ』なんていうのは読んだ覚えがないね。新約聖書には、金持ちのことについちゃ、ずいぶんといろいろ興味深いことが書かれてる。自分がそういう人間になったら、妙な気分だろうね」

すると、グラント親方が御者席の上からふりかえって言った。「おまえが金持ちになったとしたら、そりゃおまえにその資格があったってことさ、ジェリー。おまえなら、たとえ金持ちになったって、天罰はくだらないだろうさ。ラリー、おまえは貧乏して死ぬな。おまえは鞭を使いすぎる」

「鞭なしで馬が走らないとしたら、どうすりゃいいんだよ？」

「おまえは鞭なしで馬が走るかどうか、やってみもしねえだろ。おまえの鞭はいつだって、腕が勝手に動いちまってるみてえに上下してるじゃねえか。おまえが疲れなくたって、馬がまいっちまう。自分がしょっちゅう馬を替えてるのは、わかってるだろ？　どうしてだと思う？　おまえが馬を休ませたり励ましたりしてやらねえからだ」

「そりゃあ、これまでおれの運が悪かったからだよ。そのせいさ」

「これからもよくはならねえだろうな」親方は言った。「幸運の女神っていうのは、だれと運命を共にするかってことにゃ、うるさいんだよ。たいていは、常識があって、心根のいいやつがお好みなのさ。少なくとも、これまでのおれの経験じゃな」

グラント親方はまた前に向きなおり、新聞を読みはじめた。ほかの御者たちもそれぞれの馬車にもどっていった。

ジェリー・バーカー

第36章　日曜日の辻馬車

ある朝、ジェリーがぼくを長柄につないで革ひもを締めているとき、紳士が一人、中庭に入ってきた。「ブリッグスさま、なんのご用でしょう？」ジェリーは言った。

「おはよう、バーカーさん。仕事をお願いにきたんだ。わたしの妻を毎週日曜日の朝に教会まで送ってもらえないだろうか。新エルサレム教会へいっているのだが、妻が歩いていくには遠いのだ」

「ありがとうございます。ですが、わたしは週六日就業の許可証しか取っていないんです。ですから、日曜日にはお客さまを取ることはできません。法律違反ですので」

「そうか！　きみが週六日就業とは知らなかった。だが、きみの許可証を変更するのは簡単だよ。きみがそれで損しないようにわたしが面倒を見よう。というのも、妻はきみの馬車がいいと言っているのだ」

「奥さまに喜んでもらえるのなら、わたしもうれしいのですが、前に週七日の許可証を持っていたとき、体がきつかったんです。馬にとっても同じです。一年中、一日の休みもなく、妻と子どもと日曜日を過ごすこともできなかったのですから。祈りを捧げにいくこともできませんでした。御者台にすわるようになるまえは、ずっと教会に通っていたんですがね。ですから、ここ五年は週六日の許可証だけにしてまして。いろいろ考えあわせて、こちらのほうがいいと」

「ふむ、もちろん、だれだって休みが必要というのは当然のことだ。毎週日曜日に教会へいくのもな。だが、あれくらいの短い距離で、きみが馬のことを気にするとは思わなかった。一日に一度だけじゃないか。午後と夜はぜんぶ自由に使える。わたしたちは得意客だろう？」

「はい、そのとおりです。ひいきにしていただいていることには、感謝しております。

それに、だんなさまや奥さまのためにできることなら、誇りを持って、喜んでやらせてもらおうと思ってます。ですが、日曜日だけは難しい、どうしても無理なのです。聖書で、神さまが人間をお創りになり、馬やほかの動物たちも創ったと読みました。そして、われわれみなを創るとすぐに、一日の休みを設け、七日のうち一日はみな休まなければならぬと命じました。ですから、だんなさま、わたしが考えますに、神さまは、われわれにとってなにがよいか、わかってらしたに違いありません。そして、わたしも一日の休みが自分にとっていいことはわかっております。一日、休んだほうが、元気で健康でいられます。馬たちも元気を取りもどし、すぐに疲れるようなことはなくなりました。週六日就業の御者たちはみな、同じことを申します。しかも、これまで以上に銀行に貯金もできるようになりました。妻と子どもたちときたら、もう生き生きしております。なにがあったって、もう週七日にはもどらないでしょう」

「そうか、よくわかった。バーカーさん、もう心配しなくていい。別のところでたのむから」そう言って、ブリッグスさんは出ていった。

「さてと」ジェリーはぼくにむかって言った。「仕方ないよな、ジャック。おれたちには日曜が必要なんだ」

そして、大きな声で奥さんを呼んだ。「ポリー！　ポリー！　きてくれ」

ポリーはすぐさまやってきた。

「どうしたの、ジェリー？」

「いやな、ブリッグスさんが毎週日曜日の朝に奥さまを教会へ送ってほしいとおっしゃってね。週六日の許可証しかないと申し上げると、『七日の許可証を取れ、お礼は払うから』と言われた。おまえも知ってのとおり、ブリッグスさんのところはお得意さまだからな。ブリッグスさんの奥さまは何時間も買い物にお出かけになったり、ご友人のうちへいったりして、ちゃんとしたところの奥さまらしくたっぷりと立派な額を払ってくださる。値切ったり三時間を二時間半にしたり、そういったほかのお客さんがするようなことはしないし、馬たちにとっても楽な仕事だ。十五分遅れてやってきて、汽車に間に合うように馬車を飛ばせと言うようなこともないからね。今回のことで、奥さまのご要望をきかなきゃ、ブリッグスさんのところの仕事をまるまる失うかもしれない。おまえはどう思うね？」

日曜は休み。

「そうね、ジェリー」ポリーはゆっくりと言った。「あたしは、ブリッグスさんの奥さまが毎週日曜に一ポンド金貨をくださるって言っても、あなたがまた週七日働くようになるのは嫌よ。日曜がないのがどんなだか、あたしたちはよく知っているし、今じゃ、日曜を休めるのがどれだけありがたいかもわかってる。ありがたいことに、あなたはうちの家族を養うのに十分稼いでいるし。ぎりぎりのときもあるけどね。カラスムギやら干し草やら許可証の料金やら、その上家賃も払わなきゃならないし。でも、もうすぐハリーが稼げるようになるでしょうし、むかしの耐えがたいころにもどるくらいなら、生活を切り詰めるほうがましよ。あのころ、あなたは自分の子どもの顔すらろくに見られなかったし、いっしょに祈りを捧げにいくことも、幸せな一日を穏やかに過ごすこともなかった。あのころの生活にもどるなんて、とんでもない。これがあたしの考えよ」

「おれがブリッグスさんに言ったことと、まさに同じだ。そしてそれを、おれは撤回するつもりはない。だから、思いつめるな、ポリー」（そのときには、ポリーは泣きはじめていた）「もうあのころにはもどるつもりはないよ。たとえ倍稼げたとしてもな。だから、この件はこれで終わりだ。さあ、元気を出せ。おれは乗り場へいってくるから」

このことがあって三週間たっても、ブリッグスさんの奥さんからの仕事は入らなかった。だから、乗り場の仕事しかない。ジェリーはすっかり気を落とした。というのも、馬にとっても人間にとっても、乗り場の仕事はきつかったからだ。それでも、ポリーは常に夫を励ました。「大丈夫よ、あなた。心配しないで」

一生懸命やって
あとは運に任せるだけ
いずれまた、うまくいくわ
いつの日か、いつの夜か

ジェリーがいちばんのお得意をなくした話とその理由は、すぐに知れ渡った。ほとんどの者たちは、ジェリーは愚かだと言ったけれど、ジェリーの肩を持つ者も二、三人はいた。

トルーマンという男は言った。「労働者が日曜日を守らなかったら、あっという間になにも残らなくなる。日曜の休みはあらゆる人間と動物の権利さ。神さまの掟によって、おれたちゃ、一日の休みをいただいてるんだ。イギリスの法律にしたって、一日の休みを認めてる。いいか、おれたちはこうした掟が与えてくれる権利をなにがなんでも守って、おれたちの子どもにとっといてやらなきゃいけないんだ」

するとラリーは言った。「おまえらみたいな信心深い連中はそう言ってりゃいいさ。だが、おれは稼げるときに稼いでおくぜ。おれは、宗教なんて信じちゃいねえ。おまえらみたいな信心深い連中が、ほかのやつよりましなようには見えないからな」

ジェリーが横から言った。「そう見えないとしたら、それは、その連中が本当には信心深くないからだ。それじゃ、法律を破る連中がいるのは、おれたちの国の法律が悪いからだと言っているようなもんだ。怒りを抑えられなかったり、隣人の悪口を言ったり、借金を払わないんなら、そいつは信心深くないんだ。そいつがどれだけ教会にいっていようと、関係ない。うそつきやペテン師がいるからって、宗教がうそってことにはならない。本物の信仰はこの世でなによりも真実で、なによりも大切なものだ。人間を本当の意味で幸せにしたり、おれたちの住んでる世界をよくするものは、信仰だけなんだ」

今度はジョーンズが言った。「信仰が役立つんなら、おまえさんの言う信心深い連中がおれたちを日曜日に働かせないようにしてほしいよ。おまえさんも知ってのとおり、たくさんの人間が日曜に働くはめになってる。だから、おれは信仰なんてものはペテンだって言うんだよ。いいか、もし教会や礼拝堂にいく連中がいなけりゃ、おれたちが日曜に働きに出る必要もないんだ。だが、連中はそれは自分たちの特権だと言う。おれにはそんなものはない。おれの魂のぶんも責任を持ってほしいよ。おれには自分の魂を救ってる暇はないんだからな」

何人かが拍手喝采したが、ジェリーが言った。

「筋が通っているように聞こえるがな、そうじゃないんだ。人はみな、自分で自分の魂に責任を持たなきゃならない。捨て子みたいにだれかの家のまえに置いていって、面倒をみてくれるだろうっていうんじゃだめなんだ。わかるだろ？　おまえさんがいつも御者席にすわってお客を待ってたら、こう言われる。『われわれが雇わなくたって、別のだれかが雇うだろう。あの男は別に日曜日に休みたいと思ってないんだな』って。もちろん、そういう人たちは、深く考えちゃいない。ちょっと考えれば、そうやってだれも雇ってくれなかったら、そもそも乗り場で待っている意味がないってことくらいわかるだろうから。だが、人っていうのは、いつも深く考えるのが好きとはかぎらないんだ。いちいち考えるのは、面倒だからかもしれないな。だが、日曜日に働いてる連中が一日休みをくれってストライキをすりゃあ、それでことはすむんだ」

「なら、善人だっていう連中がお気に入りの牧師さんのところへいけないのは、どうすりゃいいんだ？」ラリーが言った。

「それを考えるのは、おれの役目じゃない。だが、遠くて歩いていけないなら、もっと近いところへいけばいいじゃないか。雨が降ってるなら、仕事がある日にしているようにレインコートを着りゃいい。正しいことなら、やれるはずだし、正しくないなら、やらないですませればいい。善人なら方法を見つけるはずさ。おれたち辻馬車の御者だってそうだし、教会に行く人だって、同じことだよ」

第37章　黄金律

それから二、三週間たったころ、ぼくたちはいつもより少し遅めに中庭にもどってきた。すると、ポリーがランタンを持って、道路のむこうから走ってきた（ポリーはいつも、よほど天気の悪いときでないかぎり、ランタンを持ってジェリーを出迎えた）。

「すべてうまくいったのよ、ジェリー。ブリッグスさんの奥さまが今日の午後、召使いをよこして、明日十一時に迎えにきてほしいって。だから、『大丈夫だと思います。ですが、もう別の方を雇ってらっしゃるんだと思っていました』ってお答えしたの。

そうしたら、召使いの人は『いや、実のところ、ご主人さまはバーカーさんが日曜日のお仕事をお断りなさったんで、ご立腹だったんです。それで、別の馬車を試したんですが、どの馬車にも問題がありまして。速すぎるとか、遅すぎるとかね。それで、奥さまが、おたくの馬車がどこよりもきれいで乗り心地もいいっておっしゃいまして。やっぱりバーカーさんの馬車が一番だということになったんです」

ポリーが息も切れ切れに説明すると、ジェリーはうれしそうに笑いだした。

「『いずれまた、うまくいくわ、いつの日か、いつの夜か』とおまえは言っていたが、そのとおりだったな。おまえはたいてい正しいよ。さ、うちへ帰って、夕飯の用意をしておくれ。おれもジャックの馬具を外して、こいつをすっかりぬくぬくと気持ちよくしてやったら、すぐにいくから」

ブリッグスさんの奥さまは、またまえと同じようにしょっちゅうジェリーの馬車を使うようになったけれど、日曜日には乗らなかった。ところが、あるとき、ぼくたちは日曜日にも仕事をすることになったのだ。それはこういうわけだった。前日の土曜の夜、ぼくたちはくたくたに疲れ切ってうちへもどってきた。だから、次の日が一日じゅう休みなのが、心からありがたかったのだけど、実際は、そうはならなかったのだ。

日曜日の朝、ジェリーが中庭でぼくの体を洗っていると、ポリーがジェリーのほうへやってきた。なにか考えこんでいるようすだ。

「どうした？」ジェリーがきいた。

「ええとね、ディナ・ブラウンのところへ手紙がきたのだけど、気の毒に、お母さんが危篤らしいの。死ぬまえに会いたいならすぐにこいって。だけど、お母さんの家はここから十五キロ以上も離れた田舎にあって、汽車を使ったとしても、まだ七キロ近く歩かなきゃいけないのよ。ディナは体が弱ってるでしょ、赤ちゃんが生まれてまだ四週間だし。だから、そんなの無理なのよ。それで、あなたの馬車に乗せてもらえないかと言うの。お金が入ったら、かならず代金は払うからって」

ジェリーは舌を鳴らした。「考えてみないと。金のことはいいんだ。だが、日曜日の休みがなくなる。馬たちは疲れてるし、おれも疲れてる。そこなんだよ、困ったな」

「それを言うなら、あたしたちだって困るのよ。あなたがいなけりゃ日曜日は半分になるようなものだし。だけど、自分がしてもらいたいことは人にもしろって言うでしょ。あたしだったら、母さんが死にかけてたら、どうしてほしいかなんて決まってる。ねえ、ジェリー、安息日をやぶることにはならないわよ。だって、かわいそうな馬やロバを穴から引き上げるのはかまわないというのなら、かわいそうなディナを乗せるのだって、安息日を守らないことにはならないわ」[1]

「ポリー、おまえときたら、牧師さんみたいに話がうまいな。ふむ、今日は朝一番のミサへいってお説教はもう聞いたしな。じゃあ、ディナのところへいって、十時になったら用意して迎えにいくと伝えておいてくれ。だが、待てよ。肉屋のブレイドンのところへ挨拶に寄って、あそこの軽量の二輪馬車を貸してくれないかきいてみてくれ。日曜日には使わないはずだからな。馬にとっちゃ、だいぶ楽になるはずだ」

ポリーは出ていって、またすぐにもどってくると、ブレイドンさんは快く馬車を貸してくれたと言った。

「よし、じゃあ、パンとチーズを用意してくれ。できるだけ早く、午後にはもどってくるよ」

「なら、ミートパイはお昼じゃなくて、早めの夕飯に出すようにするわね」とポリーは言って、家へ入っていった。ジェリーはお気に入りの『ポリーは最高の奥さん』を口ずさみながら用意をした。

今回の旅にはぼくが選ばれた。十時になると、ぼくたちは軽くて大きな車輪のついた馬車で出発した。いつも四輪馬車を引いている身には、なにも引いていないみたいに楽に感じる。

五月の天気のいい日だった。町を出るとすぐに、かぐわしい空気に包まれ、青葉の香りが漂い、やわらかい田舎道は心地よく、むかしを思い出させた。ぼくはたちまち元気が湧いてきた。

ディナの家族が暮らしているのは小さな農家だった。草におおわれた小道のすぐ横

1　新約聖書の「マタイによる福音書」に、羊が穴に落ちたら、安息日でも引きあげるのだから、安息日によいことをするのは許されていると、イエスが言ったとある。

には牧草地が広がり、木々が心地よさそうな影を落としている。牛が二頭、草を食べていた。若い男の人が、馬車は牧草地に止めて、ぼくのことは牛小屋につないでくださいと言った。「もっとましな厩があればよかったんですが」と男の人は言った。

「おたくの牛が気を悪くしないなら、この美しい牧草地で一、二時間ほど過ごさせてやってもらえませんか？　この馬にとってそれほどうれしいことはないんです。おとなしい馬ですから。めったにないご褒美になります」

「どうぞどうぞ。なんだってうちにある一番いいものをご自由に使ってください。姉に親切にしていただいたんですから。一時間もすれば昼食にしますんで、ぜひごいっしょに。母が具合が悪いものですから、うちの者はみな、元気はないんですが」

ジェリーは丁寧にお礼を言ったけれど、昼食は持ってきているので、ぜひとも牧草地を散歩させてほしいと言った。

馬具が外されると、最初はどうしたらいいのか、わからなかった。草を食べようか、ごろごろ転げ回ろうか、のんびり横になろうか、自由を満喫して牧草地を駆けまわろうか。だから、かわるがわるにぜんぶやった。ジェリーもぼくと同じくらい幸せそう

ごろごろ転げ回る。

だった。土手の木陰にすわり、小鳥たちのさえずりに耳を傾け、やがて自分でも歌を口ずさみ、お気に入りの小さな茶色い本を朗読し、それから牧草地をぶらぶらと歩き回って、小川のほとりにおりていくと、花やサンザシを摘んで、ツタの長い蔓で束ねた。それから、ぼくに持ってきたカラスムギをたっぷりとくれた。それにしても、時間はあっという間に過ぎてしまう。伯爵の館で気の毒なジンジャーと別れて以来、広い野原にきたのは、今日が初めてだった。

　ぼくたちはゆるやかな歩調で家へ帰った。中庭に入ってジェリーは最初にこう言った。「ただいま、ポリー。けっきょくのところ、日曜がなくなってしまうことはなかったよ。そこいらじゅうの茂みで小鳥たちが讃美歌を歌っていたからね、おれはミサに出たようなものだ。ジャックはジャックで、仔馬にもどったみたいだったよ」

そして、ドリーに花束をわたすと、ドリーは喜んで跳びまわった。

第38章　ドリーと本物の紳士

その年は冬の訪れが早く、寒さと雨を連れてきた。何週間ものあいだ、毎日のように雪かみぞれか雨が降りつづき、やんだらやんだで、今度は猛烈な風が吹くか、厳しい霜がおりた。馬たちにはひどくこたえた。寒くても雨が降らなければ、厚い毛布を何枚かかけてもらえば、なんとかしのげる。でも、土砂降りの雨の中では毛布もすぐにびしょびしょになり、役には立たない。御者の中には、馬にかける防水布を持っている者もいて、かなりの効果があったけれど、貧しくて自分にも馬にもそういったものは買えない者は多く、つらい思いをしていた。ぼくたち馬は半日働くと、乾いた厩へいって休むことができたけれど、御者たちは御者台にすわっていなければならないし、パーティなどがある日は、夜中の一時や二時まで外で待つこともざらだった。

霜や雪で道路がすべりやすくなるのが、ぼくたち馬にとってはなにより危険だった。そんな道を足をすべらせながら重たい馬車を引いて一キロ歩くのは、いい道を七キロ歩くよりもずっと疲れる。バランスを取ろうとして、神経という神経、筋肉という筋肉が張り詰める。それに加え、転ぶかもしれないという恐怖はなによりもぼくたちを消耗させる。道路の状態がひどく悪いときには、蹄鉄にすべり止めをつけるのだけど、それはそれで最初は気になって仕方ない。

天気が本当に悪くなると、ほとんどの者は近くの酒場へいき、代わりの者をたてて客がこないか見てもらったけれど、そうすると客を逃すことも多かったし、ジェリーの言うとおり酒場では金を使わないわけにはいかない。だから、ジェリーは〈日の出亭〉にはいかず、近くのコーヒー店へいくか、乗り場にくる老人から熱いコーヒーの入った缶とパイを買うかしていた。ジェリーの考えでは、酒やビールは却って体を冷やすから、結局のところ、乾いた服といい食べ物と陽気さとうちで待っている気安い奥さんが、心と体を温めるには一番なのだ。ポリーはかならず、ジェリーが帰れないときは食べるものを届けてよこした。ときどき、通りの角から小さなドリーがのぞいているのが見えることがある。父さんが乗り場にいるかどうか、見にきたのだ。父さんがいるのをたしかめると、ドリーは全速力で走って帰って、またすぐに缶や籠を持ってもどってくる。中には、ポリーが作った熱々のスープやプディングが入っていた。こんな小さな子が馬や馬車でごった返していることも多い通りを無事に渡れるだなんて！　でも、ドリーは勇敢な女の子で、「父さんの前菜」（と、ジェリーはスープのことを呼んでいた）を持ってくるのを名誉ある仕事だと思っていた。乗り場でも人気者で、ジェリーが見ていられないときも、かならずだれかがドリーが通りを渡りきるまで見守るのだった。

寒くて風の強い日だった。ドリーはまた温かい食べ物を持ってきて、ジェリーが食べているあいだ、横で待っていた。ところが、ジェリーが食べはじめていくらもしないうちに、一人の紳士が速足でこちらへやってきて、傘を高く掲げた。ジェリーはわかりましたというように帽子に手をあて、ドリーに器を返すと、ぼくにかけた布を外しはじめた。すると、紳士は足を速め、大きな声で言った。「いやいや、先にそれを食べてくれ。そんなに時間はないんだが、きみが食べ終わって、娘さんが無事に道を渡るくらいのあいだは待っていられるから」そう言いながら、紳士は馬車に乗りこんだ。ジェリーは心からお礼を言うと、ドリーのところにもどってきた。

「いいかい、ドリー。ああいう方を紳士と言うんだよ。本物の紳士だ。貧しい御者と娘のことを考え、時間を割いてくださるんだ」

ジェリーは食事をすませ、ドリーが道を渡るのを見届けると、紳士の行き先をたずね、クラッパムの高台へむかった。それからあとも、この紳士は何度かぼくたちの馬車に乗った。紳士は犬と馬をこよなく愛していて、紳士の家へ送っていくたびに、犬が二、三匹弾むように駆けてきて、主人を出迎えた。紳士はぼくのほうへきて、なでてくれることもあった。「この馬はいい主人に恵まれたな。それにふさわしい馬だからな」とおだやかなやさしい声で言うのだった。自分のために働いてくれる馬にまで気が回る人は、そうそういない。女の人にはたまにそういう人もいたし、この紳士のほかにも二、三人ほどのお客さんに、なでられたりやさしい言葉をかけてもらったりしたことがある。でも、百人のうち九十九人は、なでるなら、むしろ蒸気機関車のほうなんじゃないかと思う。

この紳士は若くはなく、なにかにつかみかかろうとしているみたいに体が前かがみになっていた。唇はうすくてぴたりと閉じられているけれど、感じのよい笑みが浮かんでいる。目は鋭く、口元や頭の動かし方に、決めたことはなんとしてでもやり通すのだと思わせるなにかがあった。声は快活でやさしく、どんな馬でも信頼を寄せるだろう。けれど、同時に、ほかの特徴と同じように断固とした調子があった。

ある日、紳士は別の紳士といっしょにぼくたちの馬車に乗った。二人はR通りの店のまえでぼくたちを止め、友人は中へ入っていき、紳士はドアのところで待っていた。そこから少し先へいった道路の反対側に、立派な馬二頭が引いている馬車が止まっていた。居酒屋のまえだ。御者の姿はなく、どのくらいそこに止まっているのかはわからなかったけれど、どうやらもう十分待ったと思ったのか、馬たちが歩きはじめた。数歩もいかないうちに、御者が飛び出してきて、馬たちを捕まえた。御者はすっかり頭に血がのぼっているらしく、馬たちを鞭と手綱で容赦なくたたきはじめた。そのうち頭までピシピシとやりはじめたのを見て、店のまえにいた紳士は足早に道路を渡り、きっぱりとした調子で言った。

「すぐさまやめないと、おまえを逮捕させるぞ。馬を放っておいた上に、残酷な仕打ちをしたかどでな」

男は明らかに酔っていて、口汚い言葉でののしったけれど、馬を殴りつけるのはやめて、手綱を手に取り、荷馬車に乗りこんだ。そのあいだに、こちらの紳士はポケットからさっと手帳を取り出し、荷馬車に書かれた名前と住所を見て、なにかを書き留めた。

「そんなことをして、どういうつもりだ？」相手の御者はうなるように言うと、鞭をピシリと鳴らし、走りはじめた。紳士はうなずいて、こちらまでゾクッとするような笑みを浮かべただけだった。

紳士がもどってくると、一足先に馬車に乗っていた友人が笑いながら言った。「なあ、ライト、そうでなくてもきみは自分の仕事がたくさんあるのに、ほかの人間の馬や召使いのことまで面倒は見られんだろう」

紳士はしばらくだまっていたけれど、軽く首をそらして言った。「どうしてこの世界はこんなにひどいか、知っているか？」

「いいや」友人は答えた。

「なら、教えてあげよう。それは、人がみな、自分のことしか考えないからだ。虐げられた人のためにわざわざ立ちあがったり、悪いやつの悪事を暴こうとしないからだ。わたしはよこしまな行いを見たら、自分にできることをやらずにはいられないんだ。これまで大勢の親方にお礼を言われたよ。自分の馬がどう扱われているのか知らせてくれたと言ってね」

「あなたのような紳士がもっといらっしゃるといいんですがね」とジェリーは言った。「ロンドンの町には、そういう方々がまだまだ少ないですから」

そのあとも、ぼくたちは走りつづけた。紳士は降りぎわにこう言った。「残酷な行いやまちがった行為を見ても、それを止める力があるのになにもしなければ、そうした行為をしたのと罪の重さは同じだ。それが、わたしの信条なんだよ」

第39章　おんぼろサム

たぶん辻馬車の馬としては、ぼくはとても幸せだったんだと思う。持ち主と御者がいっしょなら、御者としてぼくを大事にして働かせすぎないようにすることが、持ち主である自分の利益にもなる。ジェリーの場合はもともといい人だったわけだけど、そうでない持ち主兼御者にも、これは当てはまった。でも、多くの馬は大きな辻馬車屋が所有していて、一日あたりいくらという形で御者に貸し出される。つまり、馬は御者のものではないから、御者の頭にあるのは、その馬でどれだけ稼ぎをあげられるか、ということだけだ。まず辻馬車屋の親方へ馬の借り賃を払わなければならないし、次に自分の生活費を稼がなければならない。こうした馬たちの中には、ひどい目にあう者もいた。もちろん、ぼくにはわかることなどほんの少しだけれど、辻馬車乗り場でよくそういう話が出たし、グラント親方は心のやさしい馬好きの人だったから、馬がへとへとになってもどってきたり、酷使されていたりするのを見ると、かばおうとしてくれた。

ある日、みすぼらしいかっこうをしたしょぼくれた御者が、馬を連れて帰ってきた。ここでは、〈おんぼろサム〉という名で通っている男だ。くたびれ果てたようすの馬を見て、親方は言った。

「おまえと馬は、ここに並ぶより警察にいったほうがふさわしいんじゃないか」

サムはボロボロの布を馬にかけると、くるりと親方のほうにむきなおり、半分やけになったような調子で言った。

「警察が首を突っこんでく

おんぼろサム

りしない料金のほうを問題にしてもらいてえな。馬車と馬二頭を借りるのに一日十八シリングも払わなきゃならねえんだ。今の時期は、それだけ払ってる御者がほとんどだ。つまり、まずその分をなんとかしてから、ようやく自分の分の金を稼ぐ番になるってわけだ。いいか、これは大変なんてもんじゃねえ。まず馬一頭につき一日九シリングの利益を出し、それからようやっと自分の暮らしの分に入る。それが本当だってこたぁ、あんたも知ってるだろう。だから、もし馬が働かなきゃ、おれたちは飢えちまう。飢えるってのがどういうことか、おれと子どもたちはよく知ってるんだ。おれには六人の子どもがいる。金を稼げるのは、まだそのうちの一人だけだ。おれは一日十四時間から十六時間は乗り場にいるし、ここ二、三か月は日曜の休みも取っちゃいない。おれんとこのスキナー親方が、できれば一日だって休ませまいとするのは知ってるだろ。これで一生懸命働いてないって言うなら、いったいだれなら一生懸命働いてるのか教えてもらいたいね！　おれだって温かいコートとレインコートがほしいが、食わせなきゃならないガキが大勢いるっていうのに、どうやって買えばいいんだ？　一週間まえ、スキナーに借り賃を払うために時計を担保にしたが、あの時計は二度と拝めねえだろうな」

　何人かの御者たちがまわりでうなずきながら、サムの言うとおりだと口々に言った。

「あんたみたいに自分の馬と馬車を持ってる連中や、親切な親方のところで働いてるやつは、ちゃんと暮らして正しい行いをすることもできるかもしれねえが、おれは無理だね。四マイル圏内じゃ、最初の一マイルからは一マイル六ペンス以上はとれない。[1]今朝だって、おれはしっかり六マイル走ったのに、三シリングしかもらえなかった。帰りの客は見つからなかったから、帰りは空で走らなきゃならなかったよ。つまり、馬は十二マイル走って、おれが手に入れたのは三シリングだ。そのあと、三マイルの客を乗せたが、カバンやら箱やらを山ほど持っていてな。外に載せりゃ、二ペンスずつ取れるが、客のやり口は知ってるだろ。前の座席に載せられるだけ載せて、重い箱

1　チャリングクロス（ロンドンの中心、トラファルガー広場南側に位置する六叉路）から四マイル（約六・四三キロ）は一マイル六ペンスで客を乗せなければならないという決まりがあった。

三つだけ屋根の上に積んだんだ。だから、その分の六ペンスと合わせて、料金は一シリング六ペンスだったよ。それから、もどる客を見つけて一シリング。これで、馬が走ったのは十八マイルで、おれが手に入れたのは六シリングだ。あと、馬には三シリング稼いでもらわなきゃならない。そして、午後の馬には九シリングだ。それだけ稼ぐまでは、おれの懐には一ペニーも入らねえ。もちろん、いつもそんなひどいわけじゃないがな。だが、このくらいのことはしょっちゅうある。だから、馬を酷使するななんて説教するのは、おれに言わせりゃ、ちゃんちゃらおかしいね。馬が完全にくたばっちまってるときゃ、鞭を使わなきゃ、やつの脚を動かしつづけることはできねえ。仕方ねえんだ。馬より妻と子どもを大切にするしかねえだろ。親方どもにはそういうことに目をむけてもらわねえと。こっちだって、別に馬を酷使したくてしてるんじゃねえ。わざとだなんて、だれにも言えねえはずだ。どこかがまちがってんだよ。一日も休めず、妻と子どもと静かに過ごす時間が一時間すらねえ。おれはもうすっかりじいさんになった気がするよ。まだ四十五なのにな。紳士階級の方々がすぐさまおれたちのことを疑うのは知ってるだろう。だまされちゃいないか、料金を高く請求されちゃいないか。そうさ、あの方々は財布を握りしめて、一ペニーに至るまできっちり数えて、おれたちのことを掏摸かなんかみてえな目で見るんだ。一度でいいからこの御者席に一日十六時間すわって、借り賃十八シリングとさらに生活費を稼いでみてほしいもんだよ、どんな天気の中でもな。そうすりゃあ、細けえことばかり言って、六ペンスだってよけいに払うまいとしたり、荷物をぜんぶ馬車のなかに押しこんだりしなくなるだろうさ。もちろん、たっぷりチップを払ってくれるお方もたまにはいるよ。じゃねえと、おれたちゃ、生きていけねえ。でも、そいつをあてにするわけにはいかねえだろ？」

　サムのまわりに立っていた男の人たちは確かにそのとおりだとうなずき、そのうちの一人が言った。「生きるか死ぬかってくらい大変なんだ。だから、たまにまちがったことをしたやつがいたとしたって、ふしぎはねえさ。ちょいと呑みすぎたくれえで、目くじら立てることはねえだろう」

　ジェリーはこの会話には参加しなかったけれど、見たことがないくらい悲しそうな顔をしていた。親方は両手をポケットに突っこんで立っていたが、帽子からハンカチを取り出すと、ひたいをぬぐった。

「おまえさんの勝ちだよ、サム」親方は言った。「確かに、ぜんぶおまえさんの言うとおりだ。これからは、おまえさんに警察にどうこうだなんて言わないよ。たださ、あの馬の目の表情がどうにも気になっちまってな。人間にとっても馬にとってもつらい状況だよ。いったいだれが、この状態をどうにかしてくれるんだろうな。だが、とにかくかわいそうな馬には、そんなふうに酷使してすまないというくらいは言ってやってくれよ。馬に与えてやれるのは、やさしい言葉だけってときもあるからな。かわいそうに。それに、馬っていうのは驚くほどよくわかってるものなんだ」

それから数日後の朝、新顔の男がサムの馬車に乗ってやってきた。

「よう！」御者の一人が言った。「おんぼろサムはどうした？」

「病気で寝込んでるんだ。昨日の夜、もどってきたときにやられちまって、這うようにしてようやくうちまで帰っていったよ。今朝、奥さんが息子を寄こして、高い熱を出していて、床から出られないって。それでおれが代わりにきたんだよ」

次の朝も、同じ男がきた。

「サムはどうした？」親方がきいた。

「だめだったよ」

「え、だめだった？　死んだってことじゃねえだろうな？」

「ふっと息を引き取っちまった。今朝の四時にね。昨日はずっとうわごとを言いつづけてた。スキナーのこととか、日曜日がねえとか。『一度も日曜に休めなかった』ってのが最期の言葉だったよ」

しばらくだれも口を開かなかった。それから、親方が言った。「いいかい、おまえさんたち、こりゃ、おれたち全員への警告だからな」

第40章　かわいそうなジンジャー

ある日、ほかの馬車といっしょに公園の外で待っているときだった。公園では音楽を演奏している。すると、みすぼらしい辻馬車がぼくたちの横についた。引いている馬は年取ってくたびれ果てた栗毛で、毛の手入れもろくにしてもらえず、皮から骨が浮き出ている。膝はふしくれだって、前脚はよろよろしていた。そのとき、ぼくは干し草を食べていたのだけど、風が吹いて干し草が一束、そちらのほうに飛んでいった。すると、気の毒な馬は長くて細い首を伸ばして干し草をくわえると、物欲しげにこちらを見つめた。どんよりとした目に浮かんだ絶望の色に気づかずにはいられなかったが、次の瞬間、どこかで見たことがあるような気がした。すると、その雌馬はぼくを正面から見据え、こう言った。「ブラックビューティ？　ブラックビューティなの？」

ジンジャーだったのだ！　なんという変わり果てた姿！　美しく弧を描いていたつややかな首はだらんと下がりすっかりやせ痩けている。きれいだったすっと伸びた脚ときゃしゃな球節[1]は腫れあがり、関節は重労働で変形していた。かつてはあんなに生き生きと生命力にあふれていた顔は今や苦しみをたたえ、わき腹が上下するようすやしょっちゅう咳きこむことから、呼吸器系の病気が悪化しているのがわかる。

ぼくたちの御者は少し離れたところに立っていたので、ぼくは一、二歩ジンジャーのほうへ近づき、少しのあいだ静かに話をした。ジンジャーの語った話は、それは悲しいものだった。

伯爵の館で十二か月の放牧がおわると、また走れるようになったと判断され、ある紳士のところへ売られた。しばらくはとてもうまくやっていたのだけど、ある日、

1　足の下部で、つなぎの上の後ろに飛び出している部分。

ふだんより長く襲歩をさせられたせいでまた痛みがぶり返し、しばらく休んで獣医に診てもらったあと、また別のところへ売られた。そんなふうに何回か持ち主が変わるうちに、だんだんと境遇も悪くなっていった。

「それでとうとう、馬や馬車を貸し出している男に買われたのよ。あなたが元気そうで、うれしいわ。あたしがどんなふうに暮らしてきたかは、とても話せない。あたしの脚や呼吸のことがわかると、買った金に見合わないって言われて、安物の馬車を引かされることになってね。こき使われてる。さんざん鞭打って、こっちの苦しみのことなんてこれっぽっちも考えない。金を払ってるんだから、そのぶんちゃんと働いてもらわなきゃな、って。今日、あたしを借りてる男は、貸し馬車屋に毎日かなりの額を払ってるから、その分をあたしで稼がなきゃならない。だから、一週間まるまるずっと、日曜の休みもなしに働いてるのよ」

「むかしは、そんなふうにこき使われたら、闘ってたじゃないか」

「ああ！　確かにむかしはそうだった。でも、そんなことをしても無駄。人間のほうがはるかに強いもの。相手が残酷でやさしい気持ちなんてない人間なら、こっちにできることはなにもない。ただ耐えるだけ。耐えて耐えて、終わりがくるのを待つの。早く終わりがきてほしい、もう死んでしまいたい。死んだ馬は何度か見たけど、もう痛みに苦しむこともないのよ。仕事中にばったり倒れてそのまま死んでしまうのがい い。廃馬解体のところに送られるよりね」

ぼくの心はかき乱された。そして、鼻を近づけてジンジャーの鼻面に押し当てたけれど、なにをしてもジンジャーを力づけることはできないとわかっていた。でも、ジンジャーはぼくに会えたことを喜んでくれたんだと思う。なぜなら、こう言ったから。

「あなたはあたしの唯一の友だちよ、ブラックビューティ」

そのとき、ジンジャーの御者がきて、ジンジャーの口をぐいと引っぱってうしろに下がらせ、列から抜けると、走り去っていった。ぼくはひどく悲しい気持ちであとに残された。

このことがあってからしばらくたったある日、死んだ馬をのせた荷馬車が、ぼくたちのいる辻馬車乗り場の横を通った。荷馬車のうしろから頭がはみ出し、だらりと垂れた舌から血が滴っている。あの落ち窪んだ目！　これ以上話すのがつらい。それ

荷馬車のうしろから頭がはみ出している。

くらい恐ろしい光景だった。栗毛の馬で、やせこけた長い首をしていた。額に白い筋が見える。ジンジャーだったと思う。ジンジャーであってほしい。だとしたら、もう彼女の苦しみは終わったのだから。ああ！　人間たちにもう少し情けというものがあれば、馬たちがあんなみじめな姿をさらすまえに、撃ち殺してくれるだろうに。

第41章　肉屋

ロンドンでは馬たちがどれだけつらい思いをしているかを見てきたけれど、そのうちのほとんどは、人間にほんの少しでいいから常識というものがあれば、避けられることだった。ぼくたち馬は、ちゃんと扱ってもらいさえすれば、大変な仕事も苦にならない。貧しい御者のもとで働いていたとしても、ぼくが銀の金具のついた馬具をつけ、いい餌をもらってW伯爵夫人の馬車を引いていたときより、幸せな馬はたくさんいる。

小さなポニーが重い荷物を引かされたり、荒っぽくて下劣な少年に鞭打たれたりしているのを見ると、胸が痛んだ。まえに、豊かなたてがみの美しい頭をした灰色のポニーを見かけたことがあった。メリーレッグスにそっくりなので、馬具をつけているときでなかったら、いなないかけたと思う。ポニーは力をふりしぼって重い荷馬車を引こうとしていたけれど、力の強そうな粗野な少年はポニーの下腹を鞭打ち、小さな口をぐいぐい引っ張っていた。本当にメリーレッグスだろうか？　姿かたちは似ている。でも、それから、ブルームフィールドさんはぜったいにメリーレッグスを売らないと言ったことを思い出し、ブルームフィールドさんなら約束は守るだろうと思った。でも、あのポニーだって若いころはメリーレッグスと同じくらいいい馬で、幸せな暮らしをしていたかもしれない。

あと、よく見かけたのは、肉屋の馬がものすごいスピードで走らされているところだ。理由はわからなかったけれど、ある日、セントジョンズウッドでお客を待つことがあって、そのときとなりにあったのが肉屋だった。やがて、肉屋の馬車が猛スピードでやってきた。馬の体は火照り、へとへとになっている。頭は垂れ、わき腹が大きく上下し、脚はブルブルと震えていることからも、どんなふうに走らされたのかがよくわかった。すると、若者が馬車から飛び降りて、籠をおろそうとした。そのとき、親方が不機嫌そうな顔で出てきて、馬を見ると、腹を立てて若者のほうにむき直った。

「こんなふうに馬を走らせるなって何度言えばわかるんだ？　まえの馬も呼吸器がやられてだめになっちまっただろう。この馬もだめにするつもりか？　自分の息子じゃなかったら、この場で首にするところだ。こんな状態の馬を店に連れてくるなんて、大恥だ。警察にとっ捕まるかもしれねえぞ！　捕まっても、おれが保釈金を出すと思ったら、大間違いだ。これまでうんざりするほど、言ってきたんだ。自分でなんとかするんだな」

親方が怒っているあいだ、若者はふてくされて、頑固にむすっとしていたが、話が終わったとたん、怒りに任せてどなりはじめた。おれのせいじゃない、おれを責めるな、おれはただ、命令通りにしてるだけだ、というわけだ。

「おやじはいつも、『ほら急げ、ピシっとしろ！』って言うじゃないか。御用聞きにいくと、早めの昼食に羊の脚がいるって言われて、十五分で取って返さなきゃならない。次は、料理人が牛肉の注文を忘れたっていうんで、またすぐにとんぼがえりだ。で、またもどる。じゃないと、奥さまに叱られるからってね。かと思えば、家政婦長が、いきなりお客さんがきたから、すぐさま骨付き肉を届けろって言う。それに、クレッセント四番地の奥さんは、昼の肉を届けるまで夜の分は注文しないんだ。とにかくいつも早く、早く、早く、だ。金持ち連中がまえもってなにがいるのかを考えて、前の日に注文してくれりゃ、こんなふうにぼろくそ言われなくてすむんだよ！」

「おれだって、そうしてほしいと思うさ。そしたら、こんなやいやい言わないですむし、まえもってわかってりゃ、もっとお客さんの満足のいくものを用意できる。だが、そうじゃねえんだ！　こんな話をしたところで無駄だ。肉屋の都合や肉屋の馬のことなんて、だれも考えちゃいないんだよ！　さあ、こいつを中へ入れて、よく世話をしてやれ。いいか、今日はもう、この馬を外へ出すなよ。もしまた注文があれば、てめえが自分の脚で運んでいくんだ」そう言い残すと、肉屋は店へもどり、馬は中へ引かれていった。

とはいえ、若者がみな荒っぽいわけではない。ポニーやロバを、お気に入りの犬みたいにかわいがっている若者も見たし、そうしたポニーやロバたちが、若い御者のために喜んでせっせと働いているのも見たことがある。そう、ぼくがジェリーのために働いているのと同じように。仕事がきついときもあるけれど、やさしい声やなでてくれる手が楽にしてくれるものなのだ。

ジェリーの家の通りに野菜やジャガイモを売りにくる少年がいた。少年のポニーは年寄りで、見た目はよくなかったけれど、タフで元気にあふれていた。少年とポニーが互いを大切に思っているようすを見ると、こちらまでうれしくなる。ポニーは犬のように主人について回り、少年が荷馬車に乗ると、鞭や掛け声もなしに歩きはじめ、女王の厩舎からでも出てきたみたいにガラガラと通りを楽しげに速歩で進んでいくのだ。ジェリーはその少年のことを気に入っていて、チャーリー王子と呼んでいた。そして、いつかあいつは御者たちの王さまになるな、というのだった。

ほかにも、小さな石炭馬車を引いてやってくるおじいさんがいた。よく石炭運び屋のかぶっている帽子を頭にのせたおじいさんは真っ黒で、荒っぽそうだ。でも、おじいさんと年寄り馬がいっしょにやってくるさまは、わかりあっているいい相棒というふうで、馬は自分からお客さんたちの家のまえで止まって、石炭を下ろしてもらっていた。馬は、いつも片方の耳を主人のほうへ寝かせている。おじいさんがくるよりずっとまえから、売り声が聞こえてきた。ぼくにはなんて言っているのかわからなかったけれど、子どもたちは「バーフーじいさん」と呼んでいた。そう言っているように聞こえるからだろう。ポリーはそのおじいさんから石炭を買っていて、とても仲良くしていた。ジェリーはジェリーで、貧しい家に飼われていても幸せな馬がいると思うと慰められるよ、と言うのだった。

第42章　選挙

ある日、午後になって中庭にもどると、ポリーが出てきた。「ジェリー！　さっきBさんがきて、選挙のことをきかれたの。それで、選挙用にうちの馬車を借りたいんだって。あとで、返事をききにいらっしゃるそうよ」

「そうか。じゃあ、うちの馬車はもう先約があると答えてもらうことにするか。連中の大きなビラをベタベタ貼られるのはごめんだし、走り回って酔っぱらった有権者をパブへ連れていくなんて、ジャックとキャプテンに申し訳ないよ。ああ、お断りだとも」

「でも、あの人に投票するんでしょ？　むこうは、あなたと政治の意見は同じだっておっしゃってたけど？」

「ああ、確かにいくつかの問題に関してはな。だが、ポリー、おれはあの人には入れないよ。あの人の仕事がなにか、知ってるか？」

「ええ」

「ああいった仕事で金持ちになった人間は、いくつかの点ではすぐれてると言えるかもしれない。だが、あの人は、労働者がなにを求めているか、わかってない。あの人を政治の場に送りこんで、法律を作らせるなんて、おれの良心が許さない。連中は怒るかもしれないが、人はみな、国のために一番だと思えることをしなきゃいけないんだ」

選挙の前日の朝、ジェリーがぼくを馬車につないでいると、ドリーがわんわんしゃくりあげながら中庭に入ってきた。青いワンピースと白いエプロンが一面、泥の跳ね跡だらけになっている。

「どうした、ドリー？　なにがあったんだ？」

「あの悪い男の子たちがやったの。泥を投げつけて、あたしのこと、ボ、ボロ――」

「青いボロ服っ子って言ったんだ」ハリーが駆けこんできて、腹立たしげに言った。「だけど、ぼくはあいつらにちゃんと言ってやったんだ。だからもう、ドリーをバカにしたりしないさ。ぶちのめしてやった、あいつらが忘れないようにね。オ、レ、ン、ジの卑怯者の悪党のくせに！」

ジェリーはドリーにキスをすると、言った。「母さんのところへいっておいで。今日は家にいて、母さんの手伝いをしたほうがいいって、父さんに言われたとお言い」

それから、いかめしい顔になって、ハリーのほうにむき直った。

「いいか、おまえにはどんなときでも妹を守ってやってほしい。妹をバカにした連中には思い知らせてやるといいさ。だが、おれのうちでは選挙に関わる悪口は禁止だ。青い悪党もいれば、オレンジの悪党もいる。白だって紫と同じくらいいるし、ほかの色だって同じだ。[1]うちの家族には関わり合ってほしくない。女や子どもまで、色のことで喧嘩しようっていうんだから。なんのことだかわかってるのは、十人に一人もいないのにな」

「どうして？　青は自由の色じゃないの？」

「いいか、自由は色から生まれるわけじゃない。色はそれぞれの政党を表してるだけだ。そこから生まれる自由なんて、他人の金で酔っぱらう自由くらいだ。汚いボロ辻馬車で投票に行く自由、自分の色を身に着けていない人間をいじめる自由、半分もわかってないような者へむかって声がかれるまでわめく自由。それが、おまえの言う自由の正体さ！」

「なんだよ、父さん。笑ったりして」

「いや、真面目に言ってるんだ。本当ならもっと分別がなきゃいけない連中があんなふうにしているのを見ると、恥ずかしいよ。選挙っていうのはとてもまじめなものだ。少なくともそうじゃなきゃいけない。全員が良心に従って投票し、まわりの人間もそうできるようにしないといけないんだ」

1　各政党(せいとう)とそのカラーのこと。

第43章　困っている友

とうとう選挙の日がやってきた。ジェリーとぼくには引きも切らず仕事が入った。まずでっぷりと太った紳士が、絨毯生地のカバンを持って、ビショップスゲート駅までやってくれと言った。それから、リージェント公園へ行きたいという一行に呼び止められた。その次は、わき道を入ったところで、ビクビクしたようすの老婦人が待っていて、銀行へ連れていってほしいと言う。銀行に着くと、ぼくたちは老婦人が出てくるのを待って、うちへ送り届けた。老婦人を降ろしたとたん、今度は赤ら顔の紳士が書類をどっさりと抱え、息を切らして走ってきた。そして、ジェリーが降りて扉を開ける間もなく、自分から馬車に飛び乗ると、大きな声で「ボウ街の警察署まで、急いでくれ！」とさけんだので、ぼくたちは走りだした。それからも、一、二まわりほどして帰ってきたのだけど、乗り場には馬車は一台もいなかった。ジェリーはぼくの首に飼い葉袋[1]をつけてくれた。「今日みたいな日は、食べられるときに食べておかないとな。ほら、どんどん食べろ、ジャック。今のうちだぞ」

袋の中には、つぶしたカラスムギをふすまで湿らせたものが入っていて、とてもおいしかった。どんなときでも、これはごちそうだけれど、こんなときは、とりわけ生き返るような気がする。ジェリーは本当に思いやりがあって、親切だ。こんな主人のためなら、どんな馬だって精一杯やらずにはいられない。それから、ジェリーはポリーの作ったミートパイを取り出して、ぼくの横で自分も食べはじめた。通りは混みあい、それぞれの候補者の色で飾った辻馬車が、腕や脚や命すらどうなろうと知ったことじゃないというような勢いで人混みを走り抜けていく。その日、突き飛ばされ

1 飼料を入れて馬の首にかけ、鼻先に下げる。

た人を二人も見たけれど、そのうちの一人は女性だった。馬にいたってはさんざんな目に遭っていた。哀れな馬たち！　でも、馬車に乗って投票しにいくお客たちは、馬のことなんかこれっぽっちも気にかけやしない。酔っぱらっている者も大勢いたし、自分の党の馬車がやってくると、窓から万歳とさけんだりした。選挙のようすを見たのは初めてだったけれど、もう二度と、こんなときには居合わせたくないと思った。今ではだいぶましになっているらしいけど。

ジェリーとぼくがろくに食べないうちに、貧しそうな若い女性が大きな子どもを抱いてやってきた。まごついたようすで、右を見たり左を見たりしている。やがて、ジェリーのところまでやってきて、聖トーマス病院への行き方をたずね、どのくらいかかるのか教えてほしいとたのんだ。今朝、田舎から市場へいく馬車に乗ってきたのだけど、選挙の日だということを知らなかった上に、ロンドンは不慣れだと言う。息子の病院の予約があるらしい。子どもはか細い声で弱々しく泣いていた。

「ああ、かわいそうに！　痛みがひどいんです。四歳なのに、歩くこともできなくて。赤ん坊と同じ。お医者の先生は、入院できれば、よくなるかもしれないって。あの、どうか、ここからどのくらいかかるのか、どちらへいけばいいのか、教えていただけませんか？」

「そりゃたいへんだ、こんな人ごみの中を歩いてなんていけやしませんよ！　ここから五キロはあるんですから。そんな大きい子を抱えてちゃ無理です」

「ええ、確かにこの子は重いけれど、あたしは力は強いんです。行き方さえわかれば、なんとかして行けると思います。だから、どうか教えてください」

「無理ですよ。あなたが突き飛ばされたり、息子さんが轢かれたりするかもしれないじゃないですか。さあ、いいですか、この馬車にお乗りなさい。わたしが無事病院まで送り届けますから。ほら、雨も降りだしそうだ」

「いいえ、だめです。無理なんです、ありがたいですけど、もう帰りの分のお金しかないんです。行き方だけ、教えて下さい」

「いいから、どうぞ。わたしにも妻と子どもがいますからね。親の気持ちがわかるんです。さあ、乗ってください。病院まで無料で行きますから。女性と病気の子どもを危ない目に遭わせたりしちゃ、自分に顔向けできません」

「あなたに神さまの恵みがありますように！」女の人はわっと泣き出した。

「ほらほら、大丈夫ですから。すぐに病院まで行けますよ。さあ、手をお貸ししますから、乗って」

ジェリーが扉を開けようとすると、帽子とボタン穴に政党の色の印をつけた男が二人、走ってきて、「辻馬車を頼む！」とさけんだ。

「ふさがってます！」ジェリーは答えたが、男の一人が女の人を押しのけて、馬車に飛び乗り、もう一人の男もそれにつづいた。ジェリーは警官みたいな険しい表情になって言った。「お客さま、この馬車はすでにこのご婦人をお乗せすることになっているんです」

「ご婦人⁉」一人が言った。「ああ、ご婦人にはお待ちいただけばいいさ。おれたちの仕事はとても重要なんだ。だいたい、おれたちのほうが先に乗ったんだ。おれたちのほうに権利がある。降りるつもりはないぞ」

ジェリーの顔におどけた笑みが浮かんだ。ジェリーはバタンと扉を閉めて、言った。「わかりました、お客さま。では、お好きなだけ、そこにいらしてください。お二人がお休みになっているあいだ、こちらはのんびり待っていますから」そして、男たちに背をむけると、ぼくの横に立っていた若い女の人のほうにきた。「すぐに出ていきますよ。心配しなくて大丈夫」ジェリーはそう言って、笑った。

果たして、男たちはジェリーの作戦を理解すると、さんざん悪口を浴びせかけ、おまえの番号は控えたから呼び出しをかけてやるなどと脅しを言い残し、いってしまった。それで少し足止めを食ったものの、ぼくたちはすぐに出発し、できるだけ裏道を通るようにして病院へむかった。病院へ着くと、ジェリーは大きな呼び鈴を鳴らし、女の人を助けおろした。

「何度お礼を言っても足りません。一人では、到底こられませんでした」

「どういたしまして。お子さんがすぐによくなりますように」

ジェリーは女の人が病院へ入っていくのを見届けると、ぽつりと言った。「もっとも小さい者の一人にしたのは、すなわちわたしにしたということだ[2]」それから、ぼく

2 「マタイによる福音書」25・40の言葉。

の首をポンポンとたたいた。うれしいことがあったときのジェリーの癖だった。

今や、雨はどんどんひどくなってきた。病院を出ようとしたそのとき、またも扉が開いて、ポーターが「辻馬車さん！」と呼んだ。ぼくたちが止まると、ご婦人が一人、階段を降りてきた。ジェリーはすぐに誰だかわかったようだった。ご婦人は顔にかけていたベールをどけると、言った。「バーカーじゃないの！ジェレマイア・バーカーよね？　こんなところで会えるなんて、うれしいわ。まさにあなたみたいな人が必要だったのよ。今日、ロンドンのこのあたりで辻馬車を拾うのは、大変でしょうから」

「奥さまをお乗せすることができて、光栄です。たまたまここにきて、本当によかった。どこへお連れしましょうか？」

「パディントン駅へお願い。むこうに着いて、時間がありそうなら――きっとあるでしょうけど、ポリーと子どもたちのようすを聞かせてちょうだい」

ぼくたちは時間どおりについたので、ご婦人は屋根の下に立って、しばらくジェリーと話していた。ご婦人はポリーの元の雇い主で、いくつか質問したあと、こう言った。

「冬に辻馬車の仕事をするのは、どうなの？　去年、ポリーはずいぶんあなたのことを心配していたけれど」

「ええ、心配してました。ひどい咳が出て、温かくなるまで長引いてしまったんで。それに、夜遅くなると、ずいぶんやきもきしてます。ごらんのとおり、一日じゅう、どんな天気でも、走らないとなりませんから。体はつらいですね。でも、最近じゃだいぶよくなりましたし、面倒を見てやる馬がいないと、わたしは途方に暮れちまうんです。小さいころから馬の面倒を見るよう育てられてきましたから、それ以外のことは、できないんですよ」

「でもねえ、体を悪くするかもしれないのにこの仕事をつづけるなんて、おまえにとっても、ポリーや子どもたちにとっても気の毒なことよ。いい御者やいい馬丁を探しているところはいくらでもあるわ。もし辻馬車の仕事を辞めなきゃならなくなったら、わたしに連絡してちょうだい」

そして、ポリーにくれぐれもよろしくと言うと、ジェリーの手になにかを握らせた。

「子どもたちそれぞれに五シリングずつありますからね。ポリーなら、どう使えばいいかわかるでしょう」

ジェリーはとてもうれしそうにお礼を言った。そして、駅を出ると、ようやく家へ帰った。なにはともあれ、ぼくはすっかり疲れていた。

第44章　キャプテンとあとつぎ

キャプテンとぼくはいい友だちだった。キャプテンは堂々とした老馬で、いっしょに走るのにとてもいい相手だった。キャプテンがここを出て、身を落とすことになるなんて思ったこともなかったけれど、彼(かれ)の番もとうとうやってきたのだ。それはこんなわけだった。ぼくはその場にいなかったけれど、あとからぜんぶ聞いたのだ。

キャプテンとジェリーはお客さんをロンドン橋のむこうの大きな駅へ送り、もどってくる途中(とちゅう)だった。橋と記念碑(きねんひ)のあいだあたりで、ジェリーはビール醸造人(じょうぞうにん)の荷馬車がやってくるのを見た。馬車は空で、たくましい二頭の馬が引いていた。御者(ぎょしゃ)の男は、太い鞭(むち)で馬たちを鞭打(むちう)っている。馬車は軽かったものだから、馬たちはふいに猛スピードで走りだした。男は馬たちを抑えることができず、しかも、通りには馬車がひしめいていた。一人の少女が跳ね飛ばされ、次の瞬間、荷馬車はジェリーの馬車に突っこんできた。車輪は二つとももぎとられ、こちらの馬車はひっくり返った。キャプテンもいっしょに引きずり倒され、裂けた長柄がキャプテンの脇腹に突き刺さったのだ。ジェリーも馬車から放り出されたが、あざを作っただけで助かった。どうしてそれだけですんだのかは、わからない。あとから、「ありゃ奇跡だった」と、ジェリーは振り返ったものだった。かわいそうなキャプテンは起きあがったけれど、全身切り傷と打ち身だらけだった。ジェリーはゆっくりとキャプテンを引いてうちまでもどったが、白い毛が赤く染まり、わき腹や肩から血がしたたり落ちているようすは、見るのもつらかった。荷馬車の男は泥酔していたことがわかり、罰金を取られ、彼を雇っていた醸造人はジェリーに損害賠償金を払ったけれど、キャプテンの受けた損害の分はだれも払ってはくれなかった。

獣医さんとジェリーは、キャプテンの痛みを和らげ、楽にしてやるために手を尽くした。馬車は修理しなければならなかったから、何日間かぼくは外へ出られず、ジェリーはお金を稼げなかった。事故のあと、乗り場へいくと、親方がやってきて、キャプテンの具合をたずねた。

「もう治らないでしょうね。少なくとも、辻馬車の仕事は無理だ。今朝、獣医さんにそう言われました。獣医さんが言うには、荷馬車を引くとか、そういう仕事ならなんとかなるかもしれないと。おれはすっかり頭にきちまいまして。荷馬車を引かせるなんて！ ロンドンで荷馬車を引いてる馬たちがどうなるかは、見てきましたからね。酔っぱらいどもなど、全員病院に入れちまえばいいんだ。酒を飲んでない人たちにぶつかり放題にさせとくなんて。自分の骨を折ろうが、自分の馬車を壊そうが、自分の馬をだめにしようが、そりゃ連中の問題で、ほっときゃいいかもしれない。だが、おれに言わせりゃ、結局いつも罪のない者が苦しむんですよ。だいたい埋め合わせするなんて言いますけどね！ 埋め合わせなんか、できやしないんですよ。いろいろな面倒事はあるわ、時間は無駄になるわ、おまけに旧友みたいだった馬を手放さなきゃならない。それを埋め合わせするだなんて、バカげてる！ 底なしの穴に落とせるとしたら、なによりも酒飲みの悪魔を落としてやりたいですよ！」

「なあ、ジェリー、そこまで言われると、こっちは穏やかではいられないよ。おれはおまえみたいにちゃんとしてない。恥ずかしいがな。おまえみたいにできりゃいいんだが」

「じゃあ、なぜ酒をやめないんです？　親方はあんなもんの奴隷になるようなお人じゃないのに」

「おれは大バカ者なのさ、ジェリー。一度、二日ほど酒を断ったことがあるんだが、死んだほうがましだと思ったよ。おまえはいったいどうやってやめたんだ？」

「おれだって、何週間もかかりましたよ。もともと酔っぱらったことは一度もありませんでしたが、酒を飲むと自分の体がほかのものに支配されちまうって気づいたんです。飲みたいっていう気持ちがわきあがってくると、『だめだ』って思うのは難しかったですよ。でも、どっちかが、つまり、酒飲みの悪魔かジェリー・バーカーかどっちかが屈することになるってわかったんです。だったら、それはジェリー・バーカーじゃない。神さまのお助けのおかげです。とはいえ、苦しい戦いでした。酒を飲む習慣を断ち切ろうとしてはじめて、そいつがどんなに強いかわかりました。でも、ポリーがいろいろ骨を折って、おいしい食事を用意してくれて。酒を飲みたい気持ちが襲ってくると、コーヒーを一杯飲むか、ミントティーを飲むようにしました。聖書を読むこともありました。ずいぶんそれに助けられたんです。自分に何度も言い聞かせなきゃならないこともありましたよ。『酒をやめるんだ。じゃないと、魂を失うぞ！　酒をやめろ、じゃないとポリーを悲しませるぞ！』ってね。神さまのおかげで、そう、それと愛する妻のおかげで、酒を飲む習慣を断つことができました。今じゃもう十年も、一滴も飲んじゃいませんし、飲みたいとも思いません」

「おれもやってみようって気はあるんだ。自分の体が支配されちまうのは、情けねえからな」

「やってみてくださいよ、親方。絶対後悔なんかしませんよ。それに、この乗り場にいるかわいそうなやつらにどれだけ助けになるかわかりません。親方が酒なしでやってるのを見るのはね。できることなら、あの酒場から足を洗いたいってやつは、二、三人はいますから」

最初、キャプテンは治ったように見えた。けれど、年を取っていたし、こんなに長く辻馬車の仕事をやってこられたのも、元々の立派な体格とジェリーの世話がよかったおかげなのだ。彼の体はすっかりだめになってしまっていた。獣医さんは、傷さえ治せば、二、三ポンドにはなるだろうと言ったけれど、ジェリーは、いいえ、数ポンドのはした金のために、むかしからよく仕えてくれたいい馬を売って、過酷な仕事につかせたりしたら、自分の持っている金ぜんぶを腐らせるようなもんです、と断った。立派な老馬のためにしてやれることは、頭を撃ちぬいて、これ以上苦しまずにすむようにしてやることだと、ジェリーは考えた。ジェリーには、キャプテンが余生を過ごせるようないい場所を見つけることはできなかったからだ。

その次の日、ハリーは、新しい蹄鉄をつけるためにぼくを鍛冶屋へ連れていった。もどってくると、キャプテンはもういなかった。ぼくとバーカー一家はひどくつらい思いをした。

ジェリーはもう一頭馬を探さなければならなくなった。やがて、貴族の厩舎で馬丁の手つだいをしている知り合いから、いい馬がいるという話を聞きつけた。高価な若馬だったのだが、あるときいきなり走り出して、別の馬車にぶつかり、乗せていただんなさまを落馬させてしまったのだと言う。自身もかなりの傷を負い、もはや紳士の厩舎で飼われるのは難しくなってしまったので、御者は売る先を探すよう命じられていたのだ。

「血気盛んな馬なら扱える。性悪だったり、口が堅くなってるやつじゃなければな」ジェリーは言った。

「あいつには悪癖なんてこれっぽっちもないよ。口はとても敏感だ。それが事故の原因だったと思うね。毛を刈られたばかりだったし、天気が悪くて、しかも運動を十分してなかったんだよ。だから、外に出たときは、風船みたいに浮きあがってたんだ。うちの親方（つまり、御者ってことだが）は馬具を思い切りきつく締めつけて、引き返し[1]と止め手綱にとんがった留めぐつわまではめて、手綱はいちばん下の横木につけてたんだ。おれが思うに、そのせいで、馬はどうかなっちまったんだと思うね。

1　騎手の顔が馬の頭にぶつからないよう、馬が頭を高く上げないようにする馬具。

やわらかい口をしていて、血気盛んなやつだから」

「ありそうなことだな。さっそく見にいくよ」ジェリーは言った。

次の日、ホットスパーがやってきた。そう、これが彼の名前だ。立派な茶色の馬で、白い毛は一本もなく、キャプテンくらいの背丈があって、見目のいい頭の形をしていた。まだたった五歳だという。ぼくは、仲間だと思っていることがわかるように愛想よく挨拶したけれど、特に質問はしなかった。最初の晩、ホットスパーはひどく落ち着かないようすだった。横になろうとはせず、輪に通してある端綱を上へ下へと引っ張ったり、乗馬台にぶつかったりするので、台が飼い葉おけに当たる音で、ぼくは眠れなかった。けれども、次の日に五、六時間辻馬車を引くと、だいぶ落ち着いて分別もついたようだった。ジェリーはホットスパーをなでてやり、たっぷり話しかけた。あっという間に、ジェリーとホットスパーは心を通わせるようになり、ジェリーはハミをゆるくして、たっぷり働かせてやれば、こいつは子羊みたいにおとなしいよと言った。誰のためにもならない風は吹かないって言うがな、どこかのえらい紳士が百ギニーもするお気に入りの馬を失った代わりに、辻馬車の御者が力のみなぎったいい馬を手に入れられたってわけさ、と言うのだった。

ホットスパーは、馬車馬になるなんて堕ちるところまで堕ちたと思い、乗り場に立つのも嫌がっていたけれど、その週の終わりには、口が楽で頭を自由に動かせるだけでも、じゅうぶんおつりがくるよと、ぼくに打ち明けた。結局のところ、鞍に頭と尻尾を結びつけられるのに比べりゃ、そこまでみっともなくないしね、とホットスパーは言った。実際、ホットスパーはすっかり新生活になじみ、ジェリーもホットスパーのことを心から気に入ったのだった。

第45章　ジェリーの新年

人によっては、クリスマスと新年はおめでたい時期だ。でも、辻馬車の御者と馬にとっては、休暇どころじゃない。稼ぎどきではあるかもしれないけど。パーティや舞踏会やいろいろ楽しい催し物がたくさんある。仕事はきつく、遅くなることもしょっちゅうだ。建物の中で人々が陽気に騒ぎ、音楽に合わせて踊りあかしているあいだ、雨や凍るような寒気の中で震えながら何時間も待たなければならないときもある。美しいご婦人たちは、馬車の御者台で待っているくたびれた御者のことなど、頭によぎりもしないのだろうか？　寒さで脚がこわばるまでじっと立っている馬のことは？

今では、夜の仕事はほとんどぼくが請け負っていた。ぼくのほうが立っているのに慣れていたし、ジェリーはホットスパーは風邪をひくんじゃないかと思っていたのだ。クリスマスの週にはずいぶんと夜遅くまで仕事をし、ジェリーの咳は悪化していた。どんなに遅くなっても、ポリーは起きて待っていて、ランタンを持って迎えに出てくるときも、心配でたまらなそうだった。

新年の夜、ぼくたちは、二人の紳士をウエストエンド広場の家まで乗せていった。二人を下ろしたのは九時で、また十一時に迎えにくるようにと言われた。片方の紳士が言った。「ただし、カードの会だから数分待たせるかもしれない。だが、遅れるなよ」

時計が十一時を打ったときには、ぼくたちは玄関のまえにきていた。ジェリーは時間に正確だった。そのまま時計は十一時十五分、三十分、四十五分と進み、とうとう十二時を打ったけれど、ドアは開かなかった。

その日はずっと気まぐれな風が吹き、日中はときおり雨がざっと降ってきたけれど、今では突き刺すようなみぞれに変わっていた。四方から吹きつけてくるように思える。

寒くて仕方ないけれど、雨風をよける場所もない。ジェリーが御者席から降りてきて、ぼくにかけてくれていた布を首のほうへ寄せてくれた。それから、一、二回、行ったり来たりして、足踏みした。さらに、腕をパチパチとたたきはじめたけれど、そのせいで咳きこんでしまった。そこで、馬車の扉を開け、舗道に足を下ろしたまま、馬車の床にすわった。それで、少しは雨風をしのぐことができる。時計が十二時十五分を打ったけれど、まだだれも出てこない。十二時半になったとき、ジェリーは玄関のベルを鳴らして、今夜のご用はあるのかどうかをたずねた。

男の人が出てきて、言った。「ああ、あるとも、まちがいない。帰るなよ。もうすぐ終わるから」そう言われて、ジェリーはまた腰かけたけれど、声はすっかり枯れて聞き取れないほどだった。

一時十五分になって、ドアが開き、二人の紳士が出てきた。二人はなにも言わずに馬車に乗りこみ、ジェリーに行き先を告げた。三キロ近くある。ぼくの脚は寒さでかじかんでいたから、つまずくんじゃないかと怖かった。紳士たちは、馬車を降りるときも、待たせたお詫びを言うどころか、料金が高いと言って怒った。でも、ジェリーは決して多くもらうことはない代わりに、まけることもない。二時間十五分待った分は払わせたものの、ジェリーにとっては苦労してやっと手に入れたお金だった。ようやくうちについたときには、ジェリーはしゃべることもままならず、咳はそうとうひどかった。ポリーはなにもきかずに、ドアを開け、ランタンを掲げた。

「なにかあたしにできることはある?」ポリーはたずねた。

「ああ、ジャックに温かいものをやってくれないか。おれには、かゆを煮てくれ」

そう言った声は、ひどく小さく、かすれていた。息をするのもやっとだったけれど、いつものようにぼくの体をこすってくれただけじゃなくて、干し草置き場から追加のわらまで取ってきてくれた。ポリーが温かいふすまがゆを持ってきたので、ぼくもだいぶ楽になった。それから二人はドアを閉めて、出ていった。

次の朝は、だれも現われなかった。遅くなってから、ようやくハリーが一人でやってきて、ぼくたちの体を洗って、餌をくれ、厩を掃除してから、またわらをもどした。日曜日みたいだ。そのあいだも、ハリーはずっと静かで、いつものように口笛を吹いたり歌ったりもしなかった。昼になると、またハリーがやってきて、餌と水をくれた。今回は、ドリーもいっしょだったけれど、ドリーは泣いていた。二人の話から、どうやらジェリーがひどく体を壊し、お医者さんが容態はよくないと言ったらしいことがわかった。それから二日がすぎ、家の中は不安と苦しみに包まれていた。ぼくたちのところにくるのは、ハリーだけで、たまにドリーも顔を見せた。ドリーは誰かといっしょにいたかったんだと思う。ジェリーは絶対安静で、ポリーは夫につきっきりだったからだ。

三日目、ハリーが厩にいるとき、ドアをたたく音がして、グラント親方がやってきた。

「うちにはあがらないよ。だが、お父さんの容態が知りたくてね」

「よくないよ」ハリーは答えた。「すごく悪いんだ。気管支炎っていうやつなんだって。お医者さまは、今夜でどうなるか決まるって言ってる」

「そいつはつらいな。つらすぎる」グラント親方は首を振った。「そのせいで、先週二人も死んだんだ。あっという間にやられちまった。だが、命があるうちは望みがある。だから、元気を出せ」

「うん、お医者さまも父さんはたいていの人より強いからって言ってた」ハリーはすかさず言った。「お酒を飲まないからだよ。昨日は熱が高かったから、もしふだんからお酒を飲んでたら、紙切れみたいに焼け死んじゃっただろうって。お医者さんは、父さんは治るって思ってるんだと思う。グラントさんもそう思うでしょ?」

　親方は困ったような顔をした。

「善人は助かるっていう法則でもあるなら、おまえのお父さんはかならず治るさ。お父さんはおれの知り合いの中でも一番の男だからな、明日の朝早く、またくるよ」

　次の朝早く、親方はまたやってきた。

「どうだ?」親方はたずねた。

「よくなったよ。母さんが、きっと治るだろうって」

「そいつはよかった! よし、あとは温かくして、ゆっくりさせてやれ。そうとなったらあとは馬たちのことだ。ジャックはあと一、二週間、暖かい厩で過ごさせてやって、それから通りを歩かせて脚をほぐしてやるといい。そいつは、おまえさんにも楽にできるだろう。だが、若いほうは仕事をさせなきゃ、すぐに抑えが効かなくなっちまって、おまえさんの手には負えなくなるだろう。そのまま外に出たら、事故になるぞ」

「もうすでにそんな感じだよ。麦を減らしてるんだけど、元気があり余ってて、どうすればいいかわからないんだ」

「だろうな」グラント親方は言った。「いいか、お母さんに伝えてくれ。もしいいって言ってくれるなら、このあとのことが決まるまで、おれが毎日きて、こいつに仕事をさせてやるよ。そして、こいつの稼いだ半分を母さんのところに持ってきてやる。そうすりゃ、餌代も助かるだろう。父さんはいい組合に入ってるが、それだけじゃ、馬たちを養えないからな。こいつらはいつだって大食らいなんだから。昼にまた、お母さんの意見をききにくるよ」そして、ハリーにお礼を言う間も与えずに、帰っていった。

昼に親方はきて、ポリーに会ったんだと思う。というのも、親方とハリーがいっしょに厩へやってきて、ホットスパーに馬具をつけると、外へ連れていったからだ。一週間かそこらのあいだ、親方は毎日ホットスパーを連れにきて、ハリーにお礼を言われたり感謝されたりしても、笑い飛ばして、運がいいのはおれのほうだよ、うちの馬たちもちょっとばかし休ませなきゃならなかったが、こんなことでもないと、そうはいかないからな、と言うのだった。

ジェリーは順調に回復したけれど、お医者さんは、長生きしたかったら、御者の仕事にもどるのは無理だと言った。ハリーとドリーは、父さんと母さんはどうするんだろう、どうやればぼくたちもお金を稼げるだろう、などと言い合っていた。

ある日、午後になってホットスパーが泥だらけになってもどってきた。

「通りがぬかるみだらけでな。さあ、おまえさんもすっかり体が温まるぞ。っていうのも、こいつをピカピカに乾かしてやらないとならないからな」親方はハリーに言った。

「わかったよ、親方。ピカピカになるまでちゃんとやるよ。父さんにしっかり教えこまれたからね」

「がきどもがみんな、おまえさんみたいに仕込まれてりゃな」親方は言った。

ハリーがホットスパーの体と脚についた泥をぬぐっているとき、ドリーが厩に入ってきた。興味津々という顔をしている。

「お兄ちゃん、フェアストウってところに住んでるのはだれ？　そのフェアストウってところから、母さんに手紙がきたの。母さんはすごくうれしそうで、手紙を持って父さんの部屋に駆けあがってったよ」

「知らないのか？　ファウラーさんのお屋敷の名前だよ。母さんはまえ、ファウラーさんの奥さまのところで働いてたんだ。去年の夏、父さんが偶然会った人さ。おまえとぼくに五シリングずつくだすっただろ」

「あ、ファウラーさんか。もちろん覚えてるよ。手紙にはなんて書いてあるんだろうね？」

「母さんが先週手紙を書いたんだ。奥さまは父さんに、辻馬車をやめるなら、教えてほしいって言ったんだ。ファウラーさんはなんて言ってきたんだろう。ドリー、見てこいよ」

ハリーは年季の入った馬丁みたいにシャッ！　シャッ！　とホットスパーの体をこすっていた。しばらくすると、ドリーが躍るような足取りで厩にもどってきた。

「きいて、お兄ちゃん！　最高にすてきなことが起こったんだよ。ファウラーさんは、あたしたちみんなで、ファウラーさんのおうちの近くに引っ越してらっしゃいって言ってくれたんだって。ちょうどあたしたちが住むのにぴったりの小さな家が空いてるんだって。お庭があって、鶏小屋とリンゴの木とぜんぶそろってるんだよ！　ファウラーさんの御者が春にやめるから、父さんにその跡をついでほしいって。まわりにはお金持ちのおうちがたくさんあるから、お兄ちゃんも庭仕事か厩の仕事か、給仕の仕事がもらえるんだって。あたしが通える学校もあるんだよ。母さんはかわりばんこに笑ったり泣いたりしてる。父さんもすごくうれしそう！」

「こんなうれしいことってないな！　それにぴったりだよ。父さんにも母さんにも。だけど、ぼくは給仕なんかになりたくないな。ボタンがずらりと並んだきゅうくつな制服を着るなんてさ。ぼくは馬丁か庭師になりたいんだ」

話はあっという間に決まり、ジェリーがよくなり次第、一家は田舎へ引っ越すことになった。馬車と馬はなるべく早く売りに出されることになった。

ぼくにとっては、つらい知らせだった。ぼくはもう、若くない。今以上にいい条件のところは見つからないだろう。バートウィック屋敷を出てからというもの、ジェリーのような主人と過ごせて、これ以上幸せだったことはない。でも、辻馬車を三年間引いたあとでは、これ以上望めない条件だったとはいえ、体にはそうとうガタがきていた。自分がもう、むかしのようでないことは、ひしひしと感じていた。

グラント親方はすぐにホットスパーを引き取ると申し出た。辻馬車乗り場の仲間に、ぼくを買う人間もいるだろうと言ったけれど、ジェリーは、誰のもとだとしても、もうぼくに辻馬車を引かせないと言った。親方は、ぼくが居心地よく過ごせるような場所を探すと約束してくれた。

お別れの日がきた。ジェリーはまだ外に出ることはできなかったので、あの大みそかの夜以来、ぼくは会っていなかった。ポリーと子どもたちがお別れを言いにきた。

「かわいそうなジャック！　いい子ね！　いっしょに連れていってあげられればよかったんだけど」ポリーはぼくのたてがみに手をのせ、ぼくの首もとに顔を近づけてキスをした。ドリーは泣きながらぼくにキスをし、ハリーは何度もぼくをなでてくれたけれど、なにも言わずに、悲しそうな顔をしていた。こうしてぼくは新しい住みかへと連れていかれた。

第四部

第46章　ジェイクスとご婦人(ふじん)

ぼくは、穀物商(こくもつしょう)とパン屋をしている男に売られた。ジェリーの知り合いで、そこならいい餌(えさ)とまっとうな仕事がもらえるだろうと考えたのだ。確(たし)かに食べ物についてはジェリーの思ったとおりだったし、新しいご主人がいつもお店にいれば、重すぎる荷を運ばされることはなかったと思う。でも、店の主任(しゅにん)はいつもみんなを急がせ、もう荷馬車にはたっぷり荷が積まれているというのに、さらに足すように命令することもしょっちゅうだった。ジェイクスという名の御者が、これ以上ぼくには運べないと言っても、主任は聞く耳を持たなかった。「一度ですむところを二度行く必要はない」と言って、仕事を早く進めることを優先させた。

ジェイクスも、ほかの御者と同じで止め手綱を使ったので、馬車を引くのが余計に大変になった。三、四か月もすると、ぼくははっきりと体が弱ってきているのがわかった。

ある日、ふだんより多い荷物を積んで、急な坂道を上がっているときだった。全力を出して引っぱるけれど、どうしても進めずに何度も立ち止まってしまう。ジェイクスは怒って、何度も鞭を振りおろした。「ほら、進め、怠け者め。進まないなら、おれが進ませてやる」

ぼくはもう一度歩きはじめ、必死になって数メートル進んだ。またもや鞭が振り下ろされ、ぼくはもがきながらまた少し進んだ。荷馬車用の太い鞭でたたかれると身を切るような痛みが走ったけれど、わき腹が痛むのと同じくらい心も痛んだ。全力を尽くしているときに、罰を受けたりののしられたりするのは、胸をえぐられるようにつらい。三度目にひどく鞭打たれたとき、一人の女の人がつかつかとやってきて、ひたむきな口調で言った。

「ああ、どうかそれ以上、馬を鞭打たないでください。この馬が精一杯やってるのがわかりますもの。でも、こんなに道が急なんですから。限界なのよ」

「それでも坂を登れないっていうんなら、限界以上の力を出してもらわなきゃならねえ。おれにわかるのは、それだけです」ジェイクスは言った。

「荷物が重いんじゃないの？」

「ええ、重すぎますね。ですが、おれのせいじゃないんです。出かけようってときに主任がやってきて、百キロ以上の荷を足したんですよ。手間を省こうってね。だから、こっちはやれるだけやるしかないんですよ」

そう言って、ジェイクスはまた鞭を振りあげたが、女の人は言った。

「どうか、やめて。わたしにお手伝いできると思うんです」

ジェイクスは笑ったが、女の人はつづけた。

「おわかりでしょう。この馬が力を発揮できるようにしてやらないと。そんなふうに止め手綱で頭をそらされてちゃ、力を出し切れませんよ。それを外してやれば、だいぶよくなるはず。ほら、外してみて」女の人はなんとか説得しようとして言った。

「そうしてくだされば、うれしいわ」

「はい、はい」ジェイクスは短く笑った。「ご婦人を喜ばせるためなら、もちろん、なんでもやりますよ。どのくらい下ろしましょうかね？」

「たっぷりおろしてやって。頭が自由に動かせるくらい」

止め手綱が外されるとすぐに、ぼくは頭を膝のところまでおろした。ああ、なんて楽なんだろう！ それから、何度か頭をあげたりおろしたりして、こわばった首の痛みをやわらげた。

「かわいそうに！ そうしたかったのね」女の人はぼくの首をやさしくたたいて、なでてくれた。「そうしたら、次はやさしく話しかけて、進むように言ってやって。そうしたら、ずっとうまくできるはずよ」

ジェイクスは手綱を手に取った。「さあ、ブラッキー」ぼくは頭を下げ、全体重を頸環にかけた。力を惜しまず精一杯引っぱる。と、馬車が動きはじめ、ぼくはそのままじりじりと坂を上までのぼって、のぼりきったところで一息ついた。

女の人は歩道を歩いていっしょにあがってくると、道路に出てきて、ぼくの首をなでたり軽くたたいたりしてくれた。そんなふうにされたのは、本当に久しぶりだった。

「ほらね、ちゃんと力を発揮できるようにしてやれば、やる気が出るのよ。本当に気立てのいい馬ね。むかしはきっといいところで飼われていたのよ。その止め手綱はもう使わないわよね？」というのも、ジェイクスがまた止め手綱で頭を持ち上げようとしていたのだ。

「確かに、頭を自由にさせてやったから坂をあがれたことは、納得しましたよ。今度またこういうことがあったときのために覚えておきましょう。しかし、止め手綱も使わずに馬車を引っぱらせたんじゃ、御者連中の笑いものになっちまいます。流行ですからね」

「悪い流行を追うより、いい流行の先駆けになったほうがいいでしょう？　今じゃ、紳士方のあいだでは、止め手綱を使わない方が多いんですよ。うちの馬車を引いている馬たちは、もう十五年もつけてないわ。つけている馬よりも、はるかに疲れにくいんです。それに」と女の人はいっそう真剣な口調になってつづけた。「神さまがお創りになった生き物をきちんとした理由もなく苦しめるだなんて、わたしたち人間にそんな権利はないはずです。『口がきけないけだもの』なんていう言い方があるけれど、実際、動物たちはしゃべることができないんですから、自分たちの気持ちを伝えられないでしょう。でも、言葉をしゃべらないからといって、その分苦しみが少ないわけじゃないんですよ。でも、これ以上お引き止めするわけにはいかないわね。わたしの提案を試してくださってありがとう。これで、鞭よりもよほど効き目のあるやり方がわかってくださったと思いますわ。では、ごきげんよう」そう言って、女の人はもう一度ぼくの首筋をやさしくたたくと、軽やかな足取りで通りを渡り、姿が見えなくなった。

「あれこそ、本物のレディだな、まちがいない」ジェイクスはひとりごちた。「まるでおれが紳士だっていうみたいに、丁寧に話してくだすった。これからは、あの方のおっしゃる通りにしてみよう。少なくとも坂をあがるときはな」ジェイクスのために言っておくと、彼はぼくの手綱を穴数個分ゆるめ、それからというもの、坂を上がるときはいつも、頭を自由に動かせるようにしてくれた。とはいえ、荷物が重いことは変わらなかった。いい餌とたっぷりの休養があれば、朝から晩まで働いても、力を保つことができる。でも、荷物を規定以上に積まれれば、どんな馬も耐えきれない。ぼくはすっかり力を失い、ぼくの代わりにもっと若い馬が買われた。ほかにもつらいことがあったのを、ここで話しておこうと思う。これまでも、ほかの馬たちが言っているのを聞いたことはあったけど、自分で経験したのは初めてだった。馬小屋が薄暗かったのだ。奥のほうにひどく小さい窓がひとつあるきりで、馬房の中はほとんど真っ暗だった。

そのせいで気分がふさぐだけでなく、視力も衰えてしまった。暗いところからいきなりさんさんと日の照る中に連れだされると、目がひどく痛んだ。何度か敷居でつまずいたし、歩いていく先がろくに見えないことも少なくなかった。

ここに長くいたら、目がほぼ見えない状態になっていたにちがいない。そんなことになれば、つらい運命が待っていただろう。というのも、完全に目の見えない馬のほうがむしろ御するのに安全だと、人間たちが言っているのを聞いたことがある。目が悪い馬は、たいていひどく臆病になるせいだ。しかし、ぼくは取り返しのつかないほど目が悪くなるまえに、ここから逃れることができた。大きな辻馬車屋に売られたからだ。

第47章　つらい時代

新しい主人のことは、一生忘れないだろう。黒い目に鷲鼻の男で、ブルドッグみたいに歯がずらりと並んでいた。砂利道を走る車輪の音みたいなガラガラ声の、その男の名はニコラス・スキナーといった。あの気の毒なおんぼろサムが働いていたのは、この男のところだったのだ。

人間たちが「百聞は一見にしかず」というのを聞いたことがある、でも、ぼくなら、「百聞は一感にしかず」と言いたい。というのも、これまでいろいろ見てきたにもかかわらず、馬車馬の暮らしのみじめさを本当に知ったのは、ここにきてからだったからだ。

スキナーのところは、馬車も御者も質が悪かった。スキナーは御者たちにつらく当たり、御者たちは馬につらく当たった。日曜の休みなどなかったし、ぼくがきたのはちょうど夏の暑い盛りだった。

日曜の朝から、遊興客の一行が馬車を一日貸し切りにすることがある。四人が乗りこみ、そこに御者も加わった馬車を、ぼくは引いて田舎まで十五キロとか二十キロも走り、またもどってこなければならない。坂をのぼるときもだれ一人降りて歩こうとはしないし、どんなに急でも、どんなに暑い日でも、ぼくが本当にどうしようもできないと御者が思わないかぎり、そのままだ。そのせいで、ぼくは熱が出たりくたびれ果てたりして、ろくに餌を食べられないときもあった。かつて、暑い一日のあと、土曜の夜にジェリーがくれた硝石入りのふすまがゆがどんなに恋しかったか！　あのおかゆを食べると、体の熱が取れ、楽になったものだった。そのあとは、日曜の夜までまるまる休み、また月曜の朝に、若馬みたいに元気になったのだ。でも、ここでは、休みの日はない。御者も主人のスキナーと同じくらいむごい男だった。先になにか尖ったものをつけた鞭を使い、血が出るまでたたかれることもあったし、ぼくの腹や、頭を打ったりすることもあった。こうした残酷な仕打ちにぼくの心はすり減ったけれど、それでも全力を尽くそうとしたし、まえへ進もうと努力した。気の毒なジンジャーが言っていたとおり、なにをしたところで無駄なのだ。いちばん強いのは人間なのだから。

今では毎日があまりにもつらくみじめで、ぼくはジンジャーのように仕事中に倒れて死んでしまいたいと願うようになっていた。そうすれば、この苦しみから逃れることができる。そして、ある日、そんな願いがもう少しでかなえられる事件が起こった。

ある朝、ぼくは八時に乗り場に立っていた。すでにずいぶん働いたあと、ぼくたちは駅まで行く客を乗せた。車両を連ねた長い列車が着くところで、御者たちは客を乗せて帰ろうと、外で待っている辻馬車のうしろに次々と並んだ。列車は満員で、辻馬車はどんどん呼ばれ、ぼくたちもすぐに客を乗せた。大声で威張り散らす男の人と女の人、それから小さな男の子と女の子の四人の客で、荷物もたくさんあった。女の人と男の子は馬車に乗り、男の人が荷物の指示をしているときに、女の子がやってきて、ぼくを見た。

「パパ、このお馬さんにはあたしたちみんなと荷物ぜんぶを運ぶなんて無理よ。とっても弱っていて、くたびれてるもの。ほら、見て」

「いやいや、大丈夫ですよ、お嬢さん！」御者が言った。「この馬は力持ちですからね」

重い箱をいくつか運んでいたポーターが男の人に、荷物が多いからもう一台、馬車を呼びますかとたずねた。

「この馬で大丈夫か？」男の人は横柄なようすでたずねた。

「ええ、もちろん大丈夫ですとも、だんなさま。ポーター、箱を積んでくれ。もっと運べるから」そして、重たい箱を乗せるのを手伝った。馬車のスプリングがぐっと沈むのがわかった。

「パパ、パパったら。もう一台、馬車を雇おうよ」女の子は必死になって頼んだ。「こんなの、まちがってる。残酷だもの」

「バカなことを言うんじゃない、グレース。いいからさっさと乗れ。これ以上あれこれ言うんじゃない。客が馬車を雇うまえにいちいち馬を調べるなんて、おかしいだろう。自分の馬のことは、御者が一番わかってるに決まっている。ほら、乗って、口を閉じていろ！」

ぼくのやさしい友は従うしかなかった。次から次へと箱が引っぱりあげられ、馬車の屋根や御者の横に載せられた。そしてようやく用意が整うと、御者はいつものようにグイと手綱を引いて鞭をふるい、駅を出発した。

馬車はおそろしく重く、ぼくは朝からなにも食べず、一度も休んでいなかった。こんな心ない不当な仕打ちを受けても、ぼくはいつものとおり全力を尽くした。

なんとか順調に進んだけれど、ラドゲイトヒルに差しかかったとき、ついに重い荷物と疲れに耐え切れなくなった。必死でのぼろうとしても、ひっきりなしに手綱でたたかれ、鞭打たれる。と、次の瞬間（どうしてそうなったのかはわからなかったが）脚がすべり、ぼくはどうと道に倒れてしまった。いきなり地面にたたきつけられたために、息ができない。ぼくはぴくりとも動けなかった。もはやなんの力も残されていない。このまま死ぬんだ、とぼくは思った。まわりで怒声や罵声が飛び交い、荷物が下ろされるのがわかったけれど、ぜんぶが夢のように感じた。かわいらしい声が悲しそうに叫ぶのが聞こえたような気がする。「かわいそうなお馬さん！　ぜんぶあたしたちのせいよ」だれかがきて、のどの革ひもをゆるめ、きつく締められていた頸環を取ってくれた。「死んじまったな。もう二度と起きあがらねえ」とだれかが言い、それからお巡りさんがあれこれ指示を出すのが聞こえたけれど、ぼくは目を開けることすらしなかった。時折、あえぐように息をすうのがやっとだ。すると、ザバッと冷たい水を頭にかけられ、口の中に気付け薬が流しこまれて、体の上になにかをかけられた。どのくらいそこに横たわっていたのかはわからない。けれども、気がつくと、生気がもどってきて、やさしい声の男の人がぼくをさすり、立ちあがるように励ましてくれるのが聞こえた。さらに気付け薬を飲まされ、一回、二回、と立とうとして、ようやく三回目にぼくはよろめきながらも立ちあがり、近くにあった厩までゆっくりと引かれていった。そこでたっぷりとわらの敷かれた馬房に入れられ、温かいおかゆをもらい、感謝しつつそれを飲みくだした。

日が暮れるころには、なんとか歩けるくらいに回復して、スキナーの厩まで引かれて帰った。厩の人たちはぼくのために精一杯やってくれたと思う。次の朝、スキナーが獣医さんといっしょにぼくのようすを見にきた。獣医さんはぼくの体をくま

日が暮れるころには、なんとか歩けるくらいに回復して、スキナーの厩まで引かれて帰った。

なく調べたあとで、言った。

「これは、病気じゃなくて、働かせすぎだね。半年ほど放牧してやれば、また働けるようになる。だが、今は一オンスの力だって残っちゃいない」

「なら、犬の餌にするしかないな。病気の馬を養うような牧草地なんて、持っちゃいないよ。治るかどうかもわからねえっていうのに。そういうのは、おれのやり方には合わねえ。とにかく働けなくなるまで働かせて、あとは売れるだけの値で廃馬解体業者かどこかに売るのさ」

「呼吸器がやられてるなら、すぐにでも殺してやったほうがいいだろうが、そうじゃない。ちょうど十日ほどで、馬の市が開かれる。たっぷり餌をやって休ませてやれば、少なくとも馬の皮よりは高く売れるだろう」

それを聞いて、スキナーはたぶん渋々だったと思うけれど、ぼくにたくさん餌をやってよく面倒を見るように命じた。ありがたいことに、馬丁は、スキナーが考えていたよりもはるかに熱心にその命令を実行したので、ぼくは十日間まるまる休み、ゆでた亜麻仁を混ぜたカラスムギや干し草やふすまのおかゆをたっぷりともらった。ほかのなにをするよりも、それが一番ぼくの体によかったのだ。亜麻仁のおかゆはとてもおいしかったので、結局のところ、ぼくも犬の餌になるよりは生きているほうがいいと思うようになった。事故が起こってから十二日目に、ぼくはロンドンから数キロいったところで開かれる市へ連れていかれた。どんなことになるにしろ、今よりはましにちがいないと思い、ぼくは頭を高く掲げ、うまくいくことを願った。

第48章　サーロウグッドと孫のウィリー

市へいくと、とうぜんのことながら、ぼくは体の弱った老馬たちと並べられた。脚を引きずっている馬もいれば、年老いた馬や、撃ち殺してやるのが情けではないかと思うような馬もいた。

買い手と売り手も、彼らが売り買いしている馬たちとたいして変わらないようすの者が多かった。薪や石炭を運ぶのに馬かポニーを数ポンドで買おうとしている貧しい老人たちや、精も根も尽き果てた馬を、殺してまるまる損をするよりは売って、二、三ポンドでも手に入れようという人々もいた。中には、貧しくつらい日々のために心が頑なになってしまった者たちもいる一方で、ぼくの最後の力を振り絞ってでも仕えたいと思うような人間もいた。貧しくみすぼらしいなりをしていても、信頼できる声と人間らしいやさしさを失っていない人が。一人、よろよろとやってきたおじいさんがいて、ぼくに関心を持ってくれたようすで、ぼくのほうもおじいさんに好意を抱いたのだけど、ぼくにはもうおじいさんが求めているような力がなかった。不安でしかたなかった！　そんなとき、もっといい馬たちが売られているあたりから、農場主らしき男の人が小さな男の子を連れてやってきた。血色のいい顔はやさしそうで、大きな背中を丸めるようにして、つば広の帽子をかぶっている。男の人はこちらまでくると、立ち止まって、あわれむようにぼくたちを見た。そして、ぼくに目を止めた。ぼくは今もふさふさとしているたてがみと尻尾のおかげで、いくらか見栄えがよかった。ぼくも耳をピクリとさせて、男の人を見た。

「ほら、ウィリー、この馬は、まえはいい暮らしをしていた馬だぞ」

「かわいそうに！　ねえ、おじいちゃん、むかしは馬車を引いていたのかな？」

「ああ、そうだな！」男の人はさらに近づいてきた。「若いときはかなりの馬だったんじゃないかな。鼻の穴と耳を見てごらん。首や肩の形もいい。立派な血統を感じさせるところがたくさんあるよ」男の人は手を伸ばし、ぼくの首をやさしくたたいた。ぼくは鼻をそちらへ伸ばして、それに応えた。男の子はぼくの顔をなでてくれた。

「あーあ、かわいそうだなあ！　見てよ、おじいちゃん。この馬はやさしくされてるのがちゃんとわかってるんだよ。この馬を買って、もう一度若くしてあげられないの？　レディバードのときみたいにさ」

「おい、ぼうず、いくらわしでも、年取った馬をみんな若返らせることはできないよ。それに、レディバードはそこまで年取っていたわけじゃない。こき使われて、弱っていたんだよ」

「でも、おじいちゃん、この馬だってそんな年寄りじゃないよ。見てよ、このたてがみと尻尾。ねえ、口の中を見てみてよ。そしたら、わかるよ。ずいぶんと痩せてるけど、目だって、ほかの年寄り馬みたいに落ちくぼんでないでしょ」

農場主のおじいさんは笑った。「まったくおまえときたら！　おまえはおじいちゃんに負けず劣らず馬好きだな」

「いいから、口の中を見てやってよ。値段をきいて。ぼくたちの牧場にきたら、ぜったいに若返るから」

ぼくを市に連れてきた男が口をはさんだ。

「お若い坊ちゃんはよくわかってらっしゃる。実際のところ、この馬は、辻馬車屋で働かされすぎて弱っちまっただけなんですよ。年取っちゃいません。獣医の先生がおっしゃるには、半年ほど放牧してやりゃあ、元気になるそうです。呼吸器がやられてるわけじゃないからって。この十日間ってもの、こいつの世話をしてきたんですが、これまでお目にかかったことがないほど気立てのいい感心なやつですよ。五ポンドを払う価値はありますよ。こいつにチャンスをやってください。来年の春には二十ポンドの馬になってるって、請け合います」

農場主は笑い、小さな男の子は勢いこんで祖父を見あげた。

「ああ、おじいちゃん、このあいだの仔馬は思ったより五ポンド高く売れたって言ってたよね？　この馬を買っても、お金がなくなるわけじゃないよ」

農場主はぼくの脚をゆっくりとさすった。脚はひどく腫れて、つっぱっていた。それから、ぼくの口の中を見た。「十三か十四歳といったところだろうな。ちょっと歩かせてみてくれんか？」

　ぼくは痩せこけた首をぐっと反らし、しっぽを軽くあげて、すっかり固くなった脚を精一杯勢いよく前に出した。

「最低価格はいくらだね？」ぼくがもどってくると、農場主はたずねた。

「五ポンドです、だんな。それが、親方に決められた最低価格なんで」

「博打だな」農場主は首を振ったけれど、そうしながらもおもむろに財布を取り出した。「まったく博打だよ！　きみはこのあとも仕事があるのかね？」農場主のおじいさんはソブリン金貨を数えながら男の手に落としつつたずねた。

「ありませんよ。よろしければ、だんなの宿までこいつを連れていきましょうか？」

「お願いするよ。ちょうどこちらも宿にもどるところだから」

　おじいさんと孫が先を歩き、ぼくはうしろから引かれていった。男の子は喜びを隠し切れないようすで、おじいさんも孫の喜ぶようすを面白がっているようだった。宿に着くと、ぼくはいい餌をもらい、新しいご主人の使用人がぼくにまたがってゆっくりと家へむかった。新しい住みかは、広々とした牧草地で、すみに小屋がひとつ建っていた。

ぼくの恩人となった人は、サーロウグッドさんといった。サーロウグッドさんは、ぼくに朝晩、干し草とカラスムギを与え、日中は牧草地に放し飼いにするように指示した。そして、孫にむかって言った。「いいか、ウィリー、この馬のことをよく見てやるんだぞ。この馬のことはおまえに任せるから」

ウィリーは誇らしげなようすで、自分に与えられた役目を真剣にこなした。一日も欠かさずぼくのところへやってきて、ほかの馬たちの中からぼくだけにニンジンやちょっとした食べ物をくれたり、ぼくがカラスムギを食べている横にじっと立っていることもあった。かならずやさしい言葉をかけたりなでたりしてくれたから、とうぜん、ぼくはウィリーのことが大好きになった。ウィリーはぼくのことをむかしなじみの友と呼んだ。ウィリーが牧草地にくると、ぼくはそちらへいって、ついて回るようになった。たまに祖父のサーロウグッドさんもいっしょにきては、ぼくの脚をじっくりと調べた。

「ここからが力の入れどころだぞ、ウィリー。じわじわとよくなってるからな、春にはだいぶ変わるんじゃないかな」

たっぷりと休み、いい餌を食べ、やわらかい芝の上でじゅうぶんな運動をしているうちに、ぼくの体調にも変化が見えはじめ、心のほうも元気になってきた。ぼくはお母さんからしっかりした体格を受け継いでいたし、仔馬のころに負担をかけられずに育ったので、成馬になるまえに働かせられたような馬たちより回復する力があったんだと思う。冬のあいだに脚はだいぶよくなって、ぼくはまた若馬のような気持ちになった。こうして春になり、五月のある日、サーロウグッドさんはぼくに幌なしの四輪馬車を引かせてみることにした。ぼくはうれしくてたまらず、サーロウグッドさんとウィリーを乗せて何キロか走った。今では脚のこわばりもとれ、ぼくは楽々と馬車を引くことができた。

「こいつは若返ってるな、ウィリー。まずは軽い仕事をさせよう。夏も盛りになるころには、レディバードくらいになっているだろう。この馬は実にすばらしい口と歩様をしている。これ以上はなかなか望めんくらいだ」

「やった、おじいちゃん。おじいちゃんがこの馬を買ってくれて、本当にうれしいよ！」

「わしもだよ、ぼうず。むしろわしよりもおまえに、この馬は感謝しなけりゃならんな。さてと、こいつのために静かで品のいいところを探してやらんとな。この馬を大事にしてくれるような家を探そう」

第49章　終の住みか

夏のある日、馬丁が特別念入りにぼくの体をきれいにして、ブラシをかけたので、なにか新しいことが起ころうとしているんだな、とぼくは思った。馬丁はぼくの蹴爪の形を整え、脚の毛を刈ってそろえると、蹄をさっとタールブラシでこすり、前髪まできちんとわけた。馬具もふだんよりさらにピカピカに磨かれているようだった。ウィリーは不安半分、喜び半分といったようすで、祖父と二輪馬車に乗りこんだ。

「あそこのご婦人方が気に入れば、この馬はぴったりだし、この馬にとってもご婦人方はぴったりだ。とにかく試してみよう」

村から一キロか二キロほど走ると、美しい平屋が現われた。前庭には芝生と植えこみがあり、玄関まで私道がつづいている。ウィリーがベルを鳴らし、ブルームフィールドお嬢さまかエレンお嬢さまはいらっしゃいますかとたずねた。二人ともいるとわかったので、ウィリーはぼくと外で待ち、サーロウグッドさんが家の中に入っていった。十分ほどすると、サーロウグッドさんは三人のご婦人を連れてもどってきた。背が高くて青白い顔をした女の人は白いショールにくるまって、年下の女の人に寄りかかっている。その人は黒い目に明るい顔をしていた。三人目は威厳のあるようすの人で、この人がブルームフィールドお嬢さまだった。三人はぼくのところにきて、いろいろな質問をした。年下の女の人（この方がエレンお嬢さまだった）は、すっかりぼくのことが気に入ったようすだった。わたし、絶対この馬が好きになるわ、だってとてもいい顔をしているもの、とエレンお嬢さまが言うと、背の高い、顔の青白い女の人は、一度倒れたことのある馬に馬車を引かせたらいつもびくびくすることになりそうだと言った。またぼくは倒れるかもしれないし、そんなことになったら、二度と恐怖から立ち直れないと、青白い顔の女の人は言った。

すると、サーロウグッドさんが言った。「お嬢さま方、最上の馬でも、御者の不注意のせいでひざを痛めることは少なくないのです。馬にはまったく責任がないというのに。わたしが見たところでは、この馬の場合はまさにそのケースだと思われます。ですが、もちろん、無理にお勧めするつもりはありません。もしよろしければ、試しに使ってみたらどうでしょう。それから、お宅の御者がどう思うか、確かめてみるのでは？」

威厳のある女の人が言った。「サーロウグッドさんは、うちの馬のことについてはこれまでもずっといろいろ教えてくださっていましたから、サーロウグッドさんがお勧めだというのなら、信頼できますわ。妹のラヴィニアがいいと言うのなら、おっしゃる通り、ありがたく試しに使ってみましょう」

こうして、次の日にぼくをここへよこす手筈が整えられた。

次の朝、洗練されたようすの若者がぼくを連れにきた。最初はとても満足そうだったけれど、ぼくのひざを見たとたん、がっかりした声で言った。

「うちのお嬢さま方に、あなたがこんな傷のある馬を勧めるとは思いませんでしたよ」

「『見目より心』と言うだろう」ご主人は言った。「まずは試しに使ってみるだけのはず。ちゃんとやってくれるよな。その上で、これまできみが御してきた馬と比べてこいつが安全じゃないということになったら、送り返してくれればいい」

ぼくは新しい住みかとなる、居心地のいい厩舎へ連れていかれた。餌をくれると、若者はぼくを置いて出ていった。次の日、若者はぼくの顔をきれいにしながら言った。

「ひたいの星はブラックビューティについていたのと、そっくりだな。背の高さも同じくらいだ。ブラックビューティは今ごろどこにいるんだろうな」

そうやってぼくの体をきれいにしていくうちに、首の、前に血を取ったところに行き当たった。皮膚に小さなこぶが残っていたのだ。若い馬丁は仰天したようすで、ぼくの体をすみずみまで調べ始めた。

「ひたいに白い星、白い右脚。同じ場所にある小さなこぶ」若者はひとり言を言いながら、ぼくの背中の真ん中に目を止めた。「うそだろ、あの白い毛まである。ジョンが『ビューティの三ペンス銀貨』って呼んでたやつだ。こいつはブラックビューティにちがいない！　すごいぞ、ビューティ！　ビューティだろ！　ぼくがわかるか？

チビのジョー・グリーンだよ！　おまえをもう少しで殺してしまうところだったジョーだ」そして、うれしくてたまらないといったようすでぼくをぽんぽんとたたきはじめた。

ジョーのことがすぐにわかったとは言えない。というのも、今ではすっかり立派な大人になって、黒いひげを生やし、声も大人の声になっていたからだ。でも、ぼくがブラックビューティだと見抜いてくれたことや、あのジョー・グリーンだというのは、わかったので、ぼくもとてもうれしかった。ぼくはジョーのほうへ鼻づらを突き出し、友だちだということを伝えようとした。こんなうれしそうにしている人間は見たことがなかった。

「おまえのことをちゃんと試せって⁉　もちろんだよ！　おまえの膝をこんなふうにした悪党はどこのどいつだ⁉　どこかでひどい使われ方をしたんだろうな。よしよし、これからは幸せにしてやるからな、おれが責任を持つ。ジョン・マンリーがここにいたらなあ！」

その日の午後、ぼくは低いパークチェアを引いて、玄関へまわった。エレンお嬢さまが試しにぼくを御することになっている。ジョーもいっしょにきた。すぐに、エレンお嬢さまはいい御者だということがわかった。それに、お嬢さまはぼくの歩様を気に入ったみたいだった。ジョーがぼくのことをお嬢さまに話しているのが聞こえた。ぼくはゴードン卿のところで飼われていた「ブラックビューティ」に間違いないと、ジョーは言っていた。

ぼくたちがもどってくると、お姉さま方も出てきて、ぼくのようすをたずねた。エレンお嬢さまはジョーから聞いた話をして、言った。

「ゴードンさんの奥さまに手紙を書いて、奥さまのお気に入りだった馬がうちにきたことをお知らせしなきゃ。きっとお喜びになるわ！」

それからあと、ぼくは一週間ほど毎日、馬車を引いた。どうやら安全らしいということになると、とうとうラヴィニアお嬢さまも意を決して小さな箱馬車で出かけた。そして、このままぼくを飼うことが決まり、ぼくはまたむかしのように「ブラックビューティ」と呼ばれることになった。

ぼくたちがもどってくると、お姉さま方も出てきて、ぼくのようすをたずねた。

もう、この家で幸せに暮らすようになって丸一年がたつ。ジョーはだれよりも腕のいい、やさしい馬丁だ。仕事は楽で楽しく、むかしの力と元気がもどってきたような気がする。このあいだ、サーロウグッドさんがジョーに言っていた。

「おまえさんのところなら、ビューティは二十歳まで生きるだろうよ。いや、もっと長生きするかもしれん」

ウィリーはいつもぼくに話しかけて、特別な友だちとして扱ってくれる。お嬢さま方は、ぼくのことはぜったいに売らないと約束してくれた。だからもう、ぼくにはなんの心配もない。ここで、ぼくの物語は終わる。ぼくの苦しみはすべて終わり、終の住みかを手に入れた。ときどき、目が覚めたばかりのときなど、自分がまだあのバートウィック屋敷の果樹園にいるような気がすることがある。むかしの友だちといっしょに、あのリンゴの木の下に。

HIC JACET
FINIS

解説

三辺律子

『黒馬物語』は、作者アンナ・シューウェルの唯一の作品である。アンナは一八二〇年三月三〇日に英国ノーフォークで生まれた。『黒馬物語』が発表されたのは、アンナが五七歳だった一八七七年で、その五カ月後の一八七八年四月二五日に彼女は亡くなっている。しかし、一八七一年から一八七七年にかけて書かれた『黒馬物語』は、発売直後からベストセラーになったから、「目指していたのは、馬に対するやさしさ、同情心、理解ある扱いを促すこと」だと言っていたアンナも満足だったはずだ。

実際、この本が発売されると、馬の扱いへの関心が飛躍的に高まり、作品内でたびたび言及されていた「止め手綱」の禁止へとつながった。すでにブラックビューティやジンジャーが止め手綱に苦しむ真に迫った描写を読まれた読者は、この物語が現実社会を変革するほどの影響力を持ったと聞いても、なんの不思議も感じないだろう。特に産業革命以後、馬は移動や運搬、農耕、狩りといったスポーツ（本書でもウサギ狩りのようすが描かれている）、そして戦争（元軍馬のキャプテンはクリミア戦争を経験している）など、社会においてさまざまな役割を担うようになっていた。馬なしでは社会は機能しなかったのだ。『黒馬物語』は、そうした中で酷使される馬たちに目を向けさせるきっかけとなった。

今も、一冊の本が社会を変えるきっかけになることは、あるだろう。繰り返されてきた焚書の歴史は、裏返せば、本の力の証でもある。最近では、アメリカの公共図書館で（主に保守派による）禁書（ブックバン）が広がっているというニュースも目にする。しかし、まだメディアの種類が限られていたヴィクトリア朝時代において、本の持つ力は今とは比べ物にならないほど大きかった。

一八三八年に雑誌連載をまとめた三巻本として出版された『オリバー・ツイスト』は、作者のディケンズが、新救貧法に対する批判として書きはじめたものだ。児童労働や孤児院の実態を告発するこの作品は、当時の人々の心を揺さぶり、貧困層の現状へ目を開かせ、社会改革を促すきっかけとなった。一八六三年出版のキングスレイの『水の子』では、主人公の貧しい少年トムの暮らす劣悪な状況が描かれ、煙突掃除労働に従事する児童に対する非人道的な扱いに社会が関心を向けるきっかけとなった。

アンナが七年近くかけて「告発の本」を書くほど馬を愛した理由のひとつは、彼女が生きる上で馬という存在が欠かせなかったからだろう。アンナは一四歳の時、学校帰りに足首を痛めたのをきっかけに、徐々に歩行に困難をきたすようになった。それまでは活発な少女だったというアンナだが、以来、運動能力が大きく制限されることになる（物語中で、ブラックビューティも脚に大きな傷を負ったことと重ねずにはいられない）。三〇代半ばになると、自力で歩くことができなくなったため、それから後、ポニーの引く馬車が彼女の大切な移動手段となった。当時、アンナは二歳年下の弟フィリップの家の近くで暮らしていた。弟の妻が七人の子どもを残して亡くなると、未婚だったアンナは甥や姪たちの世話をするため、ノーフォーク郊外のオールド・キャットンの弟の家に移り住んだ。この家で飼われていたベスという黒い毛のポニーが、ブラックビューティの造型に一役買ったことは、まちがいない。

また、アンナの一家は敬虔なクエーカー教徒であった。イギリスは比較的早くから動物愛護の精神が生まれた国で、一八二二年にマーチン法と呼ばれる「家畜の虐待及び不当な取り扱いを防止する法律」が制定された。これは、一八三五年に改正されるが、それに尽力したのは、クエーカー教徒でありＲＳＰＣＡ（王立動物虐待防止協会、一八二四年設立）のジョセフ・ピーズだった。一八四九年には動物を虐待した者には、罰金、または懲役刑が科されることになる。作品中で、荷馬をさんざん鞭打っていた御者がジョーの証言で刑に服することになったり、馬が叩かれているのを見て紳士が「すぐさまやめないと、おまえを逮捕させるぞ。馬を放っておいた上に、残酷な仕打ちをしたかどでな」と言ったりするのは、こうした法律があったからなのだ。

また老馬のサー・オリヴァーが、しっぽや耳を「流行」のために切られた仔犬たちの話を聞かせ（サー・オリヴァー自身も「流行」のためにしっぽを切られているのだ）、「あたかも、われわれを創りたもうた神が、われわれにはなにが必要で、どんな姿が望ましいか、わかってらっしゃらないとでもいうように！」と言うが、これはまさにアンナ自身の信仰の表れと言っていいだろう。

この流行については、ジーナ・マレーネ・ドレが「馬とコルセット」という論文で面白い指摘をしている。『黒馬物語』では、流行のためにしっぽを切られたり、止め手綱で頭を高くあげられたり、馬たちの見栄えをやたら気にする人間たちの様子が描かれるが（W伯爵夫人など、その典型だろう）、それはまさにコルセットで体を締めつけられていた当時の女性が置かれていた状況と同じだというのだ。その結果、健康を著しく害するところも共通している。ヴィクトリア朝時代の小説に出てくる馬の描写を追うことで、当時のジェンダーやセクシュアリティを浮き彫りにするドレの考察は、非常に興味深い。

ほかにも、エイドリアン・ギャヴィンのように、『黒馬物語』をアンナの人生の物語として読み解き、ヴィクトリア朝時代に女性としてさまざまな不自由を強いられてきたアンナは「自伝的小説の中で、ようやく自分自身を表現することができたのだ[ii]」とする批評家もいる。

馬に対する虐待を人間に対するそれと重ね合わせる読みを考える上で、もうひとつ忘れてはならない論点がある。

アメリカに最初に持ち込まれたのは、『黒馬物語』の海賊版だった。アメリカにおける動物保護運動のパイオニアともいうべきジョージ・エンジェルが、一八九〇年、ある読者から送られてきたものを大量に印刷、啓発本として御者や厩務員に配ったのだ。前書きには、『アンクル・トムの小屋』が奴隷制度に果たしたのと同じ役割を、『黒馬物語』が動物愛護にもたらすことを期待する、とある。実際、一八九〇年に、American Humane Education Society が出版した版のタイトルは、*Black Beauty, His Groom* and Companions. The "Uncle Tom's Cabin of the Horse" (ブラックビューティ、その馬丁や仲間たち 馬版『アンクル・トムの小屋』) となっている。

タイトルに馬と人間の奴隷をこんなふうに並べるのは、現代の感覚からいってあまりにも乱暴に思える。だが、当時から現代にいたるまで、『黒馬物語』の馬たちと黒人奴隷を結びつける読み方は一定数存在する。例えば、アパルトヘイト時代の南アフリカでは、「ブラック」と「ビューティ」という言葉から、物語が黒人女性の話であるという連想を誘い、発禁処分になったという。現代でもピーター・ストーンリーの興味深い論考のように、『黒馬物語』と『アンクル・トムの小屋』を並べて論じ、白人(女性)作家が黒人の身体に対し抱いているイメージをあぶり出すものもある。iii

ブラックビューティのモデルが、アンナの愛馬で黒馬のベスだったことを思えば、イギリス人だったアンナがどれだけ意識したか(もしくは、どれだけ無意識のうちに意識していたか)は今となってはわからない。あくまでアンナの意図は動物愛護だったが、一方で、作者(時代)の〝無意識〟と作品は完全に切り離せないことも確かだ。

その場合、一部の批評にあるように、単純にブラックビューティたちと奴隷を重ね、これを反奴隷主義のテキストとすることには違和感を抱かざるをえないことは、ここで付け加えておく。物語中の馬たちは、いい主人にしろ、悪い主人にしろ、「人間に飼われる＝主人がいる」ことが前提なのだから。そもそも『アンクル・トムの小屋』自体が現代において、さまざまな批判にさらされているのは、周知の事実だ。

このように、『黒馬物語』の評論・批評に目を通すにつれ、ブラックビューティが女性、奴隷、労働者、子ども、アンナ自身など、多くのアイデンティティを背負わされてきたことが実感される。

さて、ここまで書いてきたとおり、アンナ自身は『黒馬物語』を児童書として書いたわけではない。今でこそ、約五〇カ国語で四〇〇版以上、五〇〇〇万部以上が売れていると言われる児童書の古典だが、当初は子ども向けではなく、馬に携わる人々、つまり大人を読者として想定していた。

そう考えると、物語中で何度も労働者の実態や権利について触れられているのも納得できる。たとえば、ジェリーが日曜日には働かないと決めていることから、ほかの辻馬車の御者たちと働き方談議になる場面があるが、これはアンナが実際に御者から聞いた話がもとになっている。「馬車馬のことを考えると、自然と、御者のことを考えることになり、そうなると、できるなら彼らの置かれた状況や困難について、正しく効果的に伝えたいと思わずにはいられません」[iv]と、アンナは言っていたという。馬を借りて辻馬車業を営むおんぼろサムの話などは、現在のギグワーカーを彷彿させる。生活費分を稼げなかろうが、病気になって働けなくなろうが、すべて自己責任だ。結果、サムは日曜日に一度も休めないまま、あっけなく人生を終えることになる。ジェリーが週に一度の休みを確保するために、得意客を失いかけるエピソードや、凍えるような寒さの中、何時間も待たされる描写からは、労働者の置かれた立場の弱さをひしひしと感じられる。繁栄を極める大英帝国の陰で苦しい立場に置かれていた人々や馬の状況は、現代に生きるわたしたちにも他人事(ひとごと)として片付けられないものがある。

　アンナが、労働者階級の立場を慮(おもんぱか)り、深い関心を寄せていたのには、彼女の信仰も関係しているだろう。

「残酷な行いやまちがった行為を見ても、それを止める力があるのになにもしなければ、そうした行為をしたのと罪の重さは同じだ。それが、わたしの信条なんだよ」

ブラックビューティの引く馬車に乗った紳士は言うが、これはまさにアンナの信条だろう。物語中に止め手綱をつけたまま坂道を上らされ、あえぐブラックビューティに救いの手を差し伸べる婦人が登場するが、児童文学評論家のピーター・ホリンデールが想像しているとおり、アンナ自身の姿にちがいない。

クエーカー教の戒律は飲酒を禁じているが、確かに、『黒馬物語』には酒のもたらす害悪についてのエピソードも多い。馬丁のルーベンは仕事もでき、人柄もいいのに、酒を飲むと一変してしまう。そのせいで、身を滅ぼし、妻子は路頭に迷うことになる。ふだんは人格者のグラント親方も「お酒を飲みすぎたときなど、強烈な一発が飛んでくることがある」。ジェリーに「一度、二日ほど酒を断ったことがあるんだが、死んだほうがましだと思ったよ」と告白したりするのだ。酔ったせいで乱暴な言動をとる御者や馬丁は山ほど登場する。

また、もともと平和・反戦活動を旨とするクエーカー教だが、元軍馬のキャプテンがブラックビューティの質問に答えてつぶやくこのセリフは、アンナ自身が戦争の不条理性に対して抱いていた想いではないだろうか。現代のわたしたちの心にも強く訴えかける。

「人間たちはなんのために戦うんです？」

「わしは知らんよ。馬にはわからないことさ。だが、敵というのはよほど悪い連中なんだろうな。わざわざ海を渡ってはるばる殺しにいくくらいなんだから」

こうした道徳的な教訓を多く含んでおり、そしてなにより、多くの批評家が認めるように動物の一人称で語られる形式を初めて成功させた作品である本書が、児童書として読まれるようになるのは必然だっただろう。また、アンナの母親メアリー・ライト・シューウェルは、児童小説を何冊か書いており（代表作は *Mother's Last Word*、*Thy Poor Brother* など）、衰弱して書くこともままならなくなった娘のために口述筆記も引き受けたという。アンナは生涯、母と共に暮らしており、その影響は大きかったにちがいない。

言葉を話す動物は、子ども向けの本の世界ではおなじみだ。古くは寓話として子どもたちに親しまれ、児童文学誕生の地であるイギリスでは（といっても、あくまで西欧を中心とした文学史であるが）、一八世紀の中ごろから子ども向けの本が流通するようになり、中でも動物の登場する本はひときわ存在感を放っていた。子ども向けの本は面白くなくてはならないと考えたジョン・ニューベリーは、『くつ二つさんの物語』（一七六五年）で主人公の少女を助ける存在としてさまざまな生き物を登場させた。一方、本は子どもを教え導くためのものだと考えていたトリマー夫人は、『コマドリ物語』（一七八六年）で、人間の子どもに道徳を説いて聞かせるコマドリを登場させている。

こうした伝統は脈々と受け継がれ、アーネスト・シートンによる『シートン動物記』など実際の動物の生態に比較的忠実に描かれたものから、ケネス・グレアムの『楽しい川辺』のように、姿かたちは動物でも言動はほとんど人間に近い者たちを描いた作品、そして、『ウォーターシップ・ダウンのうさぎたち』（リチャード・アダムス）や「ドリトル先生」シリーズ（ヒュー・ロフティング）といった、そのあいだに位置する無数の動物物語が存在する。ちなみに、ロフティングは第一次世界大戦の戦場で負傷した軍用馬が治療も受けられずに射殺されるさまを見て、動物の言葉を話せる医者というアイデアを思いついたという。

そうした動物物語の中でも、アンナ・シューウェルの『黒馬物語』はもっとも広く読まれている作品のひとつと言っていいだろう。映像化作品も十以上あり、最近でも、二〇二〇年にケイト・ウィンスレットがブラックビューティの声で出演している版が作られている。この光文社古典新訳文庫版で、ブラックビューティ・ファンを少しでも増やすことができたら、とてもうれしく思う。

---

i　Dorré, Gina M. *Victorian fiction and the cult of the horse*, Ashgate Publishing, Ltd.（2006）

ii　Gavin, Adrienne E. "The Autobiography of a Horse?: Reading Anna Sewell's Black Beauty as Autobiography," *Representing Victorian Lives*, Trinity and All Saints, Leeds Centre for Victorian Studies（1999）.

iii　Stoneley, Peter, "Sentimental Emasculations: Uncle Tom's Cabin and Black Beauty", *Nineteenth–Century Literature*, Vol. 54, No. 1 (Jun., 1999), University of California Press

iv　Collins, Paul. "You and Your Dumb Friends: How Autobiographies of Animals and Inanimate Objects Reveal the Human Capacity for Empathy and Decency."（2004）

v　Hollindale, Peter "Plain Speaking: Black Beauty as a Quaker Text." *Children's Literature* 28, Johns Hopkins University Press（2000）

アンナ・シューウェル年譜

一八二〇年

三月三〇日　ノーフォーク州グレート・ヤーマスで敬虔なクエーカー教徒の家庭に生まれる。

父はアイザック・フィリップ・シューウェル（一七九三―一八七九）、母はメアリー・ライト・シューウェル（一七九七―一八八四）。

一八二二年　二歳

弟のフィリップが生まれる。

父親が営んでいた小さな商店が失敗し、一家はロンドンのダルストンへ。

当時のロンドンの環境は劣悪で、アンナの母はあらゆる機会をとらえて、アンナと弟のフィリップをノリッジ近郊のバクストンにあるアンナの母方の祖父母の家に行かせた。自由と田園風景に恵まれた、アンナにとってもっとも幸せな時期だった。姉弟そろって乗馬を習う。

一八三二年　一二歳

一家はストーク・ニューイントンに移り住み、アンナは初めて学校に通う。

一八三四年　一四歳

転倒して足首に重傷を負う。以後、生涯にわたり歩行に困難を伴う。

一八三六年　一六歳
アンナの病気療養のため父親はブライトンで仕事を始める。アンナは母親の教会の活動を手伝うなどして過ごす。子ども向けの聖書の編集や、労働者クラブ（Working Men's Clubs）の設立にも携わった。

一八四〇年　二〇歳
母のいとこエマ・クロウリーと共にクロイドン（ロンドン南部）に滞在。たびたびポニーに乗り、馬のもたらす〝自由〟を楽しむ。

一八四一年〜四三年　二一歳〜二三歳
各地のスパにたびたび療養へ。親戚にあたるアン・ライトはやはり体が弱く、彼女との交流はアンナをなぐさめた。

一八四五年　二五歳
静かな地を望む母の意向もあり、一家はウェストサセックスのランシングへ。

一八四六年　二六歳
健康状態が悪化し、治療のためにヨーロッパへ。ドイツやベルギーのスパを回る。

一八四九年　二九歳
弟のフィリップ結婚。

一八五〇年　三〇歳
初の姪となるメアリー・グレイス生まれる。

一八五二年　三二歳
フィリップが仕事で、妻サラと共にス

ペインへ移住。

一八五三年　三三歳
祖父亡くなる。

一八五八年　三八歳
一家はイギリスへもどり、サウスグロスタシャーの小さな村アブソンへ。

一八六四年　四四歳
一家はサマセットのバースへ。

一八六五年　四五歳
父アイザック、銀行を解雇される。

一八六六年　四六歳
一二月、フィリップの妻サラが亡くなる。

一八六七年　四七歳
フィリップは、妻の死後、健康状態が悪化。残された七人の子どもの面倒を見るために、一家はノーフォークのノリッジ市郊外の村オールド・キャットンへ。一家の暮らした家の向かいには、サミュエル・ガーニー・バクストン鹿公園があり、馬も放牧されていた。家の裏からは、セント・マーガレット教会が見えた。当時、オールド・キャットンは人口六五〇人ほどの小さな村だった。

一八七一年　五一歳
三月、自宅療養となり、医師から余命一八カ月と宣告される。もう馬車には乗れないとわかり、ポニーと馬車をバクストン少年院に寄贈。
『黒馬物語』を書きはじめる。病状が悪化すると、母親が口述筆記を引き受けるようになる。

一八七七年　五七歳

一一月二四日、ノリッジの出版社 Jarrolds に原稿を売却。

一二月、『黒馬物語』出版。

一八七八年　五八歳

四月二五日、他界。

訳者あとがき

わたしは子どものころ、乗馬を習っていた。というと、お嬢さまの習い事ふうのイメージがあるかもしれないが、父親がかつて馬術部だったため、馬に乗るつてがあったというだけだ。とはいえ、当時としてはなかなかハードルの高い習い事に挑戦したくなったのは、言うまでもなく『黒馬物語』の影響だった。「ぼくたちの口はとても敏感だから（中略）、御者や乗り手がほんのわずかに手を動かすだけで、すぐになにを求められているかを感じることができる」という一文になぜかものすごく痺れたのを覚えている。今回訳すときも、「ああ、ここ、ここ！」と妙にうれしかったほどだ。深い感銘を受けた小学生のわたしは、馬に乗るときは絶対に手綱を乱暴に動かしたりしない！　とか、調教するときはやさしく丁寧にするぞ！とか、ブラシは完璧にかけてつやつやにしてあげるんだ！　などと、あれこれ夢を思い描いた。

もちろん現実には、調教師になんてなれるわけがないし、手綱をどうこうするという問題以前に、馬になめられて、いくらわき腹を蹴ってものろのろとしか歩いてもらえなかった。馬というのは、乗り手の技量を瞬時に感じるらしく、わたしのようなへたくそな子どもが乗ると、馬場を回るときの円がどんどん小さくなっていく。少しでもエネルギーを節約しようということらしい。しかも、ちょっと油断するとすぐ、勝手に厩舎へもどろうとするのだ。そんなときは、コーチがわたしに鞭を渡してくれる。使えという意味ではない。鞭を持つだけで、馬はとたんに馬場を大回りしはじめるからだ（使わないとわかると、またすぐに小回りになったけれど）。馬ってなんて賢いんだろうと、そこだけは『黒馬物語』で知った世界を垣間見た気分になれた。

というわけで、子どものころは、そうした馬の生態や世話の仕方（子どもというのは、生き物の飼い方を読んだり見たりするのが好きな気がする）、馬車や馬具の種類といった馬にまつわるあれこれを楽しんで読んでいた。また、解説にも書いたような道徳的な側面にも深く引きつけられた。動物にはやさしくしなければならないこと、いばるのはみっともないこと、弱い者の味方になること、まちがっていると思ったら行動を起こさなければならないこと。どれも、子どものころは、当然できるようになると信じていた。大人になってみると、途方もなく難しいことだとわかったけれど。

大人になって読み直し、一番驚いたのは、労働者の処遇や権利についてけっこうなページが割かれていたことだ。おんぼろサムが一日の収入と経費を計算してみせる箇所など、リアリティがあって、引き込まれる。「日曜日に働いてる連中が一日休みをくれってストライキをすりゃあ、それでことはすむんだ」というジェリーのセリフは、そのまま現代にあてはめたいくらいだ。肉屋の息子の嘆き「とにかくいつも早く、早く、早く、だ。金持ち連中がまえもってなにがいるのかを考えて、前の日に注文してくれりゃ、こんなふうにぼろくそ言われなくてすむんだよ！」も、注文すれば翌日に届くネットサービスを当然と思う（そして、それを支える流通・運送業になかなか思いが至らない）現代人には耳が痛い。

また、本書は、虐待される者とする者との関係を描いたテキストでもあるが、そこにジェンダーを重ねて読むことも容易だろう。解説でも紹介したジーナ・マレーネ・ドレは、第2章の「狩り」で男たちに狩られる野ウサギに、シューウェルは意図的に「she」の人称を与えたのだと言っている。その真偽のほどはどうであれ、馬たちが見た目の美しさを要求され、それが損なわれると、膝に傷跡が残ったブラックビューティのように必要とされなくなったり、コルセットを連想させる止め手綱で健康を害してまで美しさを強調させられたりする(しかも、その美の基準は支配者である人間が決めたものだ)部分を読むと、ドレの指摘にもうなずかざるをえない。そこまで象徴的に読まなくても、赤ん坊のころから馬に乗っているという「申し分のない乗り手」であるアンお嬢さまが、暴走する馬を止めることができず落馬するのは、横鞍(馬に横向きに乗ることができる、婦人用の鞍)のせいもあるだろう。当時、女性が脚を開いて馬にまたがるなど、言語道断だった。そのため、横鞍が考案されたわけだが、とうぜん男性用の鞍より不安定だったのだ。

ほかにも、子どものころは気づかなかったこととして、黒という色を人間の肌の色と結びつける読みの可能性が挙げられる。単純に、反奴隷制のテキストとして読む向きもあるが、わたしとしては、それには抵抗感を持たずにはいられない。(これも解説で触れたが)『アンクル・トムの小屋』を単純な奴隷反対のテキストとして読めないのと同じだ。ウォーラー・ヘイスティングス教授(ノーザン州立大学)が指摘しているとおり、従順なブラックビューティに対し、ジンジャーの反抗的な態度は好ましくないものとして描かれているが、それは当時の社会が抱いていた反乱に対する無意識の怖れを反映しているのかもしれない（でも、ブラックビューティはそんなジンジャーに「むかしは、そんなふうにこき使われたら、闘ってたじゃないか」とエールを送るのだが！）。そうした側面をまったく無視することはできないだろう。

日本に住む一小学生だったわたしにとっては、黒は美しい色であり、今でももっとも心惹かれるのは黒馬だ。読みは、時代や社会によって大きく左右される。子どものころに本作を読んだ方にはまた読み直してほしいし、今の子どもたちにもぜひ、読んでほしい。そして、十年後、二十年後、五十年後に、印象や読み方が変わっていくのを楽しんでほしい。

児童文学には、頭（知）とともに心（感情）を大きく揺さぶる力があると思っている。ひとつには、子どもは主人公に自分を投影して読むことが多いためだろう。主人公への感情移入を誘う力が、とてつもなく強いのだ。大人になってそうした読書を楽しむのは、貴重な時間になると思う。もしこの『黒馬物語』を面白いと思ってくださったら、これからも折に触れ、未読、既読にかかわらず児童文学を手に取ってみてほしい。

黒馬物語

著者　アンナ・シューウェル
訳者　三辺律子

2024年5月20日　初版第1刷発行

発行者　三宅貴久
印刷　萩原印刷
製本　ナショナル製本

発行所　株式会社光文社
〒112-8011東京都文京区音羽1-16-6
電話　03（5395）8162（編集部）
03（5395）8116（書籍販売部）
03（5395）8125（制作部）
www.kobunsha.com

ISBN978-4-334-10320-0 Printed in Japan

いま、息をしている言葉で、もういちど古典を

長い年月をかけて世界中で読み継がれてきたのが古典です。奥の深い味わいある作品ばかりがそろっており、この「古典の森」に分け入ることは人生のもっとも大きな喜びであることに異論のある人はいないはずです。しかしながら、こんなに豊饒で魅力に満ちた古典を、なぜわたしたちはこれほどまで疎んじてきたのでしょうか。

ひとつには古臭い教養主義からの逃走だったのかもしれません。真面目に文学や思想を論じることは、ある種の権威化であるという思いから、その呪縛から逃れるために、教養そのものを否定しすぎてしまったのではないでしょうか。

いま、時代は大きな転換期を迎えています。まれに見るスピードで歴史が動いていくのを多くの人々が実感していると思います。

こんな時わたしたちを支え、導いてくれるものが古典なのです。「いま、息をしている言葉で」——光文社の古典新訳文庫は、さまよえる現代人の心の奥底まで届くような言葉で、古典を現代に蘇らせることを意図して創刊されました。気取らず、自由に、心の赴くままに、気軽に手に取って楽しめる古典作品を、新訳という光のもとに読者に届けていくこと。それがこの文庫の使命だとわたしたちは考えています。

このシリーズについてのご意見、ご感想、ご要望をハガキ、手紙、メール等で翻訳編集部までお寄せください。今後の企画の参考にさせていただきます。
メール　info@kotensinyaku.jp

光文社古典新訳文庫　好評既刊

魔術師のおい
ナルニア国物語①
C・S・ルイス／土屋京子(つちやきょうこ)◉訳

異世界に迷い込んだディゴリーとポリーの運命は？　悪の女王の復活、そしてアスランの登場…ナルニアのすべてがいま始まる！　ナルニア創世を描く第1巻。（解説・松本 朗）

ライオンと魔女と衣装だんす
ナルニア国物語②
C・S・ルイス／土屋京子(つちやきょうこ)◉訳

魔法の衣装だんすから真冬の異世界へ――四人きょうだいの活躍と成長、そしてアスランと魔女ジェイディスの対決を描く、ナルニアで最も有名な冒険譚。（解説・芦田川祐子）

馬と少年
ナルニア国物語③
C・S・ルイス／土屋京子(つちやきょうこ)◉訳

カロールメン国の漁師の子シャスタと、ナルニア出身の〈もの言う馬〉との奇妙な逃避行！　隣国同士の争いと少年の冒険が絡み合う〝勇気〟と〝運命〟の物語。（解説・安達まみ）

カスピアン王子
ナルニア国物語④
C・S・ルイス／土屋京子(つちやきょうこ)◉訳

ナルニアはテルマール人の治世。邪悪なミラーズ王の暗殺の手を逃れたカスピアン王子は、ナルニア再興の希望を胸に、伝説の角笛を吹き鳴らすが…。（解説・井辻朱美）

ドーン・トレッダー号の航海
ナルニア国物語⑤
C・S・ルイス／土屋京子(つちやきょうこ)◉訳

いとこのユースティスとともにナルニアに呼び戻されたエドマンドとルーシー。カスピアン王やリーピチープと再会し、未知なる〈東の海〉へと冒険に出るが…。（解説・立原透耶）

銀の椅子
ナルニア国物語⑥
C・S・ルイス／土屋京子(つちやきょうこ)◉訳

ユースティスとジルは、アスランから行方不明の王子を探す任務を与えられ〈ヌマヒョロリ〉族のパドルグラムとともに北を目指すが、行く手には思わぬ罠が！　（解説・三辺律子）

光文社古典新訳文庫　好評既刊

最後の戦い
ナルニア国物語⑦
C・S・ルイス／土屋京子（つちやきょうこ）●訳
偽アスランの登場、隣国の侵攻、そしてティリアン王は囚われの身に…。絶体絶命の状況で、物語は思わぬ方向へと動き出す。衝撃的ラストを迎える最終巻！（解説・山尾悠子）

オリエント急行殺人事件
アガサ・クリスティー／安原和見（やすはらかずみ）●訳
大雪で立ち往生した豪華列車の客室で、富豪の刺殺体が発見される。国籍も階層も異なる乗客たちにはみなアリバイが…。名探偵ポアロによる迫真の推理が幕を開ける！（解説・斎藤兆史）

あしながおじさん
ウェブスター／土屋京子（つちやきょうこ）●訳
匿名の人物の援助で大学に進学した孤児のジュディ。学業や日常の報告をする手紙を書くうち、謎の人物への興味は募り…。世界中の少女が愛読した名作を、大人も楽しめる新訳で。

盗まれた細菌／初めての飛行機
ウェルズ／南條竹則（なんじょうたけのり）●訳
「SFの父」ウェルズの新たな魅力を発見！飛び抜けたユーモア感覚で、文明批判から最新技術、世紀末のデカダンスまで「笑い」で包み込む、傑作ユーモア小説11篇！

タイムマシン
ウェルズ／池央耿（いけひろあき）●訳
時空を超える〈タイムマシン〉を発明したタイム・トラヴェラーは、八十万年後の世界に飛ぶが、そこで見たものは…。SFの不朽の名作を格調ある決定訳で。（解説・巽孝之）

八十日間世界一周（上）
ヴェルヌ／高野優（たかのゆう）●訳
謎の紳士フォッグ氏は、八十日間あれば世界を一周できるという賭けをした。十九世紀の地球を旅する大冒険、極上のタイムリミット・サスペンスが、スピード感あふれる新訳で甦る！

光文社古典新訳文庫　好評既刊

八十日間世界一周（下）

ヴェルヌ／高野優◉訳

汽船、汽車、象と、あらゆる乗り物を駆使して次々立ちはだかる障害を乗り越えていくフォッグ氏たち。インドで命を助けたアウダ夫人も仲間に加わり、中国から日本を目指すが…。

地底旅行

ヴェルヌ／高野優◉訳

謎の暗号文を苦心のすえ解読したリーデンブロック教授と甥の助手アクセル。二人はガイドのハンスと地球の中心へと旅に出る。そこで目にしたものは…。臨場感あふれる新訳。

若草物語

オルコット／麻生九美◉訳

メグ、ジョー、ベス、エイミー。感性豊かで個性的な四姉妹と南北戦争に従軍中の父に代わり家を守る母親との一年間の物語。刊行以来、今も全世界で愛される不朽の名作。

ピノッキオの冒険

カルロ・コッローディ／大岡玲◉訳

一本の棒っきれから作られた少年ピノッキオは周囲の大人を裏切り、騒動に次ぐ騒動を巻き起こす。アニメや絵本とは異なる〝トラブルメーカー〟という真の姿で描かれる鮮烈な新訳。

プークが丘の妖精パック

キプリング／金原瑞人・三辺律子◉訳

二人の兄妹に偶然呼び出された妖精パックは、魔法で二人の前に歴史上の人物を呼び出し、真の物語を語らせる。兄妹は知らず知らずに古き歴史の深遠に触れるのだった――。

飛ぶ教室

ケストナー／丘沢静也◉訳

孤独なジョニー、弱虫のウーリ、読書家ゼバスティアン、そして、マルティンにマティアス。五人の少年は友情を育み、信頼を学び、大人たちに見守られながら成長していく――。

光文社古典新訳文庫　好評既刊

失われた世界　A・コナン・ドイル／伏見威蕃◎訳

南米に絶滅動物たちの生息する台地が存在すると主張するチャレンジャー教授。恐竜が闊歩する台地の驚くべき秘密とは？　シャーロック・ホームズの生みの親が贈る痛快冒険小説！

ヒューマン・コメディ　サローヤン／小川敏子◎訳

戦時下、マコーリー家では父が死に、長兄も出征し、14歳のホーマーが電報配達をして家計を支えている。少年と町の人々の悲喜交々を笑いと涙で描いた物語。（解説・舌津智之）

フランケンシュタイン　シェリー／小林章夫◎訳

天才科学者フランケンシュタインによって生命を与えられた怪物は、人間の理解と愛を求めるが、醜悪な姿ゆえに疎外され…。これまでの作品イメージを一変させる新訳！

新アラビア夜話　スティーヴンスン／南條竹則・坂本あおい◎訳

ボヘミアの王子フロリゼルが見たのは、「自殺クラブ」での奇怪な死のゲームだった。「ラージャのダイヤモンド」をめぐる冒険譚を含む、世にも不思議な七つの物語。

宝　島　スティーヴンスン／村上博基◎訳

「ベンボウ提督亭」を手助けしていたジム少年は、大地主のトリローニ、医者のリヴジーたちと宝の眠る島へ。だが、コックのシルヴァーは、悪名高き海賊だった…。（解説・小林章夫）

ジーキル博士とハイド氏　スティーヴンスン／村上博基◎訳

高潔温厚な紳士ジーキル博士と、邪悪な冷血漢ハイド氏。善と悪に分離する人間の二面性を追究した怪奇小説の傑作が、名手による香り高い訳文で甦った。（解説・東　雅夫）

光文社古典新訳文庫　好評既刊

クリスマス・キャロル
ディケンズ／池 央耿（いけ ひろあき）●訳

守銭奴で有名なスクルージは、クリスマス・イヴに盟友だった亡きマーリーの亡霊と対面。マーリーの予言どおり、つらい過去と対面。そして自分の未来を知ることになる——。

オリバー・ツイスト
ディケンズ／唐戸 信嘉（からと のぶよし）●訳

救貧院に生まれた孤児オリバーは、苛酷な境遇を逃れロンドンへ。だが、犯罪者集団に目をつけられ、悪事に巻き込まれていく…。そして、驚くべき出生の秘密が明らかに！

ロビンソン・クルーソー
デフォー／唐戸 信嘉（からと のぶよし）●訳

無人島に漂着したロビンソンは、限られた資源を駆使し、創意工夫と不屈の精神で、二十八年も独りで暮らすことになるが…。「英国初の小説」と呼ばれる傑作。挿絵70点収録。

トム・ソーヤーの冒険
トウェイン／土屋 京子（つちや きょうこ）●訳

悪さと遊びの天才トムは、ある日親友ハックと夜の墓地に出かけ、偶然に殺人現場を目撃してしまう…。小さな英雄の活躍を瑞々しく描くアメリカ文学の金字塔。（解説・都甲幸治）

ハックルベリー・フィンの冒険（上）
トウェイン／土屋 京子（つちや きょうこ）●訳

息子を取り返そうと飲んだくれの父親が現れ、ハックはすべてから逃れようと筏で川に漕ぎ出す。身を隠した島で出会ったのは、主人の家を逃げ出した奴隷のジムだった…。

ハックルベリー・フィンの冒険（下）
トウェイン／土屋 京子（つちや きょうこ）●訳

ハックを悩ませていたのは、おたずね者の逃亡奴隷ジムをどうするかという問題だった。そして彼は重大な決断を下す。アメリカの魂といえる名作、決定訳で登場。（解説・石原 剛）

★続刊

血の涙　李人稙／波田野節子・訳

日清戦争のさなか、平壌で家族と離れ離れになった少女オンリョン。渡りゆく先は日本、そしてアメリカ。故郷から離れた土地では、思いがけぬ出会いがあり……。運命に翻弄される人間の姿を描く、「朝鮮最初の小説家」と称される著者の代表作。

十五少年漂流記　二年間の休暇　ヴェルヌ／鈴木雅生・訳

ニュージーランドの寄宿学校の生徒たち十五人が乗り込んだ船が太平洋を漂流し、無人島の浜に座礁する。過酷な環境の島で、少年たちはときに仲違いしながらも、協力して生活基盤を築いていくが……。原書初版に収録された図版約90点も収録。

赤い小馬／銀の翼で　スタインベック短篇集　スタインベック／芹澤 恵・訳

農家の少年が動物の生と死に向き合いながら成長していく、自伝的中篇「赤い小馬」のほか、名高い短篇「菊」「白いウズラ」「蛇」「朝めし」「装具」「正義の執行者」、さらに二〇一四年に発見された幻の掌篇「銀の翼で」を本邦初訳として収録。